LE JEUNE HOMME AU BRAS FANTÔME

DU MÊME AUTEUR

Morsures, Le Passage, 2005
(Prix Alain Fournier 2006, Prix du Premier Roman du Rotary Club International 2006)

Échafaudage, Le Passage, 2007

L'Ombre au tableau, Le Passage, 2009
(Prix François Mauriac de l'Académie française 2010)

Avancez masqués, Le Passage, 2018

La Caravane du pape, Le Passage, 2019

www.lepassage-editions.fr

HÉLÈNE BONAFOUS-MURAT

LE JEUNE HOMME AU BRAS FANTÔME

roman

LEPASSAGE

PROLOGUE

Paris, 12, rue Transnonain, 14 avril 1834

Ce qui le frappa d'abord, ce fut le silence, blanc, étendu comme une nappe sur la pièce où plus rien ne bougeait. Quelques minutes plus tôt, encore, les cris et les suppliques lui vrillaient les oreilles. La voix de son père s'était éteinte dans un râle presque doux et moussu. Au loin à présent, l'agitation et la cavalcade des soldats, baïonnette à la main, courant dans les étages où les pas précipités fuyant devant eux étaient ceux de rats apeurés. Dégringolades dans les escaliers, portes qui claquent sur la rue, vitrines brisées par le choc, puis une nouvelle course poursuite, sur les pavés cette fois. Ils étaient dehors.

Charles ne comprenait pas ce qui se passait. Toute la nuit, ils s'étaient entassés à seize dans la petite chambre de monsieur Bouton, fébriles, tremblant à chaque cri ou coup de fusil en provenance de la barricade dans la rue. Au petit matin, il avait été réveillé en sursaut par des coups frappés à la porte alors qu'il sommeillait dans les bras de son père.

« Ouvrez donc, Madame Godefroy », avait dit celui-ci. Puis il s'était avancé, confiant, et avait crié aux soldats : « Mes amis, mes frères, il n'y a ici que des honnêtes gens ! J'ai moi-même un frère à Alger sous les drapeaux ! »

Mais les soldats avaient tiré quand même. Le premier à avoir fait feu était roux, avec une tache de naissance lie-de-vin sur la joue qui lui donnait un air effrayant. Son père et lui avaient reçu des balles et des coups de baïonnette. Au même instant, Baptiste, l'homme à tout faire de la maison, avait sauté dans le placard dont la porte grillagée avait cédé sous sa force. Sa mère avait arraché le petit Charles aux bras de son mari qui s'était effondré à terre et elle s'était jetée à son tour après Baptiste, tombant sur lui de tout son poids.

Avec les coups de feu, une fumée âcre et blanche avait envahi la pièce, jusqu'aux moindres recoins du placard. Le nez et la bouche de Baptiste s'étaient retrouvés contre le cou de Charles, celui-ci sentait leur tiédeur virile, plus rassurante encore que celle de sa mère, qui l'enserrait de ses bras à lui briser les côtes. De sa main, il avait pris celle de Baptiste et l'avait pressée très fort. Ils ne pouvaient plus respirer ; ils allaient disparaître là, tous les deux, et, redressant chacun la tête tant bien que mal, ils avaient échangé un dernier regard dans la pénombre, comme si toute la vie qui leur restait s'était réfugiée dans leurs yeux effarés.

Quand le calme fut revenu, Charles suffoqua puis finit par distinguer les traits du visage de sa mère. Elle l'avait traîné sur le sol et s'agitait au-dessus de lui, comme une ombre lointaine. À ses narines montait l'odeur du sang frais, la même qu'il avait souvent sentie à l'étal des bouchers. Le rictus du soldat roux revint l'envahir d'épouvante. Il rechercha en vain l'odeur du cou de Baptiste. Mais celui-ci avait disparu. Où était-il ?

Soudain, il aperçut le corps de son père, étendu sur le plancher, dont la tête tournée vers lui le fixait de ses yeux vides qu'il ne reconnut pas. De nouveau, il ne parvenait plus à respirer. Il avait peur. La chute d'un édredon qui s'affaissa de lui-même sur le sol le fit tressaillir. Le lit était un champ de bataille dévasté. Le jour commençait à poindre à travers les lames des persiennes, dessinant des barres régulières sur les draps et le plancher. L'une d'elles vint caresser la tête de son père, comme une consolation. La fixité de son regard devenait inquiétante. Charles fut étreint par une angoisse indicible.

C'est alors qu'une douleur fulgurante s'éveilla dans son bras droit. Elle le submergea, intolérable, et il s'évanouit pour de bon. De longues minutes encore, peut-être des heures, s'écoulèrent avant qu'il ne revienne à lui. Sa mère le secouait, en produisant une longue plainte continue. Tout ce que Charles parvenait à voir, c'étaient les lourds souliers des voisins et commerçants des alentours qui envahissaient la pièce, marchaient dans une mare sombre et visqueuse et laissaient après eux de gros pas ensanglantés sur le sol.

Sans qu'il eût le temps de comprendre comment, son père fut hissé sur le lit par deux paires de bras. Dans le mouvement, son bonnet de nuit tomba de sa tête. Le petit garçon y vit comme un sacrilège. Sous la table gisait le corps ruisselant de monsieur Bouton, grotesquement ramassé, percé par les baïonnettes. Un peu plus loin, le jeune François Loisillon avait subi le même sort. Jamais plus monsieur Bouton, si gentil avec lui, ne lui offrirait de sucre candi. Jamais plus le fils de la portière ne lui enseignerait à tailler des sifflets dans des bouts de bois.

– Avec ces trois-là, le père Hû, le jeune Loisillon et le vieux Bouton, cela fait douze ! rugit une voix qu'on aurait dit celle d'un animal.

Puis ils s'en allèrent, leurs semelles faisant un bruit de ventouse dans la flaque de sang. Charles les entendit encore pousser des exclamations dans les pièces voisines. Le jour continuait à croître, personne n'avait ouvert les persiennes. Il parvint enfin à fixer son attention sur sa mère, toujours penchée sur lui, le visage inondé de larmes. La douleur s'intensifia dans son bras et il poussa un long gémissement. Cela sortait de lui comme une force incontrôlable qui ne devait jamais s'arrêter.

CHAPITRE I

Paris, juillet 1851

Le merveilleux, c'était que Charles, malgré son grand malheur, ne changeait pas. Enfant, il avait déjà cette petite tête blonde un peu farouche, ces yeux inquisiteurs au regard en coin qui semblaient à tout instant demander à chacun raison de ses agissements. Sa moue butée disait qu'il ne prenait rien pour argent comptant. Le cou légèrement penché, il épiait le monde avec la sagesse étrange d'un vieillard, désabusé déjà. Et c'est avec ce même air doux et triste que le jeune homme observait à présent les travaux de démolition de leur ancienne demeure.

Combien de fois Pauline avait-elle caressé, telle une grande sœur attentionnée, une à une du bout des doigts les mèches folâtres de sa tignasse de petit garçon, alors qu'il souffrait tant, les mâchoires serrées, refusant de prononcer un mot ! Elle sentait son cœur fondre, presque cesser de battre, quand Charles levait sur elle ses yeux noisette, immenses, accusateurs. Tout ce qu'elle savait faire, c'était ébouriffer davantage sa chevelure dorée aux reflets roux. C'était la seule partie de son corps qu'elle osait toucher. Après le drame, du haut de ses douze ans, elle aurait tout donné, jusqu'à son ruban de soie le plus précieux, pour que ses gestes maladroits apaisent un peu la torture de l'enfant.

Car Charles, ce jeune homme aux traits inchangés, qu'elle regardait aujourd'hui encore avec la tendresse d'une mère, était, à l'âge de six ans, devenu manchot. Quinze jours après l'attaque qui avait coûté la vie à tant de braves gens de l'immeuble, il avait fallu se rendre à l'évidence : les médecins ne donnaient pas cher de la survie de l'enfant si on laissait la gangrène progresser. L'entaille était trop profonde, et la balle avait affreusement labouré les chairs. Le bras droit de Charles pendait, enrubanné de linges régulièrement changés qui ne conjuraient en rien le mal, et sa pauvre mère éplorée, à bout de forces, avait épuisé toutes ses ressources pour juguler la douleur atroce qui défigurait le visage crispé de son enfant et leur ôtait à tous deux le sommeil. La mort dans l'âme, elle avait dû acquiescer à l'opération.

Pauline se souvenait de ces sinistres soirées d'avril où les deux veuves, sa propre mère et celle de Charles, se réunissaient dans le logement de l'une ou de l'autre, au premier étage de la grande maison écrasée par le deuil. Plus personne ne montait joyeusement le grand escalier pour se rendre au théâtre que monsieur Lamy dirigeait aux troisième et quatrième étages, dans ce qui restait de la vaste nef de l'ancienne chapelle démolie sous la Révolution. Car c'est autour de ce vieil espace consacré que le bâtiment avait poussé telle une excroissance, empilant ses magasins, ses ateliers, ses logements petits ou grands, ses humbles chambres sous les toits, bourdonnant de l'incessante activité d'une ruche laborieuse, retentissant des rires et des cris des habitants.

À présent, cette maison elle-même était en cours de démolition, comme tant d'autres dans le quartier. Pauline se tenait là, debout auprès de Charles, et tous deux regardaient depuis l'autre côté de la rue les masses des ouvriers s'abattre sur elle, dans un mouvement rythmé de machine, ponctué par le bruit des gravats que l'on déversait dans les carrioles dont les chevaux, avec leurs œillères, semblaient dormir, indifférents au vacarme. Çà et là, des morceaux de bois entassés finissaient de se consumer entre deux fondrières. Ailleurs, on allumait un nouveau feu. Les contours des êtres et des choses étaient flous, comme effacés par la poussière de plâtre qui flottait, en suspension dans l'air. Et celle-ci, soudain, projeta Pauline des années en arrière, vers ce petit matin et cette chambre envahie par la fumée causée par la poudre des fusils, dont le dernier souvenir était en train de disparaître sous leurs yeux, dans les efforts des démolisseurs en sueur.

Sur la façade ne demeurait plus qu'un fragment de l'ancienne inscription que son père avait autrefois calligraphiée lui-même fièrement : « Alexandre Daubigny, peintre en bâtiments ». Bientôt il n'en subsisterait plus rien. Par le rez-de-chaussée éventré, Pauline apercevait une dernière fois le grand escalier de la maison au pied duquel son malheureux père était tombé sous les balles, tout comme monsieur Guitard. Le peintre négociait les marches avec difficulté, car une ancienne attaque de paralysie l'avait laissé diminué. Il peinait à monter à l'échelle et son travail s'en ressentait. Le ménage vivait chichement ; aussi Pauline, à douze ans, devait-elle gagner son écot en travaillant pour l'épicière du quartier. Face à la troupe qui avait investi le vestibule, son père, incapable de courir, n'avait eu aucune chance.

Pauline n'avait pas besoin de regarder Charles pour savoir qu'il ressentait comme elle dans sa chair les coups de boutoir des masses et le crissement des scies. Elle regretta brièvement de l'avoir amené là, lui dont la manche droite flottait et disait à tous qu'il était incapable de prendre part à ce joyeux labeur qui résonnait partout dans les rues de Paris.

La maison avait été comme grignotée par le haut ; bientôt ce serait au tour de leur premier étage. Une simple cloison séparait le logement des Daubigny de celui des Hû. Avant le drame, Pauline aimait se sentir protégée entre ces murs. Elle s'endormait en écoutant à travers le plancher, depuis son lit au matelas moelleux, les bruits sourds que faisaient dans la boutique du rez-de-chaussée son père et l'apprenti Joseph en rangeant leurs pots de couleurs. Parfois, une vitre que son père devait poser le jour suivant tombait, se brisait, et elle l'entendait pester contre la maladresse de Joseph. Mais Pauline savait que cette colère ne durait pas. Le lendemain, le peintre et son ouvrier étaient de nouveau les meilleurs amis du monde.

– Te rappelles-tu comment Lamy s'est enfui par les toits ? murmura Charles, rêveur.

Pauline revoyait la balafre laissée par un coup de baïonnette sur la joue du directeur du théâtre. Des toits et des étages, il ne restait plus rien, que le ciel, aveuglant en cette chaude journée de juillet, vers lequel la poussière blanche s'élevait comme une offrande. Sous leurs yeux, un pan de façade tomba, emportant avec lui la mémoire du père Breffort et la vieille inscription annonçant sa manufacture de papiers peints de fantaisie. Sa commère, Annette Besson, était morte avec lui, tout comme son fils Louis, que l'on avait retrouvé, dans sa chambre au cinquième étage, le pantalon à peine enfilé, une seule bretelle passée à son épaule. Longtemps, le bruit avait couru qu'il avait été la cause de tout ce malheur : de sa fenêtre, un coup de fusil serait parti, déclenchant la fureur de la troupe qui avait vu un de ses hommes tomber.

Mais leurs mères à l'un et à l'autre, la veuve Hû et la veuve Daubigny, avaient toujours maintenu qu'elles n'avaient jamais entendu ce coup de feu ; que ce n'était là qu'un prétexte pour les soldats, exaspérés par les barricades et avides de sang. Au long des années, après les événements, les deux femmes s'étaient soutenues comme deux sœurs. Charlotte Hû avait vendu un à un les derniers meubles dont son mari faisait commerce. Elle avait dû rendre la boutique du rez-de-chaussée, devenue vide et sinistre. Puis, l'argent se faisant rare, elle avait renoncé aux deux magasins du premier étage où avant le drame son époux entassait et rafistolait le mobilier qui devait plus tard être vendu. Elle s'était repliée dans une petite chambre contiguë à celle de la portière, madame Pajot, à qui elle venait en aide. La pauvre femme avait perdu quant à elle son treizième et dernier enfant encore vivant, tombé à ses pieds dans la chambre de monsieur Bouton.

Elle avait imploré les soldats de l'abattre à son tour, criant qu'elle ne voulait plus vivre et qu'ils lui devaient au moins cette grâce ultime. Ils l'avaient repoussée brutalement alors qu'elle s'accrochait à eux, hébétée, comme folle.

Dans la maison qui s'effondrait, en cette radieuse journée de juillet 1851, se trouvaient tous les souvenirs de cette aube maudite qui avait amputé leurs familles innocentes de tant d'êtres chéris, pères, frères, fils, oncles, amis et voisins – et Charles, en outre, à jamais, de son bras droit.

CHAPITRE 2

Ils rentrèrent par les petites rues étroites et sombres qui conservaient un peu de fraîcheur et dégageaient une odeur de cave. Près de la pointe Saint-Eustache, ils croisèrent un marchand de coco auquel Pauline acheta pour deux liards de rafraîchissement. Le bonhomme jeta à Charles un regard de commisération – ou peut-être était-ce du mépris. Avec sa fontaine métallique sur le dos, ses gobelets à la ceinture, il paraissait doté de membres supplémentaires dont il tirait avec fierté son arrogance gouailleuse. Charles se recroquevilla intérieurement. Avec son bras manquant, il se sentait moins que rien.

Pauline vivait dans une mansarde et refusait de prendre un mari. « Je n'ai encore jamais rencontré le bon », disait-elle. Elle avait pourtant maintenant vingt-neuf ans. Industrieuse, elle travaillait plusieurs jours par semaine dans une épicerie proche des halles. Le soir, elle ravaudait les vêtements des habitants du quartier, comme sa mère couturière le lui avait appris. Parfois, elle prêtait aussi main-forte à une de ses amies, lingère de son état, qui, enceinte de son quatrième enfant, ne pouvait plus porter les paniers jusqu'au lavoir ni battre le linge.

Dans son logis sous les toits, il faisait chaud. La jeune femme sortit d'une boîte en fer-blanc quelques petits biscuits cannelés.

– Ils sont un peu rassis, dit-elle, mais cela ne fait rien.

– Tu as une bonne place et une bonne patronne, répondit Charles en croquant avidement dedans.

Il n'avait rien mangé depuis le matin et la journée était déjà bien avancée.

– Qu'as-tu ? demanda Pauline. Tu as l'air soucieux. C'est à cause de ta mère ?

Charles hocha la tête. Il ne pouvait rien lui cacher. Depuis qu'il était petit, elle l'avait toujours deviné et compris mieux que personne.

– Elle n'a jamais vécu ailleurs que rue Transnonain... Voilà six mois que nous avons dû quitter la maison, et elle ne va pas fort. Et puis, on ne sait plus bien qui croire. Certains disent que tout Paris va être démoli. Et alors, où irons-nous vivre ?

– Tranquillise-toi, voyons. Si ma patronne vous a trouvé ce logement, elle sait ce qu'elle fait ! Ce n'est pas pour que vous soyez mis à la rue demain !

– Madame Chauvière est une brave femme. Mais son frère n'est pas comme elle... Je sens bien qu'elle l'a contraint. Il nous regarde d'un mauvais œil. À la première occasion, il nous chassera. Il parle déjà d'augmenter le loyer, car nous sommes deux. Ta patronne lui avait seulement parlé de ma mère. Elle ne lui avait pas dit que je vivais avec elle. De toute façon, où pourrais-je bien aller ?

Sa mère leur avait permis de survivre tant bien que mal depuis dix ans grâce à l'emploi de portière dont elle avait hérité à la mort de madame Pajot au 12, rue Transnonain. Elle avait su se rendre indispensable aux habitants, qui la gratifiaient de légumes et de pâtés rapportés de la campagne, d'un peu de vin parfois, et de menue monnaie – suffisamment pour acheter du pain et rester propre. Charles regrettait les deux petites pièces coincées entre l'escalier et les boutiques, tout au bout de l'allée qui donnait sur la rue. Sa mère occupait la loge, lui l'arrière-loge.

– Eh bien, je te prendrai avec moi, s'il le faut ! s'exclama Pauline.

Charles jeta un regard sur la mansarde éclairée par une lucarne. Depuis sa chaise de paille, il pouvait toucher le mur en tendant le bras gauche, et sur la droite, il se heurtait aussitôt à la soupente. Pauline avait installé son grabat à même le sol. Sur un bahut trônaient un broc de faïence, quelques pots de terre et une pendulette à socle de marbre garnie de fûts dorés et ciselés qui semblait presque incongrue à leurs côtés. C'était là toute sa richesse.

– Et le qu'en-dira-t-on, y as-tu seulement pensé ? demanda le jeune homme avec une petite moue.

Il avait bien remarqué les regards obliques que lui jetaient les voisins de palier de son amie.

– Sans compter que l'on ne peut pas tenir debout à deux, ici ! ajouta-t-il.

– Qu'importe, nous prendrons des tours de rôle ! Tu dormiras le jour pendant que je serai à l'épicerie, et tu me laisseras la place la nuit !

Pauline avait toujours réponse à tout. Aucune difficulté ne l'arrêtait jamais : elle traversait la vie, radieuse et douce, ses longs cheveux bruns ramassés en une couronne torsadée qui donnait à son visage rond et pâle une allure de reine. Ses yeux vert d'eau, son franc sourire et sa poitrine généreuse lui valaient des sifflements admiratifs à chacune de ses entrées chez les marchands de vin. Elle avait reçu maintes demandes en mariage de braves ouvriers, d'un garçon boucher, d'un musicien, et même d'un vieux rentier qui voulait l'établir dans un petit commerce de nouveautés et lui promettait sa fortune. Elle avait poliment décliné chacune des propositions, s'excusant presque de faire de la peine à ses prétendants, les laissant éperdus et navrés, au point que le musicien s'était jeté dans la Seine d'où on avait eu le plus grand mal à le repêcher.

– La nuit… Tu veux donc que j'erre par les rues comme une âme en peine ? Que je me fasse détrousser au premier carrefour, battre et jeter dans le ruisseau ? Avec mon seul bras vaillant, comment pourrais-je me défendre ?

Pauline le toisa d'un air résolu.

– Alors, il faut que tu travailles. Que tu gagnes ta pitance, que tu puisses offrir à ta mère un toit pour ses vieux jours. Et estime-toi heureux qu'elle soit encore là. La mienne est partie depuis six ans maintenant.

– Que je travaille ? Mais qui voudra d'un manchot ?

– Tu sais lire, écrire et compter. Tu as l'esprit vif et clair. Cela suffit pour bien des emplois.

– Aucun commerçant ne me prendra ! Avec mon allure, je ferais fuir les clients !

– Cesse donc de t'apitoyer sur ton sort. Il y a forcément une place pour toi quelque part.

Charles s'adoucit et lui sourit.

– Tu donnes toujours l'impression que la vie est si simple ! Tu es toujours de bonne humeur, gaie comme un pinson.

– Et pourquoi donc m'en ferais-je ? Il n'y a personne pour vivre cette vie à ma place. Je dois bien faire avec.

Sur ce, elle regarda sa pendule, se leva précipitamment de sa chaise et jeta un châle à fleurs sur ses épaules.

– Il est déjà 3 heures ! s'exclama-t-elle. Je vais être en retard, j'ai promis à madame Chauvière de tenir l'épicerie pour qu'elle puisse vaquer à son ménage.

Arrivés sur le pavé, ils se séparèrent. Charles la regarda disparaître au coin de la rue en courant, pareille à un animal frémissant et joyeux. Elle était son ange gardien, sa seule amie ; il ne pouvait la décevoir. Le long des rues qu'il longeait, frôlant presque les immeubles avec cette habitude qu'il avait prise depuis son jeune âge de dissimuler aux regards sa manche vide, chaque jour il voyait fleurir de nouveaux arrêtés d'expropriation, de nouveaux numéros marqués à la craie indiquant les lots que les promoteurs allaient bientôt se partager : les maisons n'étaient pour eux que des tas de pierres et de bois qu'ils allaient réemployer pour construire des demeures plus saines, plus grandes et plus belles. Les voies nouvellement percées étaient plus larges et plus carrossables, sous le sol couraient des milliers de mètres d'égouts, tandis que la nuit le gaz avait remplacé l'éclairage à l'huile, donnant au passant noctambule l'impression que le jour ne s'éteignait jamais.

Avec son bras en moins, Charles se sentait laissé-pour-compte, oublié du grand mouvement qui transformait la ville dans un souffle puissant d'assainissement. En arrivant dans la rue Rambuteau qu'enfant il avait vu construire, il avisa une borne-fontaine et s'arrêta pour s'y désaltérer un instant. Des galopins le visèrent de leurs lance-pierres puis s'égaillèrent en piaillant telle une volée de moineaux. Il se redressa, leur jeta un regard noir et décida que Pauline avait raison : il n'y avait personne d'autre que lui pour vivre sa vie. Il n'allait pas se laisser faire. Si l'on démantelait des quartiers entiers, en abattant les bâtisses bancales, les hôtels borgnes et les échoppes boiteuses, c'était pour les remplacer par une ville claire et belle. Il pouvait bien s'appliquer les mêmes préceptes, et faire en sorte que son existence d'invalide soit digne d'être vécue.

CHAPITRE 3

Charles marcha lentement en direction de la rue de la Tonnellerie toute proche, où il résidait désormais avec sa mère. À force de cajoleries, madame Chauvière avait convaincu son frère, un marchand de beurre, d'œufs et de fromages du nom de Flanquin, de les laisser s'installer dans une remise sur l'arrière-cour dont il n'avait pas l'usage. Le bonhomme, gras et rougeaud, était souvent campé, par beau temps, quand le client se faisait attendre, entre les larges piliers qui soutenaient le bâtiment et encadraient sa boutique. Les bras croisés, sans broncher, il dévisagea Charles d'un œil torve. Le jeune homme se coula par l'étroite entrée de service dans un vestibule qui menait jusqu'à son logement. Une odeur écœurante de crème rance et de fromages trop faits imprégnait les murs de tout l'immeuble. Charles ne la remarquait presque plus.

– Voyons, ouvre donc les volets, pour profiter du soleil avant que la cour soit dans l'ombre, lança-t-il doucement à sa mère qu'il trouva attablée, le regard perdu, devant un bol vide.

Charlotte Hû ne répondit pas. Ce fut Charles qui ouvrit les battants et replia péniblement les lourds panneaux de bois de sa seule main gauche. Il fut de nouveau assailli par l'odeur, âcre et douceâtre à la fois, qui semblait davantage concentrée dans la cour où le marchand entassait ses boîtes et ses caisses vides. De la paille jetée au sol absorbait tant bien que mal les rigoles qui s'en échappaient avec un fumet douteux.

– Ferme cette fenêtre ! aboya sa mère.

Charles obéit en silence. À travers la vitre graisseuse il regarda les derniers rayons qui semblaient bien décidés, dans leur effort chaque jour renouvelé, à venir percer le puits ténébreux de l'arrière-cour. Bientôt, ils disparaîtraient pour de bon.

– As-tu mangé au moins, petite mère ? demanda-t-il en déposant sur la table un biscuit cannelé qu'il tira de la poche de son paletot.

Charlotte n'en fit aucun cas et se lança dans sa plainte accoutumée :

– Je ne mérite pas cette vie de misère ! Nous avons été riches, ton père et moi, et nous voilà réduits à demeurer dans ce gourbi comme des gueux. Dans mon jeune temps, quand ton père était parmi nous, nous avions nous aussi notre boutique, crois-moi, bien plus belle que celle de Flanquin. Nos magasins au premier étage étaient pleins à craquer, et nous avions de grandes et belles pièces à vivre ! Tu ne t'en souviens pas, tu avais six ans quand le malheur nous a frappés.

– Je le sais bien, petite mère, tu me le répètes sans cesse, murmura le jeune homme.

– Ah, alors j'étais respectée, je te prie de me croire ! On me saluait dans la rue, les voisins se battaient pour que nous prenions leurs fils comme apprentis. Toi, tu ne manquais de rien, tu mangeais de la viande et du pain blanc tous les jours.

Sa voix se fêla, comme celle d'une actrice usée par son rôle.

– Ce n'était plus pareil, après, rien qu'une chute lente vers la misère. Imagine, moi, remplacer une simple portière ! Tirant le cordon nuit et jour pour des visiteurs ingrats et des malotrus !

– C'était mieux que rien, non ? avança Charles, conscient de lui donner une réplique cent fois remâchée. Au moins nous avions un toit. Et cela te rapportait toujours quelques sous.

Il pensait à Pauline, qui avait grandi au même étage, seulement séparée de lui par quelques murs, jusqu'à ce que sa mère suive un entrepreneur de charpente dans ses quartiers, rue Montorgueil. Charles s'était retrouvé seul avec sa propre mère, qui n'avait pas réussi à se remarier. Les rares courtisans avaient vite renoncé, quand ils avaient compris que la veuve était sans le sou. À présent, madame Hû était une femme déjà vieille de cinquante-deux ans, percluse de rhumatismes, aigrie et revêche, dont la vue basse l'empêchait de s'adonner à de menus travaux de dorure, de ravaudage ou d'occuper tout autre petit emploi que les femmes plus jeunes s'ingéniaient à trouver pour nourrir leur marmaille.

La mère de Pauline, avenante et gracieuse comme l'était sa fille, avait eu encore moins de chance : elle avait été renversée par un tombereau qui, en basculant, l'avait écrasée, quelques années à peine après son second mariage.

– Cesse de gémir ! lâcha soudain le jeune homme, excédé. Au moins tu es toujours en vie ! Et ici, tu n'as pas à monter les escaliers qui te font si mal aux jambes.

– Est-ce ainsi qu'un fils s'adresse à sa mère ? s'indigna Charlotte. N'y a-t-il donc plus aucun respect sur cette terre pour une pauvre femme ? Ah ! Je suis maudite ! Qui prendra soin de moi en ce bas monde ? Ce n'est pas avec un fils estropié que mon sort risque de tourner de sitôt.

– Détrompe-toi, la mère. Je te prouverai bientôt le contraire.

L'air était trop oppressant, l'espace trop étriqué. Charles sortit de nouveau. À quoi allait-il bien pouvoir employer cette soirée d'été ? Il n'en savait rien. Il marcha un long moment en direction de la Seine où il espérait trouver un peu de fraîcheur. Dans le ciel s'amoncelaient de lourds nuages noirs. Il s'accouda au pont du Carrousel et regarda des garnements sauter par grappes dans le fleuve en s'esclaffant. Leurs vêtements rapiécés étaient entassés sur la berge poussiéreuse du port Saint-Nicolas. Un gamin passa nonchalamment près d'eux, comme indifférent, puis il rafla prestement les habits abandonnés et s'enfuit au pas de course en poussant un cri de victoire. Les baigneurs se hissèrent sur la berge avec des clameurs offusquées, hésitant entre l'envie de se ruer à sa poursuite et le souci de cacher leur nudité à la vue des passants. Ils se réfugièrent dans l'une des cabanes de bois qui encombraient le port, en un conciliabule agité où ils fomentèrent dans l'ombre leur juste vengeance contre le malfrat qui, une fois leur dignité et leurs haillons retrouvés, leur paierait cher cet affront.

Charles enviait l'agilité de leurs corps bronzés, les éclaboussures que faisaient leurs quatre membres quand ils sautaient telles de grandes araignées efflanquées dans l'eau grise. Le calme revenu, il porta ses regards vers le Pont-Neuf, dont la reconstruction de la dernière arche était en train d'être achevée. Les boutiques qui garnissaient les piles du pont avaient presque toutes disparu. Charles se souvenait des amoncellements d'oranges et de citrons, des bouquets odorants, des colifichets et des médailles, mais surtout des gazettes et des livres usagés dont il faisait son régal quand il avait un brin de monnaie. Sa mère l'agonissait de reproches, l'accusant de dilapider l'argent si durement gagné.

Les premières gouttes tombèrent, indécises d'abord, comme si elles voulaient laisser aux badauds le temps de trouver un abri. Puis elles se firent insistantes, comme pour presser les retardataires, et se changèrent enfin en une pluie crépitante qui ne leur laissait plus aucune chance. Charles se rencogna sous un porche. Soudain, il faisait nuit. Sur les pavés, de rares silhouettes détrempées glissaient, traînant parfois après elles quelque carriole brinquebalante. Une ombre venue de loin courait pesamment, dérapant dans les flaques, pareille à un matelot ivre, et vint se placer à côté de Charles.

– Eh bien ! fit l'homme en essorant sa casquette, voilà un sacré temps d'Apocalypse !

Charles eut un murmure d'approbation. Un éclair troua le ciel, puis un craquement retentit et ricocha lentement d'un toit à l'autre, en un grondement infini. Un autre éclair déchira les ténèbres.

Dans la lueur surnaturelle, l'étranger, comme saisi par la foudre, dévisagea alors Charles et s'exclama :

– Nom d'une pipe ! Le petit Hû ! Ma parole, te voilà donc devenu grand !

CHAPITRE 4

Ils trouvèrent refuge chez un marchand de vin dont la boutique aux verres dépolis était noyée dans une pénombre jaune sale. Sur le comptoir, le tenancier avait posé quelques bougies qui dispensaient une lueur de tombeau. Autour des tables de bois et dans les cabinets particuliers, en retrait, on sirotait en silence des verres d'absinthe, des liqueurs et la piquette du patron. Il se dégageait des buveurs en paletot de laine ou en bourgeron une forte odeur de chien mouillé. Çà et là on distinguait le tablier blanc d'un commerçant surpris sur le pavé par le mauvais temps, venu chercher asile chez son confrère. À chaque nouveau coup de tonnerre, des exclamations fusaient. L'orage avait mis la ville à l'arrêt, au diapason de la colère du ciel.

– Patron, par ici deux chopines! lança l'homme à la casquette en se glissant à une table restée libre dans un recoin de la salle.

Charles l'imita. Assis devant leurs boissons débordantes de mousse, ils se regardaient. Gêné, ne sachant trop ce qu'il faisait là, le jeune homme n'osait pas engager la conversation. Ce fut l'étranger qui rompit le silence.

– Saperlotte, tu n'as vraiment pas changé !

Charles, embarrassé, désigna du menton sa manche droite sans dire un mot.

– Et moi, que crois-tu ? reprit l'homme. J'ai pris leur baïonnette dans les reins, et une balle en prime ! Sans compter un autre coup dans la cuisse gauche, qui me fait boiter bien bas aujourd'hui.

– Je suis désolé, risqua Charles. Je ne suis pas sûr de vous reconnaître.

– Mais si, voyons ! Réfléchis ! Francisque Brunaux ! J'étais avec toi lors du massacre ! Tu avais six ans, et moi treize. Les salauds, regarde un peu ce qu'ils ont fait de nous !

Puis il sembla se raviser et ajouta :

– Enfin, je ne devrais pas me plaindre. Ce qu'ils ont fait de toi, c'est quand même autre chose.

Charles resta silencieux. Il ne parvenait pas à réconcilier l'image de cet homme au visage taillé à la serpe, à la haute stature, avec le souvenir vague qu'il avait du jeune Francisque, fluet et agile.

– Je me souviens seulement que vous portiez une blouse bleue et que vous êtes parti par les toits, dit-il.

– Tu peux me tutoyer, citoyen ! rétorqua son interlocuteur en reposant avec un bruit sourd sa chopine qu'il avait vidée d'un trait.

Puis il en réclama une nouvelle au tenancier.

– C'est drôle, fit Charles après avoir bu péniblement quelques gorgées. Ce matin nous étions là-bas, rue Transnonain. Nous avons regardé la maison se faire démolir. Nous avons même parlé de vous… de toi, pardon.

– Nous ? Et qui est-ce, nous ?

– Mon amie Pauline et moi.

Devant le regard perplexe de Francisque, Charles ajouta :

– Tu sais, la fille du peintre Daubigny. Celui qui a été tué dans l'entrée, au pied de l'escalier, avec monsieur Guitard.

– Je ne la remets pas, fit Francisque, l'air contrarié. Elle était là, le 14 avril ?

– Elle s'était réfugiée avec sa mère et sa grand-mère sous la scène du théâtre de monsieur Lamy. Les soldats ne leur ont pas fait de mal.

Francisque eut un rugissement qui fit tressaillir les buveurs alentour, et qui se confondit avec une nouvelle salve du tonnerre, plus forte que les précédentes.

– Encore heureux ! Douze morts, c'était bien assez, peut-être !

– Je ne te le fais pas dire. Mon père est tombé ce jour-là, il me tenait dans ses bras. Et à tout prendre, ils auraient mieux fait de m'achever, moi aussi, pour ce qu'il me reste de vie.

Charles sentait les regards appuyés sur sa manche flottante, qui l'accusaient d'occuper là, sans vergogne, parmi les bien portants, une place qui n'était pas la sienne.

– Qu'est-ce que vous regardez donc ? lança Francisque à la cantonade, enhardi par sa deuxième chopine.

Il fulminait, pour la plus grande gêne de Charles, qui eût voulu disparaître sous la table.

– Eh quoi ? Il vous ennuie, mon camarade ? Il vous semble valoir moins que vous ? Mais savez-vous, d'abord, comment il l'a perdu, son bras ? Si je vous parle du numéro 12 de la rue Transnonain, cela vous dit-il quelque chose ?

Les clients baissèrent les yeux vers leurs verres ; certains opinèrent en silence, brutalement ramenés dix-sept années en arrière. Un murmure confus se mit à courir au-dessus des tables. On entendait les mots « barricades », « journées de juin », « Cavaignac », « chiens de soldats ». Au-dehors, le tonnerre commençait par bonheur à s'éloigner.

– C'est cela, vous avez raison ! Ils ne nous ont pas plus ménagés il y a trois ans, en 48 ! poursuivit Francisque, qui se découvrait une vocation de tribun de gargote.

Puis il reporta son attention sur Charles, avec la bienveillance de celui que la boisson attendrit, et il lui déclara à voix basse, d'un air pénétré :

– Je suis revenu, aussi ne t'inquiète pas, je ne les laisserai pas faire.

Charles ne savait pas s'il parlait des soldats, ou de leurs voisins éméchés qui ricanaient à ses dépens.

– Oh, j'ai l'habitude, fit-il dans un soupir.

Puis, pour éviter un nouvel esclandre de Francisque, il lui jeta précipitamment :

– Et toi, que deviens-tu à présent ?

– Ma foi, je suis de retour pour conquérir la capitale !

Et il partit d'un grand éclat de rire.

– De retour ? Mais d'où ?

– De Franche-Comté.

Charles revit en pensée la carte de France en couleurs punaisée au mur de la classe. Il avait fréquenté la petite école du quartier pendant quelques années après l'accident, jusqu'à ce que son infirmité lui cause trop de tort et lui vaille trop de sarcasmes. Sa mère avait fini par l'en retirer.

Depuis, il se consolait en lisant tous les imprimés et les vieux journaux qui lui tombaient sous la main.

– Je vois, c'est vers l'est, fit-il. Mais que faisais-tu là-bas ?

– Je travaillais, pardi !

Charles le dévisagea avec un mélange d'envie et de curiosité. Lui-même n'avait jamais eu cette chance : quitter Paris, découvrir d'autres cieux, trouver un emploi, c'étaient là des choses qui lui seraient à jamais impossibles.

– Si je ne me trompe, tu étais bien apprenti ciseleur sur bronze, là-haut sous les toits ?

Un souvenir lui revint soudain. Il entreprit de raconter la scène, qui devait remonter à ses cinq ans, avant le drame : Francisque l'avait entraîné, tout bambin qu'il était, au quatrième étage de leur maison, dans l'atelier du tourneur sur bronze où il venait d'entrer pour apprendre à fabriquer des lustres et des bougeoirs ornés de mille fioritures. Ce jour-là, le patron s'était absenté le temps d'une course au-dehors.

– Tu te souviens ? Le vieux m'a passé un sacré savon ! s'exclama Francisque.

– J'étais bien jeune… Je me rappelle surtout que j'étais impressionné par le tour que tu avais mis en marche, en l'actionnant du pied, par une sorte de pédale. Et il me semble que Joseph, l'apprenti de Daubigny, était là, lui aussi.

– Et il s'est fait rudement sermonner pour avoir quitté son poste ! Quand mon patron est revenu, nous avions décroché des dizaines de molettes du mur et entrepris de faire des motifs sur un morceau qui tournait. Ça nous amusait follement. Mais tout ce bronze gâché, ça m'a valu le fouet ! J'ai failli y perdre ma place. Après cela, pour me racheter, j'ai été le vrai apprenti modèle.

Soudain, dans ce cabaret fumant, Charles se retrouva transporté parmi les rognures de métal, les outils et la poussière de cet atelier qui en ce moment même, à quelques rues de là, était en train de tomber sous les coups des démolisseurs. L'image lui en revenait avec une clarté étonnante. S'il n'avait tout d'abord pas reconnu la grande silhouette et les traits aigus de Francisque, il reconnaissait en revanche ses longues mains aux doigts agiles, son œil brun pétillant et son rire tonitruant. C'était bien le même homme, et sa simple présence lui remettait en mémoire des pans entiers de son passé, de l'époque d'avant la tragédie, où tout était encore possible pour lui, petit garçon aventureux, fasciné par l'audace de ces apprentis plus âgés qui lui enseignaient la vie en l'entraînant dans les étages. Si le sort en avait voulu autrement, il aurait été l'un d'eux, lui aussi.

– Tu étais très doué de tes mains, dit-il avec une tristesse à peine dissimulée. J'imagine que tu en as fait ton métier ?

– Oui, répondit Francisque. Mais mon père ne voulait pas que je retourne rue Transnonain. Il m'a envoyé chez un de ses frères, horloger à Besançon. Lui-même y vit aujourd'hui. C'est là que j'ai fini mon apprentissage, il y a dix ans. L'orfèvrerie, la dorure, les mécanismes d'horlogerie... Au fond, tout cela est un peu pareil. Il suffit d'avoir le geste précis.

Puis, regardant son camarade qui tenait sa chope de bière de son unique main valide, il eut le sentiment d'avoir proféré une énormité.

CHAPITRE 5

Durant les longues et chaudes journées de cet été, les deux jeunes hommes se revirent souvent. Pour Charles, ce fut comme si une nouvelle vie s'offrait à lui par procuration. Francisque venait de s'établir dans un petit logement au premier étage sur une cour de la rue des Fontaines du Temple. L'entrée de son immeuble faisait face au grand mur de la prison des Madelonnettes.

– Je plains les pauvres bougres enfermés là-dedans, maugréait l'horloger. Je tiens trop à ma liberté pour en être privé.

Charles avait compris à demi-mot que son ami retrouvé avait fui la Franche-Comté pour une raison un peu trouble. Il n'osait évoquer le sujet avec lui : fille séduite, mariage auquel on voulait le contraindre, différend avec son oncle et patron… Le résultat était là : Francisque avait installé son propre atelier dans ce coin de Paris, non loin de la rue Sainte-Avoye qui l'avait vu naître et qui se trouvait elle aussi en cours de démolition.

– Cette poussière de plâtre est très pénible, elle s'insinue partout, constatait-il, irrité, en passant son chiffon sur les délicats mécanismes rassemblés sur les tables et les étagères qui occupaient tout l'espace, ne laissant qu'un modeste emplacement dans un angle pour la paillasse qui lui servait de couche.

Il rangeait les horloges, les pendules et les montres les plus précieuses dans de petits cabinets vitrés fermés à clé. Ces trésors lui étaient confiés par tout le quartier, qui avait vite compris que le fils prodigue de retour parmi eux avait de l'or dans les doigts. Aucune subtilité horlogère ne lui échappait, aucun rouage grippé ne lui résistait. Et les commères se félicitaient de retrouver après ses bons soins leurs pendules plus rutilantes, marchant d'une meilleure cadence, le carillon plus clair, égrenant des heures et des minutes qui leur paraissaient plus joyeuses et légères.

Charles ne se lassait pas de le regarder faire. Francisque tolérait sa présence à la condition qu'il se taise. Concentré, tout à sa tâche, il remplaçait les minuscules pièces usées, changeait les verres brisés, tournait les clés, remontait les poids. Une loupe grossissante était fixée au bout d'un bras articulé, au-dessus de sa table, et sous certains angles, Charles s'amusait à trouver à son camarade absorbé par sa besogne un œil énorme de cyclope. De toute la force de son bras gauche, il essayait de le soulager en déplaçant et empilant quelques paquets qui traînaient, en passant le balai sur le plancher, en lui montant de l'eau depuis la fontaine dans la cour. Il savait que Francisque souffrait encore des coups de baïonnette reçus autrefois dans les reins, qui lui avaient laissé d'horribles cicatrices. Il avait la démarche pesante, ralentie par les douleurs dans sa cuisse gauche, que l'humidité ravivait. Mais au bout de ses mains, ses doigts étaient vifs et prestes, pareils à de petits animaux qui s'agitaient dans un dessein précis, indépendants et pourtant solidaires.

Charles, pour la première fois de sa vie, se sentait utile. Il ouvrait la porte de l'atelier aux bourgeoises, aux petites bonnes et aux ouvrières qui venaient confier à l'artisan leurs trésors à réparer. Les plus hardies lui décochaient un sourire ébloui, séduites par sa tignasse couleur de châtaigne et ses yeux au regard très doux. Puis une ombre passait sur leur visage à la découverte de la manche flottante de sa blouse. Le bruit courait dans le voisinage que l'horloger hébergeait un ange tombé du ciel, qui avait hélas perdu une de ses ailes. Les jeunes filles se succédaient, curieuses, avides de sensations fortes, et repartaient avec le regret de l'impossible, le cœur enténébré par le sentiment d'un grand gâchis, d'une perte irréparable.

– Ma parole, c'est toi qui fais venir la clientèle, déclara Francisque un jour, entre deux réparations. J'ai du mal à satisfaire la demande !

Il travaillait souvent tard dans la nuit, laissant Charles s'assoupir sur sa paillasse. Le jeune homme ne rentrait en effet plus que de loin en loin chez sa mère. Mais c'était surtout de son amie Pauline qu'il essuyait de virulents reproches.

– Je ne te vois plus guère ! Où es-tu donc fourré toute la journée ?

Sans bien comprendre pourquoi, Charles hésitait à lui

dire qu'il avait renoué avec Francisque et passait désormais le plus clair de son temps en sa compagnie.

– C'est une femme qui t'a tourné la tête, avoue! lançait Pauline avec une pointe de jalousie.

Charles restait évasif, essayant tant bien que mal de la détromper. Ses dénégations ne servaient qu'à piquer un peu plus la curiosité de son amie. Un soir où elle savait qu'il devait se rendre chez sa mère, elle vint l'attendre entre les piliers de la rue de la Tonnellerie.

– Cette fois, tu n'y couperas pas! Je veux savoir où tu vas quand tu n'es pas ici!

À contrecœur, le jeune homme la conduisit par les ruelles du quartier jusqu'à l'atelier de Francisque. Une légère appréhension le saisit alors qu'ils gravissaient tous deux les marches grinçantes au fond de la cour: il lui semblait commettre là une effraction, avancer vers une fin inéluctable. Il allait toquer à la porte quand elle s'ouvrit pour laisser passer une ménagère tenant avec précaution un paquet oblong sous le bras. Francisque la raccompagnait, en lui disant poliment:

– À votre service, Madame Guyon! Et tenez-la loin de votre petit-fils, qu'il n'aille pas la faire tomber de nouveau! Cette fois, elle ne s'en remettrait pas.

Puis, il avisa Charles qui s'effaçait pour laisser descendre la cliente.

– Tiens! fit-il. Te voilà donc! Mais tu n'es pas seul?

Il venait d'apercevoir Pauline qui se tenait légèrement en arrière, deux marches plus bas. La jeune femme s'avança et entra à leur suite dans l'atelier.

– Ainsi donc, c'est à cause de vous que je ne vois plus

mon ami Charles ? jeta-t-elle en serrant son châle sur sa poitrine avec un faux air pincé, le menton redressé.

Elle absorbait du regard l'espace encombré d'outils, de boîtes et de mécanismes en tout genre, comme s'ils étaient infiniment plus intéressants que leur propriétaire sur qui elle ne daignait pas poser les yeux. Celui-ci s'était redressé de toute sa stature et la dévisageait avec une intensité que Charles ne lui connaissait pas. Il se trouvait en présence de deux créatures pareilles à des félins superbes et frémissants qui, dans la surprise de leur rencontre, s'évaluaient et se jaugeaient, sans vouloir rien en laisser paraître. Il comprit qu'il était de trop et sentit avec angoisse tout son être se racornir intérieurement, comme s'il n'était plus rien que cette manche désespérément vide.

Plus tard, il devait repenser souvent à la fulgurance qu'il avait vue à l'œuvre ce soir-là. Pauline avait nonchalamment fait le tour de l'atelier comme en pays conquis, passant le bout de ses doigts sur le marbre d'une pendule, soulevant délicatement une montre à gousset, la retournant pour y lire l'inscription gravée, puis la retournant de nouveau pour admirer le fond émaillé sur lequel couraient les fines aiguilles – la petite, placide et comme stationnaire, la moyenne, lente mais plus assurée, et la grande, hoquetante, agitée, pressée de les dépasser puis de les rejoindre encore et encore, dans ses infinis tours de cadran.

Quand elle eut terminé son inspection, la jeune femme releva la tête et planta son regard dans celui de Francisque.

– Je ne peux pas vous en vouloir de me voler mon ami, lui dit-elle. Vous faites là un beau métier.

L'horloger, pourtant campé sur ses deux jambes, semblait tenir en équilibre précaire, comme si une chiquenaude eût pu le faire tomber, ou un souffle l'abattre.

– Merci.

Ce fut tout ce qu'il parvint à dire, d'une voix sourde que Charles ne reconnut pas. Pour se donner une contenance, laissant ses deux amis face à face, ce dernier prit sur l'établi un aimant avec lequel il entreprit de récolter en long et en large une limaille de fer imaginaire. Il avait fait soigneusement le ménage la veille et se retrouva bredouille. Ce fut lui qui rompit le silence :

– Il se fait tard, vous ne trouvez pas ? Nous pourrions peut-être manger quelque chose ?

Francisque le regarda comme s'il avait eu là un éclair de génie.

– Mais oui, bien sûr ! Venez, je vous emmène au meilleur bouillon du quartier !

En sortant, il avait retrouvé toute son assurance et lorsqu'il ouvrit la porte sur la rue devant Pauline, il semblait habité d'un feu nouveau. Charles remarqua qu'il ne boitait presque plus. Pauline, quant à elle, passa le dîner à le dévorer de ses yeux émeraude et ne toucha presque pas à sa nourriture.

CHAPITRE 6

De ce dîner, Charles retint surtout la sensation d'un courant magnétique circulant entre Pauline et Francisque, dont la force même l'excluait. En avalant la soupe grasse où trempaient des morceaux de viande, tous trois en vinrent rapidement à échanger leurs souvenirs de la journée terrible qui avait marqué leur jeunesse. C'était comme si les deux jeunes gens que Charles avait mis en présence voulaient vérifier que leur lien naissant était en réalité très ancien, fondé dans le sang et les larmes de cette matinée d'avril après laquelle ils s'étaient perdus de vue.

– J'avais treize ans, tu en avais douze, n'est-ce pas ? demanda Francisque à Pauline.

Elle confirma d'un hochement de tête, les joues rosies, avec une fébrilité qui ne lui était pas coutumière.

– Je venais chaque jour depuis quelques semaines travailler chez mon maître, Alphonse Robiquet, dans son atelier au quatrième étage où il était tourneur sur bronze, poursuivit l'horloger. C'était un brave homme, encore jeune, qui allait sur ses trente ans… mon âge aujourd'hui. Lui aussi a été massacré par la troupe. Ils cherchaient son fusil, mais quand ils l'ont trouvé, posé entre le secrétaire et la cheminée, il était plein de poussière et n'avait pas servi. Ils ne l'ont même pas emporté.

Son front était barré d'un pli sombre, sa voix tremblait de colère. Devant l'air peiné de Pauline, il ajouta, plus léger :

– J'avais trouvé cette place grâce à ma grand-tante, madame Pajot, qui était la portière de l'immeuble. Il y avait aussi sa sœur Séraphine. Et mon père servait d'homme à tout faire.

– Madame Pajot, je m'en souviens bien, fit Charles. Ma mère a repris sa place à sa mort, en 41. Nous nous sommes retrouvés à vivre dans la loge de concierge.

– Elle était gentille, ta grand-tante, mais elle me faisait peur, avec son poireau sur le nez et ses boutons sur le visage ! ajouta Pauline. Avec Joseph, l'employé de mon père, nous la surnommions en secret « Madame Poireau ».

– Elle le savait très bien, va ! rétorqua Francisque.

Puis il rit devant la mine déconfite de la jeune femme.

– Je ne me rappelle pas en revanche t'avoir croisée dans l'immeuble, lui lança-t-il. Il faut dire qu'à l'époque, les filles ne m'intéressaient pas beaucoup. Je ne t'aurais sans doute pas remarquée. Et puis, ta mère devait te garder sous cloche, non ?

Il semblait réellement intrigué, comme s'il se projetait mentalement des années en arrière, explorant les étages pour y retrouver, au détour d'un couloir sombre ou d'un escalier, la trace de la jeune Pauline en sage robe bouffante, un nœud dans les cheveux.

– Pas vraiment, répondit-elle. Je passais beaucoup de temps avec mon père dans son atelier.

– Il est tombé dès l'attaque des soldats, pas vrai ? fit Francisque.

– Oui, avec ce pauvre Guitard, dans l'entrée. Ce furent les deux premiers tués.

– Et dire que le jeune Guitard devait épouser quelques jours plus tard la sœur de Lamy, le directeur du théâtre ! dit Charles.

– Ce qui m'a le plus impressionnée, c'est la vue de ses vêtements ensanglantés, que Lamy avait conservés dans les coulisses, souffla Pauline.

Charles sombra dans une rêverie morose. Il n'aimait pas repenser à ces événements dont il ne gardait que des souvenirs confus et emmêlés : la chaleur du cou de Baptiste, le père de Francisque, contre qui il était tombé dans l'armoire grillagée ; la vision de Francisque lui-même qui, malgré ses blessures, les reins et la cuisse transpercés, avait filé, léger comme un oiseau qui s'envole, en direction du couloir vers une chambre d'où il s'était enfui par une lucarne – alors que lui-même s'effondrait pour de bon, vaincu par la douleur, envahi par l'affreux rictus du soldat roux à la tache lie-de-vin qui avait tiré sur son père.

– Tu en fais une tête ! remarqua Francisque.

– Nous devrions changer de sujet, dit Pauline, en tapotant la main de Charles.

Elle avait laissé traîner son autre main sur la table. Francisque, comme pour ne pas être en reste, la prit dans les siennes et regarda la jeune femme droit dans les yeux.

Charles sentit la main de son amie frissonner imperceptiblement contre la sienne. Tous les trois formaient une chaîne dans laquelle circulait un vibrant fluide. Puis il retira sa main de celle de Pauline et laissa la jeune femme s'abandonner totalement à celles de Francisque. Le sort en était jeté.

Quelque temps plus tard, Pauline s'installa chez Francisque. Les deux amants rayonnaient, en détenteurs d'un savoir qui n'appartenait qu'à eux seuls. Charles les regardait, envieux de leur bonheur. Il savait qu'il n'avait plus sa place dans l'atelier, où Pauline avait déjà aménagé une petite alcôve pimpante pour abriter ses amours avec l'horloger. Elle œuvrait désormais aux côtés de son homme, astiquant, balayant, recevant les visiteurs parmi lesquels soudain les messieurs devinrent plus nombreux, attirés par sa beauté franche, son teint d'albâtre, ses cheveux noirs si lisses et ses yeux d'une clarté de rivière en été.

Francisque se rengorgeait des hommages que recevait sa compagne, sans une once de jalousie, comme s'ils lui étaient adressés à lui-même. Il vivait fort de cette évidence lumineuse : Pauline et lui se connaissaient depuis toujours, ils venaient simplement de se retrouver après une longue absence. Les regards, les gestes tendres qu'ils avaient l'un pour l'autre rappelaient à tous qu'ils ne formaient plus qu'un et que personne ne parviendrait à les désunir.

Le jour où elle emménagea rue des Fontaines du Temple, Charles aida son amie à rassembler ses maigres bagages de sa seule main valide.

– Cela m'ennuie un peu d'abandonner ma chambre sous

les toits, dit-elle en fermant la porte à regret. Tu ne veux pas la garder pour moi ?

– Je n'ai pas les moyens de payer le loyer ! fit Charles.

Il était pourtant tenté par la proposition, désireux de quitter sa mère et ses jérémiades. Pauline réfléchit un instant avant de reprendre sa valise.

– On trouvera bien une solution, lança-t-elle. En attendant, installe-toi là.

Et elle lui tendit la clé.

Charles découvrit alors la vie sous les toits. Après deux pas dans le logement exigu, il pouvait ouvrir la lucarne et, dressé sur la pointe des pieds, contempler la mer de zinc émaillée de chapeaux de cheminées, de terrasses et de pots de fleurs. Parfois un chat furtif errait ou se prélassait dans un rayon de soleil. Charles se sentait pour la première fois de sa vie tel un seigneur en son royaume.

Il se regardait en se rasant dans le miroir accroché au mur. Torse nu, s'il faisait abstraction de son membre réduit à un moignon sous l'épaule, il ne se trouvait pas si vilain. Sa poitrine était à peine velue, les pectoraux y saillaient plaisamment. Son épaule gauche était large, le biceps en dessous était bien développé, poursuivi par un solide avant-bras et une belle main aux ongles propres. Depuis son amputation, il avait par nécessité fait porter tous ses efforts de ce côté. Cela lui donnait un air déséquilibré. Mais que pouvait-il y faire ? Il enfila sa chemise dont il attacha la manche droite avec une épingle à hauteur de la poitrine. Il ne servait à rien de prétendre dissimuler le vide.

Il remit un peu de charbon dans le poêle qui réchauffait

tant bien que mal l'atmosphère. Assis dans l'unique fauteuil, une couverture sur les épaules, il feuilletait les derniers numéros du *Charivari* que le gérant du bouillon du quartier lui avait permis d'emporter alors qu'il allait les jeter. Il rêvait devant les petites annonces de la dernière page qui proclamaient en grosses lettres : « POUR DIX FRANCS ON PEUT ALLER EN CALIFORNIE. » Il était à mille lieues de posséder une telle somme. Et à la lecture du texte, il comprit que la société recherchait surtout des souscripteurs aisés pour investir dans ses actions, vingt mille au prix de dix francs l'une. À la condition d'en acheter une centaine, conseils municipaux, clergé, bureaux de bienfaisance et notables désigneraient parmi eux ou dans leur entourage un travailleur d'excellente moralité, pour aboutir à un total de cent hommes vaillants qui auraient le privilège d'embarquer gratuitement vers ces contrées lointaines.

Cela aussi lui était interdit : qui voudrait d'une demi-portion dans les mines d'or où l'on ramassait des pépites grosses comme le poing en quelques coups de pioche ? Il se rabattit sur les annonces vantant des huîtres d'exception à quarante centimes la douzaine, un chocolat bon marché fabriqué par de nouvelles usines hydrauliques, des vins de Bordeaux ou de Bourgogne livrables à domicile, des appareils verse-eau pour préparer sans éclaboussure son verre d'absinthe, et tous les produits d'épicerie les plus exotiques achetables au Bazar des Colonies, rue Saint-Louis, dans le Marais.

Puis il s'émerveilla de l'infinité des remèdes qui prétendaient soigner toutes les maladies : les capsules au baume de Copahu ; le sirop anti-phlogistique de Briant contre les fluxions de poitrine, les irritations de l'estomac et de l'intestin ; le vinaigre de toilette effaçant les boutons et les rougeurs ; le cachou de Bologne rafraîchissant l'haleine ; les biscuits dépuratifs ; la moutarde blanche « merveilleuse pour le sang et les nerfs » ; le miel éthiopien, « panacée dentifrice » ; les dragées de Gélis et Conté, incomparables dans les maladies des femmes ; la crème d'éther, « délicieuse liqueur de table, salutaire à l'estomac, agréable au goût et procurant un bien-être inexprimable » ; la pommade royale, « seule infaillible pour faire repousser les cheveux et croître la barbe en peu de jours » ; le savon-ponce pour blanchir et adoucir les mains ; la pâte pectorale de Nafé et le racahout des Arabes, « aliment des convalescents et des personnes faibles »…

Il lui vint à l'estomac une grosse sensation d'écœurement. Puis elle se changea en amertume à la vue de tous ces cautères, vésicatoires, onguents et emplâtres miraculeux ; de ces dents et dentiers Fattet, « solidement fixés dans la bouche, sans le secours de crochets ni de ligatures » ; de ces bandages, ces élixirs et ces poudres qui guérissaient les hernies, les descentes d'organes, les lumbagos, les plaies, les brûlures et les cors ; de ces innombrables remèdes contre la surdité, les affections des yeux et des paupières. Sans compter les traitements, les toniques et les injections contre les écoulements, les maladies secrètes, nerveuses et génératives, et l'iodure de potassium « contre les attaques syphilitiques scrofuleuses, les tumeurs et les dartres ».

Aucun de ces remèdes ne lui rendrait son bras perdu, sans lequel il ne se sentait pas tout à fait un homme. Il jeta avec dégoût les journaux au loin sur le plancher.

CHAPITRE 7

Quand Pauline lui rendit visite inopinément un beau matin, elle buta sur les piles de papier jonchant le sol.

– Mais qu'est-ce que c'est que ce laisser-aller ? gronda-t-elle.

Charles était allongé sur sa couche à même le plancher. Il se leva précipitamment, tout ébouriffé, et bredouilla des excuses en ramassant les journaux.

– Je ne sais pas quoi faire de mes journées, dit-il.

– Est-ce une raison ?

Elle s'empara d'un journal et se jeta dans le fauteuil dont les ressorts grincèrent.

– Je vais rendre visite à mon ancienne patronne, madame Chauvière, dit-elle. Elle doit me donner le solde de mon dernier mois.

– Elle doit rudement se lamenter de t'avoir perdue ! Tu seras difficile à remplacer.

– Figure-toi que je t'ai recommandé pour reprendre ma place.

– Et alors ? fit Charles, les yeux brillants.

– Eh bien, malgré mon insistance, elle n'a pas voulu t'employer.

– Évidemment… Le contraire m'eût étonné.

Devant son air désolé, Pauline s'exclama :

– Il y a bien quelque chose que tu dois pouvoir faire !

Elle remarqua alors que Charles avait entouré au crayon quelques annonces sur la dernière page du *Charivari* qu'elle tenait en main.

– « On offre de suite une position lucrative à Paris et dans les départements aux personnes honorables connaissant les affaires. S'adresser de 10 à 11 heures au Comptoir National, 6, place de la Bourse. (Écrire franco.) »

– Que veux-tu, je ne connais rien aux affaires ! dit Charles dans un soupir.

Pauline s'empara de quelques autres numéros.

– « SAN-FRANCISCO (Californie). Le magnifique navire à trois mâts le JOSEPH, de 900 tonneaux, partira du Havre le 15 juillet prochain. S'adresser, pour fret et passage, à… » Comment ? Tu veux donc nous quitter ?

– Oh, ne t'en fais pas, je n'ai aucune chance ! Et je n'ai pas le premier sou vaillant.

Pauline constata que d'autres navires, le *Pescatore* et le *Ferrière*, respectivement de 1 200 et 1 300 tonneaux, étaient aussi entourés au crayon. Elle lut encore à voix haute :

– « Mademoiselle Octavie, âgée de 24 ans, sachant lire et écrire, désire une place chez une personne seule… »

– Tu m'imagines, en demoiselle de compagnie ? ironisa Charles.

– Non, mais en secrétaire particulier, pourquoi pas ?

Il y avait encore des annonces de jeunes messieurs proposant des cours de violon ou de dessin ; de vieux professeurs donnant des leçons d'anglais, de grec ou de latin ; de répétiteurs assurant le succès au baccalauréat.

– Je n'ai aucun de ces talents, fit Charles. Et j'ai quitté l'école bien trop tôt.

Pauline poursuivit sa lecture.

– « AVIS. On demande pour un nouveau journal prêt à paraître, un jeune homme capable qui voudrait se faire une position… » Voilà ce qu'il te faut !

– Lis donc plus loin, jeta Charles, désabusé.

– « Il faudrait qu'il pût disposer au moins d'un millier d'écus dont il ne se dessaisirait qu'au fur et à mesure des besoins de l'entreprise… » En effet. Je suis loin de pouvoir te prêter cette somme, mon pauvre Charles.

Elle prit encore un autre journal, que le jeune homme tenta de lui arracher en vain.

– Non, cela suffit maintenant ! fit-il.

– Quoi, tu ne veux pas que je lise ?

Et elle poursuivit, le sourcil froncé, découvrant l'annonce suivante qu'il avait entourée d'un grand cercle.

– « MARIAGES. Mme Châtillon prévient les personnes qui désirent se marier que ses relations honorables la mettent à même de les renseigner sur plusieurs dames ou demoiselles qui en général possèdent de grandes fortunes. » Ainsi donc, tu veux te marier ?

– Eh quoi, pourquoi cela serait-il réservé à toi et à Francisque ?

– Nous ne sommes pas mariés. Nous vivons en commerce libre.

– Peu importe. Cela revient au même. Vous vous êtes trouvés.

Il avait un ton accusateur. Pauline n'osa pas lui lire une autre annonce qu'il avait entourée, vantant les mérites de monsieur Hamel, passage du Saumon, qui proposait ses services et des « partis convenables à toutes les classes de la société ».

– Je ne t'ai pas abandonné, Charles. Mais il faut bien que je vive ma vie.

– Je sais, tu me l'as assez dit.

– Viens donc nous rendre visite à l'atelier, ce soir. Francisque a quelque chose à te proposer.

Lorsque Charles arriva chez eux, la porte était entrouverte. L'horloger et sa compagne étaient seuls, penchés sur de grandes feuilles de papier déroulées sur une table. Le tic-tac des multiples horloges et pendules créait un bercement hypnotique et vaguement inquiétant.

– Approche, camarade ! lui lança Francisque. Ceci te concerne.

Intrigué, Charles les rejoignit. Ce qu'il vit sur le papier le laissa sans voix. Francisque avait dessiné à l'encre et à l'aquarelle des plans sous des angles divers : une mécanique complexe de tiges de métal et de courroies qui se terminait par une main artificielle fort plausible.

– Voilà ce sur quoi je travaille depuis quelques semaines, expliqua l'horloger. Je ne t'en ai rien dit plus tôt, parce que je voulais être sûr de mes mesures et du fonctionnement.

Mais tout me semble correct : il n'y a plus qu'à fabriquer le prototype !

Charles ne sut que dire. Ce fut Pauline qui reprit d'une voix douce :

– Francisque est un homme de ressources. Il voudrait tester sur toi ce bras de secours.

– À Besançon, j'ai connu un cordonnier qui fabriquait des chaussures adaptées aux pieds bots et aux malformés. Il avait même conçu une jambe artificielle pour un homme qui avait perdu la sienne. Je lui ai apporté mon concours dans la réalisation des rouages, qui sont très délicats, et finalement pas si différents de ceux de l'horlogerie. Or depuis que je t'ai retrouvé, l'idée me trotte dans la tête de reproduire cette mécanique pour remplacer ton bras. Cela te plairait-il ?

Il attendait de toute évidence une réponse enthousiaste de Charles. Celui-ci réfléchit un instant et bredouilla :

– Je ne sais pas… Je suis habitué à être comme je suis… Et jusqu'ici personne n'a jamais cherché à m'aider.

– Eh bien, il serait temps, ne crois-tu pas ? s'exclama Pauline.

– Tu m'as déjà rendu un fier service en me laissant ta chambre.

Il se sentait gêné d'être l'objet de pareille attention. Il lui semblait que son corps lui échappait, qu'à son insu Francisque l'avait pris pour sujet d'étude et comme mis à nu.

– Je pense qu'on peut faire mieux que la jambe de bois confectionnée par le cordonnier. Ici, tu vois, j'emploierai du cuir et de l'étoffe pour attacher le membre à ton épaule. Les tiges seront en métal et la main au bout en cuir clair. Je ne sais pas si j'arriverai à rendre les doigts suffisamment mobiles, mais elle devrait au moins pouvoir bouger si tu la commandes par les muscles de l'épaule.

Charles était comme pris d'un vertige. Il obtempéra sans mot dire quand Pauline lui lança d'une voix cajoleuse :

– Allez, ôte ta veste et ta chemise, Francisque doit prendre des mesures !

Durant les semaines qui suivirent, alors que l'hiver s'annonçait, Charles revint chaque soir à l'atelier. Francisque débordait d'énergie, insensible à la fatigue. Pourtant il travaillait toute la journée à réparer ses pendules, et passait une partie de la nuit à peaufiner les plans de sa prothèse à la lueur d'un flambeau.

– Il n'a plus beaucoup de temps à me consacrer ! lâcha Pauline.

Mais il y avait dans sa voix plus d'admiration que d'amertume. L'entreprise de son homme la galvanisait elle aussi.

Francisque ajustait sa mécanique au moignon que Charles dévoilait à présent sans pudeur. Il serrait des lanières de cuir qui lui barraient le torse, soupesait les tiges de métal qui pendaient, encore dépourvues de la main devant les terminer. À l'emplacement du coude, elles pouvaient se plier selon un angle d'une trentaine de degrés. Pour cela, Charles devait exercer une traction sur les courroies à partir des muscles de son épaule.

– Je sais, cela n'est pas très naturel, mais tu t'y feras, mon ami, dit Francisque en lui donnant une tape encourageante.

Charles ne dit rien : il se faisait l'effet du canard mécanique conçu par Vaucanson au siècle dernier. Il avait lu, dans une de ces brochures ramassées au petit bonheur la chance, que le volatile de cuivre doré avait figuré sur la scène d'un spectacle offert au public ébahi, aux côtés de deux automates perfectionnés, un sauvage grandeur nature qui jouait onze airs de flûte traversière et un berger provençal qui taquinait le flûtiau d'une main et le tambourin de l'autre. Le canard, lui, cancanait, mangeait, buvait, barbotait et déféquait dans l'eau comme un volatile vivant.

CHAPITRE 8

Après de longues semaines et un grand nombre de réglages minutieux, le bras de Charles fut enfin parfaitement mis au point. C'était un dimanche après-midi, il faisait beau pour un mois de novembre ; aussi Pauline proposa-t-elle de se rendre à un bal de barrière. Ils se mirent en route tous les trois d'un bon pas, en direction du village de Belleville. Charles avait revêtu une casaque de laine prêtée par Francisque sous laquelle son nouveau harnachement était indétectable. Tout au plus, si l'on prêtait attention, remarquait-on, dissimulée sous le revers de la manche droite, la main de cuir aux doigts raides. Le jeune homme riait, jouant de la force de son épaule pour resserrer les courroies et plier légèrement son bras mécanique.

– Mademoiselle, m'accorderez-vous cette danse ? lança-t-il à Pauline, tout en tourbillonnant sur le chemin, les deux bras relevés.

– Cesse de sauter comme un cabri ! répondit-elle, accrochée à Francisque.

Elle était ravissante dans sa robe de calicot à grosses fleurs, sur laquelle elle avait jeté une pèlerine contre le froid.

Francisque arborait un large sourire, fier de son œuvre tout autant que de la jeune femme à ses côtés. Les simagrées de Charles amusaient les passants.

À 7 heures du soir, Les Vendanges de Belleville commençaient à se remplir pour la nuit. Tout le petit peuple de Paris s'y pressait, avide de bière et de danse. Avant que le grand pandémonium se déclenche, les trois amis s'attablèrent et commandèrent de la salade, du veau rôti et de la gibelotte de lapin. Charles appuyait son bras factice sur la table. Pour une fois, personne ne remarquait sa différence. À peine un serveur haussa-t-il les sourcils, en se penchant pour déposer les assiettes, devant les doigts de cuir dépassant de la manche.

La grande salle du cabaret s'était remplie, le brouhaha montait de partout, jusqu'au plafond. L'orchestre sur son estrade lança les premières notes d'un morceau enjoué ; les danseurs quittèrent les tables pour se jeter sur la piste et attaquer deux par deux la polka qu'ils attendaient avec impatience. Francisque et Pauline se joignirent main dans la main au groupe qui tressautait avec allégresse. La haute stature de l'horloger et la prestance de la jeune femme leur valurent des murmures d'approbation. Ils étaient nouveaux en ces lieux, mais les habitués les recevaient parmi eux sans réserve. Francisque sautillait au même rythme que sa compagne. Nul n'aurait pu deviner que souvent sa jambe le faisait souffrir. De loin en loin, il saluait d'un mouvement de la tête quelques clients qu'il reconnaissait pour être venus un jour à son atelier lui confier, qui sa montre, qui une pendule.

Charles restait assis, étourdi par ce chahut. Ses jambes le démangeaient. À force d'observer les danseurs, il pensait pouvoir reproduire leurs pas et l'envie le prenait de se lancer à son tour. Une jeune femme brune qui l'observait depuis un moment du coin de l'œil se coula contre lui sur le banc, rendue téméraire par les vapeurs d'alcool.

– Tu danses, beau gosse ?

Mais quand elle posa sa main potelée sur son bras, elle tressaillit au contact des tiges de métal et la retira aussitôt en reculant, effrayée. Charles lui jeta un regard navré, tandis que l'inconnue se repliait sur un petit groupe éméché de blanchisseuses qui tinrent conciliabule à son sujet, avec des œillades sournoises. Il se recroquevilla, la tête basse, plein du désir de quitter les lieux au plus vite. Mais ses deux amis tournaient encore sur la piste, cette fois au son d'une mazurka au tempo toujours plus rapide. C'est alors qu'une jeune fille à l'air mutin sous son chignon roux débordant de cheveux frisés se pencha vers lui avec la même demande :

– Veux-tu danser avec moi ? Moi non plus, je ne connais personne ici.

Charles hésita une seconde, puis répondit avec la bravoure de celui qui se jette dans l'arène :

– Cela me dirait bien, mais il ne faut pas être bégueule pour danser avec moi.

– Je ne suis pas une oie blanche, si c'est ce que tu veux dire !

Elle semblait outrée.

– Ce n'est pas ce que je veux dire. Le problème, c'est mon bras.

Et il retroussa légèrement sa manche pour lui dévoiler l'appareil dont il était équipé.

– Oh, mon pauvre ! s'exclama la jeune fille. Je ne l'avais pas vu ! Tu as eu un accident ?

Son apitoiement n'était pas feint. Charles, dans un effort désespéré pour conserver son attention, fit jouer les rouages de la mécanique et plia son bras légèrement à hauteur du coude.

– Voilà toute l'étendue de mes moyens.

– J'ai une idée, lança la jolie rousse après un instant de réflexion. Si tu plies ton bras ainsi, on doit pouvoir le coincer dans la ceinture de ma robe. Essayons voir !

Elle força Charles à se lever, se pressa contre lui et cala la main postiche dans la ceinture qui passait sous son petit boléro brodé. Jamais le jeune homme n'avait vécu un tel rapprochement et il s'en trouvait tout gauche et embarrassé.

– Allons là-bas, vers le coin dans l'ombre ! Et voyons ce que cela donne ! dit la jeune fille en se trémoussant déjà, le bras gauche plaqué en miroir contre les reins du jeune homme. De la main droite elle serra sa main gauche, puis leva triomphalement leurs deux bras valides en entamant les pas de danse.

– Pas trop vite, fit Charles, gêné par le tiraillement des courroies. Il faut que je m'ajuste.

– Fais confiance à Lisette ! Au fait, comment t'appelles-tu ?

Il déclina son identité. Peu à peu, il adopta le rythme de la danse et cala son pas sur celui de la jeune fille. Ils épuisèrent ainsi leurs forces sur une polka, puis sur une valse malhabile qui les fit rire, et sur une mazurka sautillante. De temps en temps, Lisette remettait en place le bras qui menaçait de se décrocher de sa ceinture. Quand le tempo ralentit pour laisser souffler les danseurs, elle plaça sa main gauche sur l'épaule de Charles et cala sa frimousse dans son cou. Puis elle la retira en disant :

– Tu es harnaché de cuir comme un cheval ! Cela doit être bien inconfortable.

Charles, qui rêvait déjà de leurs deux visages face à face sur un oreiller moelleux, eut un haut-le-cœur.

– Cela suffit, dit-il. Nous avons assez dansé.

Il se détacha de sa compagne et s'en retourna, maussade, à son banc où il retrouva Pauline et Francisque, en nage et l'œil brillant, occupés à se désaltérer de grandes lampées de bière tiède. Lisette ne fut pas en reste : elle les rejoignit en se confondant en excuses auprès de Charles.

– Voyons, c'est un amusement ! Ne prends pas mes paroles en mauvaise part !

Charles releva la tête et lui adressa un sourire un peu triste. Les quatre jeunes gens passèrent le reste de la soirée attablés ensemble, jusqu'à une heure avancée de la nuit, dans les volutes du mauvais tabac et le joyeux tapage qui avaient envahi les lieux. Bientôt, il leur sembla se connaître depuis toujours.

– Je suis tantôt fleuriste, tantôt marchande de quatre-saisons, selon les circonstances, expliqua Lisette.

Ils découvrirent qu'ils logeaient tous dans le même périmètre, entre les halles et le quartier Saint-Martin. Lisette vivait chez une vieille tante. Elle avait une sœur, Monelle, plus âgée qu'elle de cinq ans.

– Elle habite près de Melun, dans la ferme de nos parents.

Puis la conversation se mit à rouler sur des sujets plus graves. Lisette déployait envers Charles une curiosité mue par une compassion sincère.

– Tu avais six ans, dis-tu ? Mon pauvre, comme tu as dû souffrir !

Pauline lui décocha un regard inquiet. Elle tremblait encore intérieurement en revivant la convalescence de son ami après l'opération. Charles s'abîmait dans ses pensées, soudain indifférent au monde. La bière et le vin ne le tentaient pas. C'était à peine s'il en supportait une gorgée. Lorsque les médecins l'avaient amputé, ils l'avaient étourdi d'alcool, tout bambin qu'il fût, et c'est dans une sorte de brume nauséeuse qu'il avait subi l'assaut de leurs scies. Depuis lors, il se tenait à distance des pichets. Après ses retrouvailles avec Francisque, quelques mois plus tôt, en ce soir d'orage, son estomac s'était retourné dans la nuit et le lui avait fait assez cher payer. Son sommeil avait été peuplé de songes grinçants qui réveillaient des douleurs dans son bras fantôme.

– Tout cela est loin maintenant, dit-il en guise d'apaisement. Et j'ai la chance que mes amis ici présents m'aient soustrait à ma condition d'infirme.

Il plia par jeu sa prothèse articulée au coude en regardant Francisque avec gratitude et lui lança :

– Il y a encore six mois, je n'aurais jamais imaginé aller danser au bal !

– Qui sait ce que tu seras encore capable de faire, après cela ! dit Pauline qui le couvait de son regard clair plein de sollicitude maternelle.

CHAPITRE 9

L'année 1852 commença pour Charles sous les meilleurs auspices. Jamais il n'avait connu pareille félicité. Lisette le rejoignait souvent dans sa mansarde par surprise et, nullement gênée par sa prothèse, entreprenait de le dévêtir.

– Ôte donc ce harnachement ! disait-elle en riant.

La première fois, sous les caresses de ses mains expertes, sous les baisers de sa bouche insatiable, il avait eu l'impression d'être plus faible et démuni qu'au sortir du ventre de sa mère. Son moignon lui paraissait un appendice honteux qu'il lui fallait cacher à tout prix, et il se contorsionnait pour le soustraire à sa vue. Puis il s'était laissé faire et avait découvert des voluptés telles qu'il n'avait jamais osé les imaginer. Soudain, son corps exultait d'une façon nouvelle : oubliant l'absence de son bras, il se sentait un homme à part entière.

Quand Lisette venait passer la nuit dans sa mansarde, il retenait son souffle en la contemplant assoupie. Son chignon défait donnait à sa chevelure des allures de broussailles sauvages. Sa peau blanche semée de taches de rousseur était comme imprégnée du parfum des fleurs et des fruits qu'elle traînait tout le jour au long des rues dans sa carriole à bras. Il se lovait contre elle tel un animal reconnaissant et regardait du coin de l'œil les nuages défiler à travers sa lucarne. Puis il s'endormait à son tour, hébété de tout ce bonheur.

Un beau matin de janvier, à l'aube, Lisette amena un autre changement dans la vie du jeune homme. Elle avait remonté de la fontaine dans la cour un broc d'eau en faïence qu'elle faisait tiédir sur le poêle pour sa toilette. Tout en ramassant ses cheveux flamboyants au moyen des épingles qui ne quittaient jamais son corsage, elle jetait un œil distrait aux journaux empilés sur le fauteuil.

– Je peux en mettre un ou deux dans le poêle pour le relancer ? demanda-t-elle. Il faudra aussi penser à racheter du charbon.

– Avec quel argent ? fit Charles en soupirant. Et ces journaux, j'en ai besoin.

– Pour quoi faire ?

– J'étudie les petites annonces. Il faut que je trouve un emploi. Je ne peux pas continuer à laisser Pauline payer cette chambre à ma place. Et toi, tu ne voudras pas longtemps d'un bon à rien !

Lisette acheva de se débarbouiller puis s'habilla. Elle chaussa ses bottines et, avant de partir, attrapa un numéro du *Charivari* au hasard dans la pile.

– Je parie qu'elle se trouve dans celui-ci, ton annonce !

Elle survola le verso du dernier feuillet et lui lut à voix haute :

– « AVIS. Une ancienne administration demande un homme capable, apte à faire des écritures, pour s'occuper seul d'un nouveau genre d'affichage-annonce privilégié ; il n'y a aucun déboursé à faire ; il faut être à même de se présenter convenablement et fournir de bons renseignements. S'adresser de 9 à 11 heures, et de 3 à 6 heures, au Comptoir national d'annonces, place de la Bourse, 6. » Eh bien voilà ! C'est exactement ce qu'il te faut !

Charles demeura interloqué. Il lui semblait bien avoir épluché toutes les offres mais il ne se souvenait pas d'avoir remarqué celle-ci. Il fallait que Lisette s'empare du journal pour qu'elle semble y apparaître comme par magie.

– Elle date du 2 janvier, cela fait donc près de trois semaines, poursuivit la jeune fille. Qui sait, tu peux de toute façon tenter ta chance. Vas-y donc sans plus tarder. Moi, je file aux halles chercher mon achalandage pour la journée. Je suis déjà bien en retard. Il ne va plus rester que les légumes dont les autres n'ont pas voulu.

Sur ce, elle plaça un bécot sur la joue de Charles et courut retrouver sa carriole rangée sous un appentis dans la cour. Après son départ, il subsistait une senteur de savon et de fraîcheur dans la mansarde.

Le jeune homme ne voulut pas être en reste. Il se prépara avec soin, hésita entre ses deux chemises de grosse toile, choisit celle qui revenait de la blanchisserie. Il tailla sa fine barbe à la teinte cuivrée, sa légère moustache et ses favoris contre lesquels Lisette aimait à se frotter quand elle rentrait le soir. Enfin il endossa un gros paletot de laine, vissa sa casquette sur sa tête, puis cracha sur ses souliers et les lustra d'un revers de manche. Un coup d'œil dans le miroir lui confirma qu'il ne pouvait mieux faire. Son bras articulé était à peu près indétectable. Il ne lui manquait plus qu'un mouchoir à nouer en cravate autour de son cou, sous le revers de la chemise, afin de parfaire sa tenue et de dissimuler une courroie de cuir un peu trop saillante. Il se résolut à passer en emprunter un à Francisque.

Dans l'atelier, l'horloger était déjà au travail. Il haussa un sourcil en voyant entrer Charles ainsi endimanché.

– Pourquoi as-tu donc si fière allure de bon matin, citoyen ?

Pauline s'activait dans l'alcôve qu'elle remettait en ordre. Elle accourut et s'exclama :

– Serait-ce donc que tu te maries ?

– Nous fêterons votre noce avant la mienne, rétorqua Charles. Je suis simplement venu emprunter le mouchoir de cou qui me manque. Je dois me présenter au Comptoir d'annonces, à 9 heures, pour une embauche.

Pauline revint avec un mouchoir de soie vert foncé et le lui noua autour du cou, avant de l'ajuster en deux grosses boucles élégantes.

– Voilà qui est du meilleur effet !

Porté par les encouragements que ses amis lui prodiguèrent, Charles se mit en route. Le bâtiment qui s'élevait au numéro 6 de la place de la Bourse était imposant. Courant jusqu'au numéro 12, un grand mur de fenêtres barricadait de toute sa hauteur le versant nord de la place. Autour du palais Brongniart régnait l'habituelle effervescence des messieurs en haut-de-forme pressés de négocier leurs titres. Un ballet de fiacres sillonnait la place, des retardataires slalomaient entre les marronniers et gravissaient les marches quatre à quatre, tandis que tout un trafic se déroulait sur les bancs et dans les jardins en contrebas, envahis d'un petit peuple d'ombres affairées qui n'avaient pas droit de cité dans le temple où jouaient les seigneurs.

Charles tenait sa casquette à la main, hésitant à entrer. Une plaque gravée annonçait que le Comptoir national d'annonces se trouvait au premier étage. Il se risqua enfin à monter les marches. 9 heures sonnaient à l'horloge de la Bourse. Parvenu sur le palier, il comprit que la partie n'était pas gagnée : trois autres individus d'âges divers se tenaient là à attendre devant une lourde porte. Un instant, l'envie le prit de faire demi-tour. Puis il se raisonna : après tout, peut-être venaient-ils pour autre chose. L'un d'eux tenait sous le bras ce qui semblait être un pli. Un autre, une sacoche de cuir posée à ses pieds, pouvait être un artisan venu effectuer une réparation. Quand enfin la porte s'ouvrit, une voix tonna depuis l'intérieur, résonnant dans le couloir :

– Messieurs, je vous préviens, je ne suis pas d'humeur à plaisanter ! Vous avez intérêt à ne pas me faire perdre mon temps !

Les deux jeunes gens que Charles avait repérés et qui se présentèrent comme garçon de courses et comme menuisier s'avancèrent les premiers, marmonnant quelques mots serviles. Face à lui, sur le palier, ne restait plus qu'un personnage malingre plus âgé que lui, au front prématurément ridé par les soucis.

– Alors, qu'attendez-vous ? Faut-il que je vienne vous chercher ? poursuivit la voix.

Les deux hommes entrèrent timidement, l'un après l'autre. Charles referma le battant de la porte derrière lui. Ils faisaient face à un comptoir de bois derrière lequel un couloir long et étroit partait vers les profondeurs des bureaux. Sur le côté se tenait un individu d'une quarantaine d'années, au visage rond barré d'une fine moustache, aux petits yeux bruns perçants comme des épingles sous de gros sourcils broussailleux. Il portait une redingote noire et une lavallière de soie crème sur un gilet qui bâillait, tentant vainement de dissimuler un ventre rebondi. Son pantalon droit semblait un peu trop ajusté, ses bottes vernies brillaient comme un miroir. On n'aurait pu dire s'il venait d'arriver ou s'il allait partir.

Charles n'avait jamais imaginé qu'il aurait affaire au maître des lieux en personne. Une sensation de panique le saisit. Comment osait-il se présenter ici, sans l'ombre d'une recommandation ? Il avait souvent vu le nom de Norbert Estibal, fermier d'annonces, imprimé sur la dernière page du *Charivari* et d'autres journaux. L'homme était partout, tantôt entrepreneur de voyages, tantôt banquier, tantôt vendeur de polices d'assurance et de souscriptions à la loterie, tantôt négociant de tableaux de maîtres ou revendeur d'abonnements à des gazettes étrangères. Sans même le connaître, Charles avait compris qu'il était doué d'ubiquité et d'une énergie sans pareille. L'homme d'affaires s'était fait une place au soleil dans le rayonnement intense et fébrile qui partait de la Bourse, et il renvoyait à son tour les feux de ses activités dans des directions multiples.

– Je suppose que vous venez pour la place à pourvoir ? Vous avez de la chance, j'avais recruté quelqu'un, mais il n'a pas duré plus de quinze jours. À vous de me prouver que vous valez mieux que cet âne.

CHAPITRE 10

Norbert Estibal les fit asseoir de part et d'autre d'une petite table recouverte de feutre vert sur laquelle reposaient des feuilles de papier, un encrier et des plumes. Il resta posté debout auprès des deux candidats et demanda :

– Vous n'avez à ce que je vois aucune lettre de recommandation ? Pas plus l'un que l'autre ?

Devant le silence confus des deux hommes, il en prit son parti et ajouta :

– Qu'à cela ne tienne ! Pour ce que cela a servi, avec votre prédécesseur... Nous verrons bien ce que vous valez. Messieurs, à vous de jouer ! Inscrivez vos nom, prénoms, date et lieu de naissance, adresse, ainsi que votre situation de famille.

Charles s'appliqua et écrivit : « Léon Étienne Charles Hû, né le 28 août 1828 à Paris – demeurant 3 rue de la Limace près les halles, célibataire. » Il hésitait à relever la tête, sentant peser sur son bras droit le regard interloqué de Norbert Estibal, qui venait de comprendre qu'il avait devant lui un infirme. Brusquement, la feuille lui fut arrachée des mains.

– « Rue de la Limace ? » Et dans votre condition, en plus ? Vous ne manquez pas de cran, jeune homme. Vous savez qu'ici j'exige l'efficacité et la ponctualité ? Votre malheureux prédécesseur ne l'avait apparemment pas bien compris.

Charles risqua un coup d'œil en direction de l'entrepreneur. Il lui sembla que sa mine sévère réprimait un sourire amusé, comme si une grosse plaisanterie venait soudain égayer sa matinée. L'homme s'empara de la feuille de l'autre candidat qui, dans sa précipitation, y fit une grosse tache d'encre. La sueur perla à son front quand il se vit traiter de maladroit.

– « Jacques Antoine Guibout », proclama Estibal. Vous avez pourtant bien l'usage de vos deux mains, si je ne m'abuse ?

Le malheureux acquiesça, penaud. Estibal reprit alors :

– Et maintenant, passons aux choses sérieuses. Le poste à pourvoir est en quelque sorte celui de greffier. Vous serez chargé de noter scrupuleusement le texte des petites annonces que les clients viennent déposer pour parution dans les journaux dont je m'occupe. En connaissez vous seulement les tarifs ?

– Soixante centimes la ligne ? risqua Charles.

Il connaissait les chiffres par cœur pour les avoir lus si souvent.

– Pas mal, fit Estibal.

– Quant aux insertions avec illustrations, poursuivit Charles, je sais que le tarif est dégressif, de soixante à quarante francs, selon que l'on opte pour une ou dix parutions.

– Ma foi, vous me semblez connaître votre affaire. Vous

comprenez bien que l'intérêt de la chose est d'en vendre un maximum.

Charles hocha timidement la tête. L'autre postulant restait silencieux. L'entrepreneur reprit :

– Il faut maintenant que je vous voie à l'œuvre. Mettez-vous donc en situation, Messieurs. Rédigez-moi une annonce pour le compte d'un propriétaire qui cherche à céder un coupé bas et ses harnais. Vous avez cinq minutes.

Les deux hommes se regardèrent, incertains de ce que l'on attendait d'eux. Puis ils prirent la plume. Une fois le temps écoulé, Estibal releva les travaux d'écriture comme l'aurait fait un maître d'école. Il lut :

– « A VENDRE un très joli coupé bas et 2 paires de harnais. Prix 1,700 fr., le tout rue de la Paix, 10. » C'est bien, Monsieur Guibout. Mais vous me faites là deux lignes à soixante centimes.

Il se pencha ensuite sur l'annonce rédigée par Charles :

– « On désire céder pour cause de déménagement un coupé bas à quatre roues, à caisse fermée de forme carrée, avec un siège pour deux passagers à coussins de velours, assorti de ses harnais, le tout en excellent état. On en attend 2000 fr. mais toute proposition honnête sera envisagée favorablement. Écrire au journal, qui transmettra. » Voilà qui est mieux, Monsieur Hû ! Vous me remplissez au moins huit lignes !

Charles eut un soupir de soulagement. Il avait craint d'être trop disert.

– Cela sera tout. Monsieur Guibout, vous pouvez disposer.

L'homme se leva, l'air contrit, salua avec déférence et se dirigea vers la porte. Charles allait lui emboîter le pas quand Estibal lui lança :

– Pas vous, Monsieur Hû ! Nous n'en avons pas encore fini !

L'entrepreneur le fit se rasseoir et se posa sur la chaise restée libre en face de lui, après avoir ôté sa redingote qu'il ajusta avec soin au dossier. Les mains jointes sur le feutre vert, il dévisagea le jeune homme.

– Dites-moi un peu ce qui vous a amené jusqu'ici, Monsieur Hû. Qu'est-ce qui vous a fait croire que j'embaucherais un invalide ?

Charles lui exposa alors candidement l'origine de son infirmité et ses difficultés présentes. Il ne cacha rien de sa passion pour les journaux, brochures, tracts et pamphlets qu'il collectait au gré de ses promenades dans Paris. Estibal l'écoutait avec intérêt.

– Et ce bras mécanique ? D'où le tenez-vous ?

Charles lui raconta son amitié avec l'horloger si habile de ses mains et la façon dont celui-ci l'avait équipé, après de nombreux croquis et de patientes mises au point.

– Pour sûr, voilà un homme à ma mesure. Il faudra que vous me le présentiez, lâcha l'entrepreneur d'une voix presque suave. En attendant, je veux bien vous prendre à l'essai. Vous commencerez lundi prochain. Vous arriverez à 8 heures précises, ferez relâche pour une heure à midi, et reprendrez de 1 heure à 6 heures du soir. Vous serez libre les samedis après-midi et les dimanches. Vos appointements s'élèveront à cent francs par mois, payables le dernier jour du mois.

Charles n'en croyait pas ses oreilles. Sa chambre coûtait trente-cinq francs par mois. Cela lui laisserait une somme rondelette pour subvenir à ses besoins et à ceux de sa mère. Il restait coi, incapable de trouver les mots justes pour remercier Estibal.

– Ma parole, vous êtes muet en plus d'être infirme ? Ne me dites pas que vous réfléchissez ?

– Bien sûr que non, je vous demande pardon, bredouilla Charles. Je vous suis très reconnaissant. Jamais personne ne m'a offert une telle chance.

L'homme s'esclaffa.

– J'aime être là où on ne m'attend pas. Et j'avoue, sans vouloir vous offenser, que l'idée de mettre un manchot à cette place n'est pas pour me déplaire. Vous êtes beau garçon, votre infirmité sera regardée comme une curiosité dans notre petit monde des courtiers d'annonces : on jugera que c'est une bonne blague, une provocation, une œuvre de miséricorde, ou un coup de génie de plus d'Estibal. À la bonne heure ! L'essentiel, vous verrez, est que bientôt on ne parlera plus que de vous. Et cela, c'est toujours excellent pour les affaires.

Puis il raccompagna Charles à la porte en se frottant les mains. Quand le battant fut refermé, le jeune homme l'entendit mugir des ordres à destination des commis qui s'activaient dans les profondeurs des bureaux. Dans quelques jours, il serait l'un d'entre eux. Un bref frisson lui parcourut l'échine, mélange d'effroi et de contentement. Il prit le chemin de la rue de la Tonnellerie pour annoncer cette petite victoire à sa mère.

Charlotte Hû se terrait toujours dans son logement obscur. À chacune de ses visites, Charles trouvait son teint plus cireux, le bonnet posé sur ses cheveux plus grisâtre, sa robe plus froissée. On eût dit une plante qui s'étiolait.

– Veux-tu sortir prendre l'air, petite mère ? lui dit-il en arrivant. J'ai une grande nouvelle à t'apprendre.

Elle renâcla tout d'abord, puis se laissa entraîner au dehors. Le récit que lui fit Charles de son entrevue matinale la laissa comme indifférente, seulement occupée, l'œil brillant d'envie, des richesses qu'elle voyait aux étals des marchands : viandes, poissons, fruits, légumes, fromages, crème, beurre.

Des quelques sous qui lui restaient en poche, son fils lui fit l'emplette de carottes, de navets, d'une miche de pain croustillante et d'un beau morceau de pâté. Alors seulement elle sourit tristement, en disant :

– Autrefois, nous achetions tout ce que nous voulions.

– Rassure-toi, la mère ! Tu ne vas plus manquer de rien à présent.

Elle le dévisagea, perplexe, ayant manifestement déjà oublié la nouvelle qu'il lui avait annoncée.

– Mais puisque ton père est mort et que nous n'avons plus rien…

Charles la raccompagna jusqu'à son fond de cour et, après lui avoir déposé un baiser fugace sur le front, s'enfuit tel un prisonnier échappé du bagne. Son cœur battait la chamade. Il lui tardait de retrouver Francisque et Pauline qui sauraient, eux, mesurer l'incroyable tour de roue que la fortune venait de donner à son destin.

Quand il arriva à l'atelier, tous les carillons des pendules tintèrent de concert comme les cloches des cathédrales pour fêter sa venue, en une envolée discordante et fantasque de notes aiguës ou graves, percée du chant d'un coucou égaré sortant d'un mécanisme suisse. Il était exactement midi. Ses amis se tenaient penchés sur un objet qu'ils examinaient avec soin. Tout absorbés qu'ils étaient, ils en oublièrent de s'enquérir du résultat de son entretien du matin. Le cœur lui manqua. Il lui sembla de nouveau être devenu invisible. Étreint d'un étrange pressentiment, il défit lentement le foulard de soie à son cou et s'apprêta à le déposer auprès de Pauline. Quand celle-ci releva la tête, il vit deux grosses larmes rouler sur ses joues.

CHAPITRE II

– Pardon, fit Pauline en s'essuyant furtivement les yeux du coin de son tablier.

– Alors, qu'est-ce que cela a donné ? lança Francisque en se tournant vers Charles.

– Je suis embauché, répondit ce dernier, qui ne savait plus s'il devait manifester sa joie. Que se passe-t-il ? Quelqu'un est mort ?

Pauline, les yeux encore tout embués de larmes, se pendit à son cou.

– Je suis si heureuse pour toi ! Voilà qui va enfin te changer la vie.

– Merci, fit Charles. Ma mère n'a pas eu l'air de comprendre.

Une petite montre de poche était l'objet de toute l'attention de ses deux amis. C'était elle qui avait causé à Pauline cette grande affliction.

– Que faites-vous ?

– J'examine cette montre à gousset dont le balancier ne fonctionne plus, expliqua Francisque. Elle m'a été déposée aujourd'hui.

– Et c'est elle qui te fait pleurer ? demanda Charles à Pauline.

– J'ai cru y reconnaître celle de mon père. Mais ce n'est pas elle.

Ses larmes redoublèrent, comme si une tristesse accumulée depuis l'enfance devait trouver son expression dans ce chagrin. Charles revoyait la mère de la jeune femme, Marie-Toinette, devenue en une matinée la veuve Daubigny, se lamenter auprès de sa propre mère : sur le corps de son mari tombé sous les coups des voltigeurs au pied de l'escalier, elle s'était abattue, folle de douleur. Mais plus rien ne pouvait ramener le malheureux à la vie. Elle avait alors glissé sa main dans la poche de son gilet pour sauver la montre en or qu'il aimait tant et qui ne le quittait jamais. La redingote était ouverte, le gilet déboutonné, la montre avait disparu. Des semaines durant, elle ressassa cette perte. « C'était son bien le plus précieux, un cadeau de son parrain, un gentilhomme qui l'avait tenu sur les fonts baptismaux et qui perdit sa tête à la Révolution. Elle venait d'Allemagne, elle était fine et ciselée comme un bijou délicat, et avec ça, d'une parfaite exactitude, sans qu'il soit besoin de trop souvent la remonter. Oh, vous l'auriez vue, c'était un rêve que cette montre-là ! » Et elle pleurait autant sur la montre perdue que sur son mari englouti par la terre noire du cimetière.

Francisque, du bout d'un fin poussoir de bois, vérifiait les ressorts et les engrenages minuscules. Puis il envoya de l'air sous pression au moyen d'une petite poire.

– Je pense qu'elle est tombée. Voyez le choc qu'elle a subi, près du remontoir. La grande aiguille s'est tordue.

Une bonne révision s'impose. Néanmoins, la musique fonctionne toujours.

Il remonta un mécanisme et une mélodie cristalline s'éleva comme d'une boîte à musique. Pauline poussa un gros soupir.

– Cet air m'a retourné le cœur, expliqua-t-elle à Charles. C'est celui que faisait la montre de mon père.

– Voilà le nom du fabricant, un horloger de Genève, dit Francisque en désignant le revers du couvercle.

– Oh, cette musique ! murmura Pauline. Elle me ramène tant d'années en arrière ! Mon père me la jouait le soir, quand il venait m'embrasser pour la nuit. Je ne pensais pas la réentendre un jour.

– Ce serait donc sa montre, alors ? Celle qui lui a été volée ? demanda Charles.

– Non, celle-ci porte un décor différent.

On voyait en effet des deux côtés du boîtier un paysage de lacs, de cascades et de montagnes gravé à la pointe et d'un raffinement inouï.

– La sienne était décorée de bergères et de moutons sous des arbres, expliqua Pauline. Mon père m'avait promis qu'il me l'offrirait le jour de mon mariage, pour que je la donne à mon mari.

– Au moins, avec moi, tu ne manqueras ni de montres ni de pendules ! décréta Francisque dans l'espoir de la faire sourire.

Elle passa sa main dans les cheveux bruns de l'horloger et les ébouriffa.

– Cette montre-là était différente. Qui sait où elle se

trouve à présent ? Dans quelles mains est-elle tombée ? Celles d'un soldat, sûrement, l'un de ces brigands assassins qui ont détruit nos vies. On nous a assuré qu'ils obéissaient aux ordres, mais je crois surtout que c'étaient des bandits de grand chemin : madame Bourgeot, la cuisinière, nous l'a bien raconté ensuite. Le jeune Louis Breffort a été retrouvé assassiné, au cinquième étage, étendu dans son sang au pied de son lit, son pantalon à peine enfilé, attaché par une seule bretelle. Sa maîtresse, Annette Vacher, a témoigné que, lorsqu'ils se sont couchés, sa montre était posée comme toujours sur la table de nuit. Il en était très fier, comme de son seul trésor. La pauvre Annette a eu bien du mal à se remettre de tant d'horreur. Elle a été retrouvée évanouie, toute éclaboussée du sang de son amant. Et elle a toujours affirmé qu'après le crime, la montre de Louis avait elle aussi disparu.

– Mon père aurait donc eu de la chance ? fit Charles, songeur. Sa montre était toujours dans la poche de son gilet… Mais enfin, la belle affaire, il ne risquait plus de s'en servir, puisqu'il était mort !

– Il y avait sûrement trop de témoins dans le logement de ce pauvre monsieur Bouton. Pensez-vous, seize personnes entassées dans ce réduit ! Même si certaines étaient mortes, et d'autres à peine vivantes, et toi, Charles, si cruellement blessé… Quiconque espérait dépouiller les victimes a dû se méfier.

– Je n'ai plus la montre de mon père, poursuivit Charles. Ma mère l'a vendue pour nous acheter du pain.

On toqua à la porte. Un nouveau client s'annonçait. Pauline se ressaisit et alla ouvrir. L'homme portait précautionneusement une pendulette du siècle dernier qu'il posa sur le comptoir. L'objet était en forme de temple doré à colonnes, avec un cadran en émail au centre duquel la mécanique était apparente.

– Je suis bien ennuyé, fit le visiteur. Mon garçon a joué avec, quoique je le lui aie interdit, et il a perdu la clé de remontage.

– Vous n'êtes ni le premier ni le dernier ! déclara Francisque. N'ayez crainte, je vais vous arranger cela. Il ne vous en coûtera presque rien.

L'homme restait là, gêné, regardant ses pieds.

– C'est-à-dire… À la vérité, ce que je préférerais, ce serait que vous puissiez la réparer, et la vendre pour moi. Ma femme est malade et nous n'avons pratiquement plus un sou.

– Voyons, bien sûr, nous vous en obtiendrons un bon prix ! s'exclama Pauline, mue par son bon cœur, sa tristesse soudain envolée.

– Tu t'avances un peu, ma chère, dit Francisque pour tempérer ses ardeurs. Ce n'est que du bronze et non de l'or.

– Il n'empêche. Tu feras bien ton possible pour ce monsieur dans la peine ?

Elle avait une mine cajoleuse à laquelle personne ne savait résister, l'horloger encore moins que les autres.

– Nous allons bien sûr vous aider, poursuivit-elle en direction du visiteur. Voyez cette étagère, là-bas. Ce sont tous les objets qui nous sont confiés à la vente.

Cela allait des montres et pendules aux flambeaux et aux vases ornés. Il y avait même une lunette de vue. Tous portaient autour du col ou sur le socle une petite étiquette manuscrite annonçant leur prix.

– On doit bien assistance à son prochain ! décréta la jeune femme. Sans cela, à quoi rimerait le monde ?

Elle laissa Francisque négocier le prix avec le visiteur un peu rasséréné et entraîna Charles hors de l'atelier. Ils marchèrent au hasard des rues en devisant. Pauline, comme pour se racheter, ne tarissait pas de questions et s'enflamma quand son ami lui annonça le salaire qui serait bientôt le sien. Insensiblement, ils se rapprochaient de la maison de leur enfance : remontant la rue de Montmorency, ils parvinrent à l'angle de la rue Transnonain. Depuis l'été précédent où ils avaient assisté à sa démolition, un grand vide s'était fait. L'espace dégagé des gravats servait de lieu de stockage pour des palissades et des blocs de pierre soigneusement numérotés. Bientôt, un nouveau bâtiment surgirait du sol. Cette fois, Pauline et Charles ne s'attardèrent pas. Ils se dirigèrent d'un pas vif vers la rue Quincampoix où ils savaient que Lisette traînait chaque jour sa carriole. Quand ils la trouvèrent, abritée dans une encoignure de porte, elle hélait les passants et disparaissait à demi derrière de savants empilements de fruits et de légumes. La nouvelle que lui apprit Charles la fit bondir de joie et, bousculant l'étai de sa voiture qui bascula, elle fit s'effondrer toutes ses marchandises. En riant, les trois jeunes gens se précipitèrent pour les ramasser sur le pavé.

CHAPITRE 12

Porté par les encouragements de Lisette, Charles se présenta le lundi matin à 8 heures aux bureaux du Comptoir national d'annonces. Il y fut reçu cette fois non par Norbert Estibal en personne mais par un individu longiligne, sec et circonspect, qui le jaugea des pieds à la tête d'un air condescendant. Charles connaissait bien ce regard porté sur lui par les êtres valides. Bombant le torse et faisant jouer l'articulation de son bras droit qui se plia légèrement, il déclara vaillamment :

– Vous comprendrez que je ne vous serre pas la main. Je suis Charles Hû, le nouveau commis aux écritures.

– Anatole Lemaître, caissier. Vous serez sous mes ordres. Mon bureau est le deuxième dans le couloir à gauche. Votre place est au comptoir d'accueil.

L'homme lui désigna les registres dans lesquels il devait inscrire l'identité des annonceurs et les formulaires que ceux-ci devaient remplir.

– Il est de votre responsabilité que la rédaction des annonces soit correcte, ajouta-t-il. Monsieur Estibal est très exigeant sur ce point. Rien ne doit aller sous presse sans que vous l'ayez validé. Nous devons absolument remplir la dernière page de nombreux journaux : vous en trouverez la liste dans ce dossier. Tout doit être bouclé chaque soir à 5 heures. C'est l'heure où l'imprimeur envoie chercher les textes.

– Comment saurai-je dans quel journal le client veut annoncer ?

– Il en a généralement une idée assez claire. Mais votre rôle consiste évidemment à le conseiller. Il faut qu'il vienne avec le désir d'annoncer dans le *Journal des chemins de fer*, mais qu'il reparte en ayant signé en outre pour une parution dans *Le Charivari*, *Le Journal des débats*, *La Gazette des Tribunaux*, *Le Petit Cettois*, ou que sais-je encore ! À vous d'être convaincant !

Lemaître, l'air dubitatif, regarda Charles s'installer derrière le comptoir et prendre la mesure du domaine qui était le sien.

– La règle, c'est un feuillet par annonce, poursuivit le caissier en lui désignant la pile de papier où l'en-tête du « Comptoir national d'annonces, gérant Norbert Estibal » s'étalait en lettres majestueuses. Quand vous avez rédigé le texte, vous comptez le nombre de mots et vous l'inscrivez en pied, suivi de votre paraphe au crayon bleu. Puis vous envoyez le client chez moi, à la caisse, avec ce bon sur lequel vous notez le nombre de parutions et les titres des journaux dont vous êtes convenus. C'est moi qui fais les calculs et encaisse les paiements. Ensuite, le client revient vous donner ce bon que j'ai paraphé en rouge, et vous le rangez dans les dossiers qui se trouvent sur les étagères derrière vous, à la date du jour.

Dans les arrière-salles des bureaux, ainsi que Charles

le découvrit, travaillait une petite armée d'employés qui, silencieux tels des moines à leur écritoire, recopiaient les annonces pour les transmettre aux divers journaux avant l'échéance fatidique de 5 heures du soir.

– Si vous vous débrouillez bien, vous devriez placer chaque annonce dans cinq journaux au moins ! lui déclara le caissier en s'en retournant dans son antre.

Mais il avait un petit air narquois, signe qu'il n'en croyait pas un mot. Il revint toutefois aussitôt sur ses pas et arracha presque des mains de Charles une pile de missives entassées sur le comptoir, que celui-ci s'apprêtait à ouvrir.

– Celles-là, je m'en occupe. Ce sont les souscriptions par correspondance.

– Comment saurai-je quelle place reste disponible en dernière page de chaque journal ? Que faire si j'ai trop ou trop peu d'annonces à placer ?

– Allez voir dans la salle qui se trouve juste avant mon bureau dans le couloir. Pour le reste, débrouillez-vous.

Réalisant qu'il n'obtiendrait guère d'autre explication, Charles se rendit dans la pièce indiquée. Il la trouva tapissée de tableaux noirs sur lesquels était portée la date du lendemain. Dessinées à la craie, des maquettes représentaient la page des petites annonces de chacun des titres que gérait le Comptoir. Charles essaya de comprendre. La page du *Charivari* était quadrillée de traits figurant des cases étagées sur trois ou quatre colonnes. Certaines contenaient déjà des annotations : « Orfèvrerie Christofle, 8 lignes avec vignette et écussons » ; « Chemises Durand et Villain, 11 lignes » ; « Pâté Finot, 150 rue Saint-Honoré, 14 lignes, titre orné ».

Le reste des cases était encore vide. Charles comprit qu'il lui revenait de les remplir.

Anatole Lemaître reparut alors, tenant à la main quelques-unes des lettres qu'il avait emportées. Il prit une craie et, les relisant l'une après l'autre avec soin, entreprit de griffonner dans les cases vierges des différents journaux les références des annonces souscrites par courrier : « Robes de bal, Mme Elmire, 88 rue de Clichy, 3 lignes » ; « Assurance militaire, Isaïe Lévy, de Nancy, 9 lignes ». Puis il annexa d'un trait de craie triomphant toute la moitié inférieure du quotidien *La Presse* et inscrivit : « Chocolat digestif de Vichy avec emblèmes gravés de part et d'autre du texte, 25 lignes ».

– Celle-là, c'est la réclame dont on rêve, fit-il en se tournant vers Charles. Vingt parutions, une par semaine, et dans huit titres différents : un joli petit pactole ! Monsieur Estibal sera content.

Un sourire de béatitude illuminait son visage.

– Et maintenant, au travail ! Il faut que toutes ces cases soient remplies pour ce soir.

Le carillon de l'entrée tintait justement, annonçant les premiers clients de la journée. Charles prit position derrière son comptoir et se tint prêt. La première visiteuse fut une grosse matrone au chapeau si large qu'il penchait sur son épaule, débordant de fleurs trop lourdes.

– C'est mon mari, monsieur Aymès, qui m'envoie, déclara-t-elle. Nous vendons une réglisse à la violette incomparable dont nous entendons faire la promotion.

Elle avisa alors le bras factice de Charles.

– Pauvre enfant, dit-elle dans un élan d'instinct maternel.

Si ce n'est pas malheureux, avec votre charmant minois! Dieu au moins, dans sa bonté, vous a procuré cette place et pourvoit à vos besoins.

– C'est surtout à Monsieur Estibal que je suis redevable, bredouilla Charles.

Puis il commença à rédiger, sous la dictée de la commerçante, une annonce vantant les vertus de la réglisse, propre à calmer la toux, guérir les rhumes et les catarrhes, tout en répandant dans la bouche un agréable parfum. « 50 c. la boîte revêtue de notre signature. 2 fr. le 1/2 kilo. On expédie aussi en province. » Ainsi se terminait le premier encart qu'il rédigea, d'une longueur de neuf lignes.

Il le fit relire à la grosse femme qui s'en trouva fort satisfaite. Puis il se risqua:

– Souhaitez-vous faire paraître cette annonce dans plusieurs gazettes? Notre comptable, Monsieur Lemaître, vous obtiendra un tarif très avantageux.

– Comment pourrait-on vous refuser quelque chose, jeune homme? Je souscris les yeux fermés aux titres que vous me recommandez.

Elle avait posé sa main gantée sur la main gauche de Charles qui tenait encore la plume. Le regard dont elle le dévorait lui fit peur. Il se dégagea comme il put et l'envoya vers la caisse, au loin dans le couloir, munie du papier qu'il avait dûment paraphé en bleu. Quinze minutes plus tard, elle revint et lui rendit le feuillet portant en rouge l'approbation de Lemaître.

– C'est chose faite! dit-elle. Je suis positivement enchantée de vos services.

Elle se dirigea comme à regret vers la sortie, se ravisa et revint se pencher par-dessus le comptoir.

– Si par hasard vous changez d'avis et désirez obtenir une place dans un commerce honorable, glissa-t-elle à l'oreille du jeune commis aux écritures, ne manquez pas de me rendre visite, au Bazar Provençal, cité Vindé, sur le boulevard de la Madeleine. Vous verrez, c'est une fort aimable boutique que la nôtre.

Charles n'en revenait pas. Il était à peine embauché que déjà, malgré son infirmité, on lui proposait une nouvelle position. L'envie le prit de rire. Il n'eut pas le temps de savourer cette allégresse. D'autres clients se pressaient devant son comptoir. Charles mit un point d'honneur à s'activer et reçut peu de remarques désobligeantes ou de regards obliques sur son infirmité. Un homme d'affaires qui sortait de la Bourse et cherchait à placer dans la presse ses actions de la Compagnie des Mines d'or à dix francs lui fit même un compliment d'un ton bourru :

– Vous avez beau n'avoir qu'un bras, vous me semblez avoir plus de tête que le jeune Martinet avant vous ! Avec lui, ça n'allait pas si bon train.

La journée fut si remplie que Charles eut à peine le temps de se restaurer. Il vendit sans discontinuer des emplacements publicitaires, des lignes de réclames et d'annonces, passant de la peinture au blanc de zinc au dépuratif végétal à la salsepareille, de la fabrique d'équipements militaires Au dieu Mars à la nouvelle villa d'accouchement de Madame Renard aux Champs-Élysées, de la pâte de Bengale pour plomber soi-même ses dents à une pension bourgeoise du

Palais-Royal proposant des dîners d'exception à un franc et dix centimes. À 5 heures du soir, la tête lui tournait, mais toutes les cases des tableaux noirs étaient remplies, et beaucoup de promesses étaient en outre signées pour les jours et les semaines à venir.

Un peu avant la fermeture des bureaux, Norbert Estibal fit son apparition. Il jeta son chapeau haut-de-forme sur le comptoir, s'essuya le front de son mouchoir et considéra le jeune homme qui se tenait, muet d'appréhension, devant lui.

– Eh bien, vous en faites une tête, Monsieur Hû ! Quelque chose ne va pas ?

– Je vous demande pardon, Monsieur. Tout va bien. Je vous remercie.

– J'ai entendu chanter vos louanges par mon ami Aymès dès le début de l'après-midi. Son épouse vous a trouvé fort à son goût, on dirait.

– En effet, Monsieur. J'ai eu l'honneur de l'avoir pour première cliente ce matin.

– Il ne faut pas vous en faire, mon garçon. C'est une commère redoutable, qui cancane comme une portière d'immeuble. Mais elle a l'âme charitable.

Il remarqua alors seulement le caissier tout juste sorti de son repaire.

– Alors, mon brave Anatole ? Notre commis vous a-t-il donné satisfaction aujourd'hui ?

– Parfaitement, Monsieur. Tous les emplacements ont été vendus.

En disant cela, il avait un petit air désappointé, comme si ses espoirs avaient été déçus.

CHAPITRE 13

En quelques semaines, Charles se rendit indispensable à Norbert Estibal. Le jeune homme éprouvait un grand plaisir à recevoir tous ces gens à la file et à satisfaire leurs désirs et leurs exigences. Il se démenait comme un beau diable, sans se départir de son amabilité, ne voulant pas qu'on puisse accuser son infirmité de le ralentir ou de nuire à l'activité du Comptoir d'annonces. Certains clients lui devenaient familiers. Il arrivait que l'un d'eux touche sa main de cuir comme on touche du bois et lui dise dans un sourire :

– C'est pour que vous me portiez bonheur dans les affaires !

Estibal avait vu juste : son commis était en train de se tailler une solide réputation à l'ombre de la Bourse et dans les quartiers d'affaires. Même Anatole Lemaître le regardait désormais d'un œil moins sinistre, tout occupé à remplir ses livres de comptes et à enregistrer les encaissements en espèces sonnantes et trébuchantes.

Peu à peu, l'entrepreneur s'attacha à Charles. Ce dernier le surprit un jour, glissant à un visiteur sur le pas de la porte :

– Je n'aurais pas pu faire meilleur choix : il est peut-être manchot, mais il abat deux fois plus de besogne que tous mes commis avant lui !

– Il sait ce qu'il vous doit et tient à conserver sa place. Qui d'autre que vous pouvait lui offrir cette chance ? Vous avez toujours été un visionnaire, Norbert.

Ce soir-là, Estibal demanda à son employé de rester au Comptoir après sa journée de travail.

– Il y a quelque chose dont je souhaite vous entretenir, mon petit Charles.

Ce ton paternaliste intimida le jeune homme en même temps qu'il lui alla droit au cœur. C'était comme si une incommensurable barrière venait de s'abolir.

– Bien sûr, Monsieur. Je suis à votre disposition.

Il avait pourtant promis à Lisette de l'emmener en ce vendredi à la salle Valentino voir les danses de guerre des onze Indiens O-Jib-Be-Wa venus de l'Ontario. Elle allait l'attendre, elle serait fâchée. Mais il suivit Estibal dans son cabinet privé au fond du couloir. Il n'y avait encore jamais mis les pieds. Il fut invité à s'asseoir dans un confortable fauteuil recouvert de brocart tandis que l'entrepreneur se calait dans le sien derrière son bureau d'acajou et allumait un cigare.

– Avez-vous déjà voyagé par le chemin de fer ? demanda Estibal en regardant rêveusement s'éteindre son allumette.

– Non, Monsieur, répondit Charles timidement, en se demandant où son interlocuteur voulait en venir.

– Vous devriez essayer un jour. C'est une sensation extraordinaire. Cela va plus vite qu'un cheval au galop, et vous avez intérêt à bien tenir votre couvre-chef si vous voyagez sur l'impériale.

– Je n'en doute pas, Monsieur.

– Paris compte à présent six de ces embarcadères ferroviaires, de Saint-Lazare à la gare de Lyon, en passant par la gare de l'Ouest. Et l'on parle maintenant de construire une ligne circulaire pour les relier tous entre eux. Demain le chemin de fer encerclera Paris ! Il rayonnera à travers tout le pays et même au-delà, mettant les villes et les peuples les plus éloignés à notre portée.

Charles pensa aux Indiens dont les démonstrations de tir à l'arc devaient commencer dans un peu moins d'une heure.

– C'est une grande avancée pour notre siècle, poursuivit Estibal. Mais comme toute œuvre de progrès, elle comporte des risques nouveaux. Souvenez-vous : il y a dix ans, dans la descente entre Clamart et Meudon, un accident terrible a coûté la vie à une foule considérable de voyageurs qui se rendaient au spectacle des Grandes Eaux de Versailles.

Charles avait lu avec effroi ce drame relaté dans les gazettes : plus de sept cents âmes à bord, un convoi de cent vingt-sept mètres de long, deux machines attelées pour décupler la force de traction, la vitesse folle de cinquante kilomètres par heure, l'essieu de la première machine qui se brise, et les remorques qui chutent à sa suite, puis les flammes, les cris, tout le convoi réduit en cendres…

– Il me semble qu'il y a là bien du danger, risqua-t-il.

– C'est justement notre aubaine ! s'exclama l'entrepreneur. La maison Estibal a mis au point un système d'assurance contre les accidents, au parcours ou par abonnement. Et aujourd'hui même, voilà que j'ai signé avec les compagnies de chemin de fer un contrat sans précédent : j'ai obtenu la concession de dizaines de pans de murs dans toutes les gares ferroviaires pour y afficher des placards d'un nouveau genre. Et c'est ici que j'ai besoin de vous !

– En quoi puis-je vous être utile ?

– Je veux que d'ici lundi vous me rédigiez le texte qui figurera sur ces placards : il faut qu'ils accrochent l'œil du voyageur au premier regard. Qu'ils suscitent son émoi, qu'ils l'effraient même, suffisamment en tout cas pour qu'il souscrive incontinent à notre caisse d'assurances !

Charles acquiesça, conscient qu'avec cette mission Estibal lui témoignait un degré de confiance nouveau. Puis il prit congé et courut jusqu'à la rue Saint-Honoré où il retrouva Lisette trépignant d'impatience devant la salle de spectacle. Malgré leurs cris sauvages et leurs tenues emplumées, les Indiens parvinrent difficilement à le distraire. Tout son esprit était concentré sur la nouvelle tâche qui lui incombait. Peu à peu, il se détendit : lui dont l'existence avait commencé dans une tragédie sanglante où son père avait trouvé une mort injuste, voilà qu'on le priait de rêver à des accidents de chemin de fer et à des drames épouvantables pour mieux placer de lucratives polices d'assurance ; lui qui depuis son jeune âge ne s'était senti qu'à demi humain, incomplet, diminué dans sa chair, voilà qu'il gagnait sa vie en rédigeant à longueur de journée des annonces et des réclames vantant des remèdes et des potions douteuses, censés guérir tous les maux du corps. Et aujourd'hui, malgré son infirmité, voilà qu'il se retrouvait au spectacle comme tout un chacun, les cheveux mousseux d'une jolie fille débordant sur son épaule où elle appuyait sa tête. Il posa sa main gauche sur la cuisse de Lisette et la pressa à travers sa robe. Il lui semblait tenir là quelque chose de doux, de chaud et de tangible qui le rassurait face aux désordres du monde.

Sur le chemin du retour, il conta à son amie la nouvelle entreprise dont son patron l'avait chargé. Les becs de gaz conféraient à la ville une allure fantomatique. Dans leurs pâles halos, des filles usées attendaient en vain le client en sautillant pour se tenir chaud et en soufflant sur leurs mitaines de dentelle crasseuses.

– Salut les amoureux ! leur lança l'une d'elles d'une voix gouailleuse. Me feriez-vous l'aumône de quelques sous pour que je me jette un petit punch ?

Lisette fouilla dans sa poche et lui donna toute la menue monnaie qu'elle y trouva.

– Merci, ma jolie, fit la femme en retenant sa main dans la sienne. Pour la peine, laisse-moi te lire les lignes.

Charles eut un mouvement de recul. La femme était une borgnesse dont les traits, dans la lueur du réverbère, paraissaient ceux d'un animal étrange et effrayant.

– Tu as bon cœur, poursuivit-elle en dévisageant Lisette de son œil unique et en suivant du bout de l'index les replis de sa main droite. Tu as trouvé ton homme et tu l'as pris comme il était. Mais vous allez devoir être prudents. Il y a des accidents sur votre route. Je vois de grands ennuis à cause de votre bras, jeune homme.

– Des ennuis ? Quel genre d'ennuis ? demanda Lisette, incrédule.

– Méfie-toi du manchot. C'est tout ce que je peux te dire, ma mignonne.

Puis elle lâcha la main de Lisette et disparut dans la nuit, abandonnant les deux jeunes gens médusés.

– Que tu te méfies de moi ? s'écria Charles lorsqu'il eut recouvré ses esprits. C'est tout ce qu'elle a trouvé pour se rendre intéressante, cette vieille sorcière ? Elle veut sans doute me punir de ne pas lui avoir donné la pièce.

– Calme-toi, voyons. Il ne faut pas accorder d'importance à ses élucubrations. Tu vois bien qu'elle était en manque de boisson. Elle aurait raconté n'importe quoi pour avoir son punch.

Charles rumina ses propos jusqu'à leur arrivée dans sa mansarde sous les toits. Lisette eut toutes les peines du monde à le dérider.

– « Il y a des accidents sur votre route » ! Après tout, elle a vu juste : c'est bien ce à quoi ton patron t'a demandé de réfléchir ! Cette assurance contre les accidents : à toi de trouver les arguments convaincants. Je serai tellement fière de te savoir affiché sur tous ces placards à travers la ville !

CHAPITRE 14

Le dimanche suivant, Charles passa la journée à mettre bout à bout ses idées, à les étirer, à les nouer ensemble. Quand il eut fini, il appela Lisette qui suspendait à un fil tendu en travers de la pièce leur linge fraîchement remonté du lavoir.

– Que dis-tu de cela ?

Et il lui lut les lignes qu'il avait écrites :

– « Icare se brûla les ailes et chuta. Phaéton vit son char basculer et se brisa les os. Bellérophon fut précipité à bas de son cheval ailé. Tous virent leur fin proche et demeurèrent sans secours. Aujourd'hui, vous pouvez éviter leur triste mésaventure : parcourez le monde sans danger, prenez le chemin de fer en toute quiétude. Souscrivez à l'assurance sur la vie de Norbert Estibal, la seule qui vous protège des désagréments et des risques du voyage ! Tarifs sur demande au 6, place de la Bourse à Paris. On souscrit personnellement, au parcours ou par abonnement au mois ou à l'année. »

Lisette eut une petite moue sceptique.

– Je ne sais pas si cela est très convaincant. Qui sont ces personnages dont tu parles ?

Charles lui expliqua que le recours aux figures de la mythologie était une transposition utile. Cela évitait d'aborder le sujet de l'accident de train de façon trop brutale.

– On ne veut pas totalement effrayer les voyageurs, comprends-tu ? Imagine, si on illustre l'affiche d'une gravure représentant la chute d'Icare, ils en seront frappés. Alors le texte prendra tout son sens.

– Je vois ce que tu veux dire. Je pense toutefois que tu peux mieux faire. Garde donc l'image de la chute, mais sois plus concis dans la légende.

Elle réfléchit quelques instants et proposa :

– « S'il avait connu Norbert Estibal, Icare n'aurait pas fini ainsi ! Soyez plus avisé que lui : prenez le chemin de fer muni de notre assurance sur la vie, et savourez votre voyage en toute quiétude. »

– En effet, concéda Charles, je reconnais que ta formulation est bien meilleure.

– À nous deux, nous pouvons faire de grandes choses ! rétorqua Lisette avec un sourire ravi.

Quand le jeune homme soumit le texte publicitaire à son employeur, celui-ci ne cacha pas son enthousiasme :

– Quelle idée épatante ! Cette image de la chute d'Icare, voilà qui arrêtera le regard du passant. Quant à associer son nom au mien, c'est un raccourci qui me plaît – que dis-je, cela confine au génie ! Mon ami, il ne reste plus qu'à mettre la chose en forme, et bientôt tout Paris ne parlera plus de rien d'autre que des affiches de Norbert Estibal !

Il avait vu juste. On rit beaucoup dans les gares, du rire un peu inquiet de ceux qui mesuraient le risque encouru. Et les ventes de la police d'assurance Icare explosèrent. Bientôt, avec l'aide de Charles, Estibal adapta la réclame aux voyages transatlantiques toujours plus nombreux :

– Des semaines de mer, c'est le risque d'essuyer des tempêtes et de finir échoué, ou pire, noyé au fond de l'Océan. Nous tenons là un marché considérable, mon ami !

– « Traversez l'Atlantique sans panique : Icare vous assure sans retard ! » jeta Charles, brusquement inspiré par la leçon de Lisette.

– Fort bien ! Je dirais même plus, excellent !

Estibal exultait. La fortune de sa maison d'assurances fut bientôt faite. Charles conserva son poste au Comptoir et se vit octroyer dès l'automne l'aide de deux nouveaux commis qu'il fut chargé de former. En moins d'un an, sa rémunération passa de cent à cent trente francs par mois. La foule se pressait chez le fermier d'annonces. Chaque jour, de nouveaux titres de presse venaient solliciter les services de la maison de publicité pour remplir leur dernière page de réclames.

– Ils ont bien compris que ce revenu n'a rien de négligeable pour eux : ainsi ils peuvent faire baisser le prix de leur abonnement et diffuser plus largement, expliquait Estibal à qui voulait l'entendre.

Quant à lui, il avait négocié auprès des journaux de solides commissions pour sa société, et revendait au prix fort les emplacements qu'il obtenait d'eux.

Charles assistait ébahi à ce qui lui semblait l'envol d'un aigle dont il contribuait par son labeur à faire le nid. Partout, Norbert Estibal engageait des fonds, achetait, investissait, spéculait.

– Dix huit années se sont écoulées depuis que j'ai créé le Comptoir d'annonces, en 1834. J'en ai connu des tourments et des barricades ! L'agitation, c'est l'incertitude, la mort du négoce et des affaires. À présent, Dieu merci, le régime nous offre la solidité dont nous avons besoin. Louis-Napoléon l'a bien proclamé : « L'Empire, c'est la paix. » Voyez, mon bon Charles, comme Paris s'agrandit et s'embellit chaque jour ! On ouvre des routes, on abat des immeubles pour en construire de plus beaux, on défriche des terres incultes, on creuse des ports et des canaux, on navigue sur les mers et sur les rivières, bientôt une immense flotte de navires marchands sillonnera le globe !

Son exaltation ne connaissait pas de bornes. Charles se sentait dans l'ombre d'un géant. Galvanisé par ses discours, aiguillonné par Lisette lassée de se cogner aux murs de la soupente, il se décida dans le plus grand secret à améliorer sa propre situation. L'occasion s'en présenta le jour où l'un de ses assistants lui soumit une petite annonce à relire pour insertion : « À louer un très bel appartement meublé au 1er étage. Prix : 600 francs l'an. Composé d'une belle chambre à coucher, salon, salle à manger, cuisine. Abondance d'eau gratis. S'adresser sur les lieux, rue La Rochefoucauld, 43, près la rue Notre-Dame-de-Lorette ».

– Celle-ci, je m'en occupe, fit Charles. Peut-être n'aurons-nous pas à la publier. Voulez-vous bien couvrir mon absence, Benoît ? Je n'en ai pas pour longtemps.

Quand il revint, il était le détenteur triomphant des clés du logement pour lequel il avait déposé d'avance un mois de ses appointements. Il en fit la surprise à Lisette le soir même.

Elle battit des mains en découvrant les lieux. Transporter leurs maigres affaires depuis la mansarde de la rue de la Limace ne fut que l'affaire de quelques heures. Pour la première fois de leur vie, ils dormirent sur un bon matelas, serrés l'un contre l'autre, le cœur battant de tant de bonheur, sous un chaud édredon de plumes. Dès le lendemain, ils coururent annoncer leur bonne fortune à Francisque et Pauline. Ils firent tous les quatre le voyage à pied depuis l'atelier, gais comme des pinsons.

– Et sur le palier d'en face, une petite chambre va bientôt se libérer, expliqua Charles qui avait déjà tout prévu. N'est-ce pas un hasard merveilleux ? Je vais pouvoir y loger ma mère qui croupit au fond de sa cour.

– Cela sera bien pratique, si un enfant vous arrive. Elle pourra s'en occuper, dit Francisque d'un ton grave.

– Voyons, ne parle pas trop vite ! s'écria Lisette. Le ciel nous en préserve encore un peu !

Dans l'escalier qui menait au premier étage, Pauline se sentit mal. Elle était livide, la tête lui tournait. Il fallut la soutenir, puis l'aider à s'asseoir sur une bergère de velours bleu qui trônait dans le salon.

– Je suis enceinte, fit-elle, confuse de se donner ainsi en spectacle.

Lisette lui tendit un verre d'eau tandis que Francisque lui serrait la main.

– Dans quelques mois, nous serons trois, dit-il avec fierté. Et pour l'occasion, nous allons nous marier !

Charles dut s'asseoir à son tour, abasourdi. Il lui semblait que le cours du temps s'emballait.

– Ne me dis pas que tu vas virer de l'œil, toi aussi, s'écria Francisque. Je ne veux pas d'une mauviette comme garçon d'honneur !

CHAPITRE 15

Le ventre de Pauline s'arrondissait, les affaires d'Estibal se développaient. Il se plaignait depuis longtemps d'être trop à l'étroit au 6, place de la Bourse. Vers la fin de l'année, il offrit à tous ses employés une semaine de trêve pour Noël, et fit durant ce temps déménager ses bureaux à quelques mètres de là, au numéro 12, les empilant cette fois sur trois étages. L'agence de publicité se trouvait au rez-de-chaussée et Charles, tout juste âgé de vingt-quatre ans, en était désormais le chef. Au-dessus d'elle se répartissaient les autres sociétés d'Estibal, spécialisées dans le courtage en Bourse, la gestion immobilière, la vente de fonds de commerce et l'octroi de crédits bancaires. Au dernier étage, son agence de voyages voisinait avec les bureaux des assurances Icare : quiconque achetait un voyage d'agrément pour Londres ou pour Trouville se voyait invité à souscrire une police d'assurance sur le même palier.

Estibal s'octroyait toujours une place de choix dans les journaux : chaque semaine une nouvelle entreprise fleurissait dans son esprit fertile et il chargeait aussitôt Charles d'en rédiger la réclame. Le jeune homme s'acquittait avec sérieux de la tâche, laissant parfois son imagination s'emballer. Il caressa ainsi un jour le rêve fugace d'emmener Lisette aux bains de mer du Croisic, dans l'établissement que son patron venait d'acquérir et dont il eut à vanter les charmes en quinze lignes fourmillant de détails – là-bas, ils auraient un appartement vaste et commode, ils jouiraient du salon de musique et de la salle de billard, ils monteraient dans des embarcations pour des promenades en mer vivifiantes, arpenteraient la plage à dos d'âne ou de poney, et loueraient des costumes de bain. Puis il regarda sa main de cuir, sentit les barres de métal prolongeant son moignon, les sangles serrées à son épaule et sur son torse. Dans un sursaut face à l'évidence, il renonça à ce doux songe. Lentement, les images s'effacèrent, telles les traces sur le sable grignotées par l'écume.

Pourtant, il était heureux. Rien ne lui manquait : Lisette égayait leur petit appartement de sa fraîcheur et des bouquets de fleurs des champs qu'elle rapportait, invendus, après les longues journées passées à traîner sa carriole ; Francisque et Pauline semblaient confits dans leur propre béatitude et préparaient leur noce qui devait avoir lieu à quelques semaines de là ; sa mère avait emménagé dans le petit logement sur le même carré que le leur et elle semblait retrouver goût à la vie, passant le plus clair de son temps à espionner les allées et venues des habitants.

Par un beau soir de la fin février, Norbert Estibal remit à Charles un carton sur lequel étaient imprimés les mots suivants en anglaises élégantes : « Norbert Estibal, gérant du

Comptoir national d'annonces, et Madame, née Sylvanie de Labatut de la Tortue, prient M. Charles Hû de leur faire l'honneur d'assister au dîner qu'ils donneront à leur domicile le samedi 5 mars à sept heures précises. » Suivait une adresse rue Montmartre.

– Cette invitation vaut également pour votre ami, l'habile horloger. Il me tarde de le rencontrer. Vous saurez je suppose le convaincre de se joindre à nous ?

Charles, gêné, remercia son patron du bout des lèvres. Il n'avait pas de vêtement approprié, et que diraient tous ces gens du beau monde devant lui, pauvre manchot ? Estibal devina son embarras.

– N'ayez crainte, j'ai donné consigne au loueur de la rue Vivienne de vous fournir un habit. C'est un service qu'il me doit, il ne vous en coûtera rien. Votre ami l'horloger peut en profiter, lui aussi. Je tiens beaucoup à ce que vous soyez de la fête, car on célébrera l'ascension de la maison Estibal et ses nouveaux locaux. Vous y avez votre part !

Quand Charles lui montra l'invitation, Lisette fit la moue.

– Évidemment, on ne reçoit que les couples mariés ! Tu iras donc sans moi, dit-elle.

Le lendemain, il en parla à Francisque.

– Pourquoi diable ce bourgeois demande-t-il à me connaître ? maugréa ce dernier. S'il veut que je répare ses pendules, qu'il vienne donc à l'atelier !

Ce fut Pauline qui l'encouragea de sa voix douce :

– Vas-y donc, mon ami. Cela sera peut-être bon pour toi. Lisette viendra me tenir compagnie, nous saurons bien nous amuser toutes les deux pendant que vous ripaillez !

Quelques jours avant la date du dîner, Charles et Francisque se rendirent chez le loueur. L'homme trouva sans peine un habit de soirée seyant pour l'horloger – chemise et gilet immaculés, cravate blanche en soie ornée d'une épingle, redingote et pantalon noirs terminés par des souliers vernis. Quand Francisque se regarda dans la glace, son gibus à la main, il resta un instant comme interloqué et marmonna :

– J'ai l'air d'un parfait notable avec cet accoutrement !

L'habit de Charles donna du fil à retordre au loueur. Il n'avait pas souvent eu à traiter avec des infirmes de son espèce et dut faire appel à son voisin, le tailleur Abraham.

– Je n'ai encore jamais vu pareille machine, souffla ce dernier en découvrant Charles torse nu, qui essayait en vain d'enfiler une chemise ajustée.

Celui-ci, pour cacher sa honte, désigna Francisque.

– C'est mon ami qui l'a fabriquée.

– Une mécanique de précision… Vous permettez, Monsieur, que je l'examine ?

Son admiration était palpable. Lui même portait à son bras un coussin de velours hérissé d'épingles et des élastiques en caoutchouc. Il fouilla parmi l'assortiment de chemises suspendues dans la penderie du magasin.

– Nous allons faire de vous un vrai petit seigneur, dit-il d'une voix flûtée.

La chemise qu'il tendit à Charles était trop large et trop longue. Mais en quelques plis et par la grâce de quelques épingles, elle fut bientôt ajustée. Elle cachait parfaitement son bras articulé. Dénicher un gilet fut à peine plus compliqué. Le tailleur le choisit d'un beau gris moiré à motifs de fleurs de lis.

– N'est-ce pas un peu trop voyant ? s'enquit Charles.

– Il faut que l'attention se porte sur vos atours. Pas sur votre bras, décréta le tailleur.

– Il a raison, renchérit le loueur de vêtements en lui tendant une cravate assortie à petits pois gris sur fond blanc.

Et il la fit mousser avec art autour du cou du jeune homme. Un pantalon, une veste longue et un chapeau noirs complétèrent le costume. Même Francisque resta bouche bée devant la transformation de son ami.

– Diable ! On peut dire que l'habit te va bien !

L'épouse du loueur qui tenait la caisse et était jusqu'alors restée muette fit part de son approbation :

– Avec vos cheveux qui ondulent et vos traits fins, vous ressemblez à un étudiant en droit ! Vous pourriez entrer en politique !

Charles se rengorgea en riant. Puis il renfila comme Francisque ses vêtements ordinaires. Le tailleur l'assura que toutes les retouches seraient prêtes deux jours plus tard.

– Je viendrai chercher les deux costumes, dit Charles en le remerciant.

Le soir tombait. Francisque devait rentrer chez lui dans le Marais, Charles remonter vers Notre-Dame-de-Lorette.

– Allons donc nous jeter un godet entre hommes, fit l'horloger. Nos femmes sont bien aises de papoter sans nous.

Ils empruntèrent le passage des Panoramas où les élégants se pressaient, puis rejoignirent le boulevard Montmartre et tournèrent à droite en direction du théâtre des Variétés. Sur les marches, l'agitation battait son plein. On donnait un vaudeville à la mode qui attirait tout Paris. La buvette en plein air était accueillante et les deux hommes s'y glissèrent parmi les frôlements de robes en taffetas et les rires stridents des cocottes. Non loin d'eux, un bateleur exhibait un chien savant qui caracolait en dessinant des cercles, chevauché par un macaque en tutu. Charles observait son ami dont le regard se perdait dans la foule du boulevard.

– Tu as l'air soucieux, fit-il.

– C'est l'arrivée de cet enfant… Et cette noce qu'il va bien falloir payer, à la fin du mois. Je travaille sans relâche, mais cela ne suffit pas.

– Et si tu prenais un apprenti ? Un employé ? Cela ne t'aiderait-il pas ?

Ils commandèrent deux bocks. Charles, comme à l'ordinaire, toucha à peine au sien et le tendit à Francisque quand celui-ci eut fini son premier verre.

– Les réparations, cela ne rapporte rien. Surtout quand Pauline, avec son bon cœur, fait crédit aux clients en détresse. Et maintenant, voilà qu'elle veut ouvrir une petite boutique d'horlogerie dont elle sera la patronne !

– Cela n'est pas pour tout de suite, sûrement… Elle va bien devoir s'occuper de l'enfant ?

– Penses-tu : elle a trouvé une échoppe à louer au rez-de-chaussée de notre immeuble, sur la rue. Elle s'y voit très bien, berçant du pied l'enfant dans son berceau, et vendant ses pendules et ses babioles !

– Mais l'affaire n'est pas encore faite, n'est-ce pas ?

– Si, pardi ! J'ai déposé des arrhes au propriétaire. C'était ça, ou elle ne me laissait pas en paix.

– Il est vrai que Pauline sait y faire : il est difficile de lui refuser quoi que ce soit.

Même s'il comprenait les inquiétudes de Francisque, Charles ne pouvait s'empêcher de bénir son amie en son for intérieur. Sans les exhortations enrobées de douceur, sans la ténacité et la candeur de Pauline qui le portaient depuis l'enfance, il ne serait jamais arrivé là où il était aujourd'hui. Et de tous ces accomplissements réalisés en si peu de temps, il se sentait enfin fier.

CHAPITRE 16

– J'ai l'impression d'être travesti et d'aller à un bal costumé, dit Francisque au pied de l'immeuble.

– Cesse de bougonner, rétorqua Charles. Dis-toi que c'est une faveur que tu me fais.

– Pas à toi, mais à ton patron !

Charles tira le cordon et la concierge leur ouvrit. Depuis le seuil de sa loge, elle les salua comme s'ils étaient des pairs de France et leur indiqua la porte de droite sur le palier du premier étage. Des marches et de la rambarde impeccablement cirées se dégageait une puissante odeur d'encaustique. Leurs pieds s'enfonçaient dans le tapis moelleux et étroit qui courait sur tout l'escalier.

– Si au moins il y avait là quelques grisettes ou quelques lorettes avec qui s'amuser ! maugréa Francisque en attendant que s'ouvre la porte de l'appartement.

– Tu exagères : ne seras-tu pas bientôt un homme marié ?

– Il n'empêche. On rirait toujours plus qu'avec ces quidams-là.

D'un geste du menton, il désigna un couple endimanché

qui arrivait derrière eux. L'homme portait le costume de rigueur semblable au leur, la femme d'une beauté un peu fanée arborait une robe d'un vert profond, au corsage décolleté et à la longue jupe bouffante. Elle avait jeté sur ses épaules une étole assortie à son mignon bonnet de soie garni de dentelle. Une petite bourse brodée de perles se balançait à son bras. Elle tenait à la main un éventail replié et minauda, battant des cils à l'insu de son mari quand il salua les deux jeunes gens d'une inclinaison sèche de la tête.

La porte s'ouvrit et un domestique introduisit les visiteurs, un groupe après l'autre. Charles déposa son carton d'invitation sur le plateau d'argent qui lui était tendu. Les deux hommes furent annoncés cérémonieusement d'une voix nasillarde par le laquais :

– Monsieur Charles Hû et un ami !

– Ma parole, ce lascar est resté au siècle dernier ! grinça Francisque entre ses dents.

Norbert Estibal apparut alors, comme surgi de nulle part. Il les salua avec empressement.

– Bienvenue, mon cher, mon précieux Charles ! Que je te sais gré d'avoir amené ton ami !

Subitement, voilà qu'il le tutoyait. Puis, se tournant vers l'horloger, il ajouta :

– Ainsi, vous êtes le magicien qui a forgé cette merveille ! Notre bon Charles doit vous bénir chaque jour que Dieu fait !

Les deux jeunes gens ne surent que répondre. Ils furent tirés de leur embarras par une femme élégante qui s'avançait vers eux et leur tendit le bout de ses doigts sur lesquels ils s'inclinèrent, comme pour les baiser, ainsi qu'ils avaient vu faire le visiteur précédent.

– Norbert, voici donc votre jeune prodige, fit-elle à l'adresse de son mari.

Et elle ajouta en décochant à Charles un sourire ingénu qui plissa joliment ses yeux gris en amande :

– J'ai tant entendu parler de vous ! La première qui m'a fait votre panégyrique a été madame Aymès, dont vous avez si bien défendu la réglisse à la violette.

Charles ne connaissait que trop son regard en coin, qui cherchait à percer le secret de son bras droit à travers la manche de la redingote. Un domestique arriva et les délesta de leurs vestes, de leurs chapeaux et de leurs gants. Charles regarda la femme droit dans les yeux en ôtant celui qui recouvrait sa main de cuir.

– Madame, je suis charmé de faire votre connaissance. Je ne doutais pas que l'épouse de Monsieur Estibal fût aussi prévenante que lui-même.

La femme fit glisser avec grâce sur le parquet l'ample corbeille de sa robe pourpre pour se tourner vers le couple qui les suivait.

– Mes chers amis ! Il y a bien trop longtemps que nous ne nous sommes vus !

– Ah, Sylvanie ! s'exclama la femme vêtue de vert. Vous serez donc toujours la reine de l'élégance !

Charles et Francisque se laissèrent entraîner par Estibal vers un salon où des rafraîchissements étaient servis. Par une porte ouverte, ils pouvaient voir une table somptueusement dressée pour un dîner à trente convives au moins. Ils prirent par contenance la coupe de champagne qu'on leur présenta. Charles y trempa à peine les lèvres. Francisque but la sienne d'un trait, la reposa et en attrapa aussitôt une autre sur le plateau, ignorant le sourcil levé et l'air hautain du domestique. La foule se pressait dans des vapeurs parfumées et des bruissements de soie. Bientôt, Norbert Estibal fit tinter un couteau d'argent contre son verre pour obtenir le silence et déclara à la cantonade :

– Mes amis ! Je vous ai tous réunis pour fêter avec vous le nouvel essor pris par la maison Estibal et son installation dans ses nouveaux locaux. Que le champagne coule à flots ! Car ce n'est que le début d'une aventure qui sera longue et belle ! Que l'Empire favorise notre empire !

Des « bravos » et des « hourras » s'élevèrent pendant que les femmes applaudissaient délicatement du bout de leurs doigts ornés de perles et de bagues. Le regard de Charles se perdait dans les moulures, les dorures et les tentures de la pièce. Sur la cheminée de marbre trônaient des flambeaux majestueux, placés de part et d'autre d'un tableau de maître qui représentait une scène de bataille antique. Un peu partout sur les guéridons et les commodes étaient disposés des vases et des potiches raffinés débordant de pivoines assorties à la robe de la maîtresse de maison. Des cabinets vitrés recélaient de précieux objets d'ivoire, de nacre et de vermeil dans lesquels Francisque alla s'absorber.

– Je vois que vous êtes connaisseur, lui lança Estibal en lui donnant une tape familière dans le dos.

Charles, qui les observait, un peu en retrait, craignit l'espace d'un instant que Francisque se rebiffe. Mais celui-ci se contint et engagea la conversation. Bientôt, Estibal ouvrit l'une des vitrines au moyen d'une petite clé et en sortit une timbale ouvragée qu'il fit soupeser à l'horloger. Francisque eut un hochement de tête approbateur. Sylvanie Estibal se pencha alors vers Charles.

– Permettez, cher Monsieur, que je vous présente mon fils, Aristide. Tout à l'heure, mon mari fera une grande annonce à son sujet.

En disant cela, elle prit un air de conspiratrice. Aristide Estibal tenait sa carrure trapue de son père mais ses traits de sa mère, dont il avait le nez aquilin et les yeux gris pareils à ceux d'un chat. L'homme tendit mollement deux doigts à Charles puis son regard s'arrêta sur sa main de cuir et il se ravisa. Sa bouche faisait un pli un peu condescendant.

– Je sais, Monsieur, que mon père vous tient pour la huitième merveille du monde.

– J'espère rester toujours digne de sa confiance, fit Charles.

Ce fut tout ce qu'il trouva à répondre. À son grand soulagement, Aristide se tourna vers un groupe de notables qui discutaient avec animation des cours de la Bourse. Charles se replia sur un coin moins fréquenté du salon.

– Je me demande bien ce que nous faisons ici, lui glissa Francisque, venu le rejoindre.

Un convive l'entendit et s'adressa à eux :

– Ne vous inquiétez pas. À chaque fois je me dis la même chose.

Puis, devant leur confusion, il se présenta :

– Fritz Estibal. Je suis le frère aîné de Norbert.

Charles et Francisque se présentèrent à leur tour. L'homme était affable et souriant, comme amusé d'être là. Il semblait une version amincie de Norbert. Le haut de son crâne était dégarni, ses cheveux restants étaient gris et hirsutes, ses favoris et ses sourcils en bataille. Toute sa personne dégageait une bienveillante nonchalance qui plut immédiatement aux jeunes gens. Fritz héla un homme qui se tenait un peu plus loin, solitaire et ennuyé.

– Et voici notre autre frère, Joseph ! annonça-t-il.

Il y avait donc trois frères Estibal. Joseph était aussi maigre que Norbert était replet. Il avait lui aussi les cheveux gris et une calvitie plus prononcée que celle de Fritz. D'un maintien réservé, il inclina légèrement la tête en guise de salutation.

– Je suis l'aîné, expliqua Fritz. Joseph est le deuxième et Norbert le petit dernier. Mais ce n'est pas le moins énergique de nous trois, vous l'aurez remarqué.

– Êtes-vous dans les affaires, vous aussi ? demanda Charles pour faire la conversation.

– Si l'on veut. J'ai eu beaucoup d'activités diverses. J'ai été imprimeur, j'ai placé des annonces, j'ai même été courtier en assurances. Tout cela en partie grâce à Norbert, je dois le reconnaître. Mais mon frère ici présent, lui, est le seul vrai sage : il vit de ses rentes !

Joseph lui décocha un regard sombre, comme si Fritz se moquait de lui. Mais ce dernier poursuivit :

– En affaires, Joseph est le meilleur d'entre nous ! La pâte Dégenétais, cela vous dit-il quelque chose ?

– Bien sûr, fit Charles, soudain intéressé. Ce sont les

petits bonbons que me donnait ma mère lorsque j'étais enrhumé. Ils sont toujours très populaires, à en juger par les réclames que je vois passer pour cette marque.

– La pâte pectorale au mou de veau qui soigne toutes les affections de poitrine ! dit Fritz. Joseph et moi en avons racheté le brevet à la veuve du pharmacien en 1838. Une belle opération, je vous assure !

– En effet, fit Charles, admiratif.

– Pourquoi ne dis-tu pas toute la vérité ? demanda alors Joseph à son frère.

Fritz prit un air contrit, comme un enfant qu'on réprimande.

– Je n'ai jamais été bon gestionnaire, avoua-t-il. Je ne suis pas resté longtemps associé. J'ai eu des besoins d'argent et j'ai revendu rapidement mes parts à Joseph. C'est lui aujourd'hui qui exploite la marque seul.

– Voilà ce qui arrive aux paniers percés, fit Joseph avec dédain.

CHAPITRE 17

– Mes amis, à table ! s'écria Norbert Estibal.

Les épouses rejoignirent leurs maris et toute l'assemblée se dirigea vers la salle à manger tel un envol de papillons colorés. Charles fut saisi par le naturel de la femme qui prit le bras de Fritz Estibal. Plus jeune que lui d'une dizaine d'années, la taille fine, vêtue d'une simple robe claire, les cheveux blonds retombant en boucles dans une fine mantille sur sa nuque gracile, elle n'avait rien en commun avec les autres matrones. L'épouse de Joseph, en comparaison, semblait engoncée dans sa robe de soie bleu nuit au col sévère, qui contenait à grand-peine ses amples formes.

Par un heureux hasard, Charles et Francisque se retrouvèrent placés à côté de Fritz et de sa femme, à l'un des bouts de l'immense table.

– Je vous présente mon épouse Camille, dit Fritz.

La jolie femme leur sourit. Quand la bisque d'écrevisse leur fut servie, elle se pencha vers Charles et lui murmura :

– Aurez-vous besoin d'aide, Monsieur ?

Charles ne sut si elle faisait allusion à son bras articulé ou à sa perplexité visible face au nombre de couverts en argent répartis autour de son assiette.

– Merci, cela ira. Je me débrouille, à force d'habitude.

Et, sa main factice reposant sur la table, il porta de la main gauche sa cuiller à sa bouche. Durant le repas, Charles apprit que Camille Estibal était la nièce du célèbre médecin Xavier Bichat, décédé prématurément un demi-siècle plus tôt.

– Nous avons trois enfants, fit-elle. Ils ont à peu près votre âge. J'aurais beaucoup aimé que notre aîné, Félix, s'oriente vers la médecine. Mais c'est un Estibal. L'an prochain, il sera diplômé de l'École supérieure de commerce.

Charles lut comme un regret dans ses yeux. Son époux intervint alors pour demander à Francisque :

– Et vous, Monsieur, à quel titre êtes-vous ami de mon frère ?

– Je ne le sais pas encore. Il m'a convoqué ici avec mon camarade Charles. Mais à vrai dire, nous ne nous connaissons pas.

En entendant ces mots, la voisine de table de Francisque eut un sursaut indigné. Dans son entourage coururent des chuchotements scandalisés. On parla de provocation. Fritz, en revanche, partit d'un éclat de rire en levant son verre.

– Vous saurez bien assez tôt ce que vous veut Norbert ! dit-il. Il a forcément une idée derrière la tête !

Puis, un peu grisé par le vin, il s'adressa à Charles :

– Dites-moi, citoyen, tout le monde ici meurt d'envie de le savoir : comment avez-vous perdu votre bras ?

Camille voulut le faire taire et jeta à Charles un regard

désolé. Le silence s'était mis à régner à ce bout de la table. Au loin, Norbert et les autres convives riaient grassement. Le jeune homme ne se départit pas de son sang-froid et déclara :

– J'étais enfant quand cela est arrivé.

Il ne voulait guère en dire plus, mais Fritz le poussa dans ses retranchements :

– Un accident ? Et quel âge aviez-vous ?

– Voyons, mon ami, supplia Camille, cesse donc, tu le mets mal à l'aise !

Charles, conscient d'être devenu le centre de l'attention des convives, se jeta à l'eau :

– La rue Transnonain, cela vous dit quelque chose ? En 1834, j'avais six ans. Ce que vous voyez là est le résultat d'une balle perdue et d'un coup de baïonnette.

Un murmure d'effroi courut dans l'assemblée. Charles fit alors jouer son bras articulé comme on anime une marionnette pour le plaisir des enfants, et, désignant Francisque, il se reprit :

– Je devrais plutôt dire : ce que vous voyez là est le fruit du génie et du labeur de mon ami Francisque Brunaux, horloger de son état. Sans lui, je n'aurais pas l'honneur d'être en si noble compagnie ce soir.

Pour une fois, il ne se sentait pas dévoré par la honte. Les regards des invités glissaient sur lui sans l'atteindre.

Après les hors-d'œuvre, le turbot et le rosbif, on apporta une succession étourdissante de flans, de volailles en gelée, de croquembouches et d'entremets. Fritz, perdu dans ses pensées, paraissait soudain dégrisé. Un tintement contre un verre de cristal fit se redresser toutes les têtes : Norbert

Estibal annonçait un toast. Son épouse, fébrile, les joues en feu, jeta sur l'assemblée un regard empreint d'orgueil.

– Elle se rengorge, la grosse dinde, souffla Fritz à sa femme.

Charles entendit ses propos et perçut la réaction horrifiée de Camille qui lui enjoignit de se taire :

– Pour l'amour du ciel, tiens-toi tranquille ! Ne va pas gâcher la fête de ton frère !

Norbert s'essuya la bouche, reposa sa serviette, se leva et se tint solennellement debout derrière sa chaise, les mains appuyées sur le dossier.

– Mes amis, proclama-t-il, j'espère que vous avez savouré ce dîner qui doit beaucoup à ma chère épouse et à ses talents d'organisatrice. Si je vous ai réunis ce soir, c'est pour vous annoncer une nouvelle d'importance pour l'avenir de la maison Estibal. Vous connaissez notre fils Aristide, dont la valeur n'est plus à prouver. J'ai le grand plaisir de vous annoncer qu'à partir d'aujourd'hui, il est officiellement mon associé et mon bras droit, ainsi que le nouveau directeur du Comptoir d'annonces. Je lève mon verre à sa santé et à la longévité de notre maison !

Les convives l'imitèrent comme un seul homme. Sylvanie essuya une larme en regardant amoureusement son fils qui se leva, faisant face à son père, et s'inclina à gauche et à droite en remerciement de cet hommage.

– Son bras droit ! marmotta Fritz en direction de Charles. Il en a de bonnes ! Le garçon est plus manchot que vous !

Camille, les sourcils froncés, lui donna une tape sur la main et lui retira son verre. Puis tout le monde quitta la table. Les messieurs furent invités à passer dans la bibliothèque où les attendaient des digestifs. Les femmes se retirèrent au salon de musique où bientôt le son du piano et des airs guillerets s'élevèrent. Charles et Francisque suivirent le mouvement, en remarquant que Joseph et son épouse s'éclipsaient, peu désireux de prolonger les festivités.

Norbert fondit alors sur Francisque et lui tendit un verre de rhum.

– Enfin ! Nous avons le loisir de faire plus ample connaissance, mon brave. Trinquons !

Fritz, qui se trouvait à deux pas de là, commenta d'un ton de reproche :

– « Mon brave » ! Comme tu y vas ! On dirait que tu t'adresses à ton domestique.

– Fiche-nous la paix, tu as trop bu, rétorqua Norbert.

Il entraîna Francisque à l'écart. Charles les vit s'entretenir longuement. Fritz s'approcha de lui, une lueur étrange allumée dans l'œil.

– Me pardonnerez-vous, mon petit Charles ? Je ne voulais pas me moquer de vous ni de votre bras.

– Cela ne fait rien, répondit le jeune homme. Je suis souvent un objet de curiosité.

– Vous êtes surtout un héros ! Un survivant de la barbarie sanguinaire ! À ce titre, c'est à vous que l'on devrait porter un toast ce soir.

Il parlait d'une voix de stentor qui détonnait dans l'atmosphère feutrée de la bibliothèque, toute de velours, d'acajou et de cuir. Deux messieurs s'avancèrent, l'air menaçant. Ils prirent chacun Fritz par un bras et se dirigèrent avec lui vers la sortie. L'homme se débattit un peu puis, retrouvant sa femme qu'une bonne âme était allée chercher, il enfila son pardessus en maugréant, fit tomber son chapeau, l'épousseta et le vissa sur le sommet de son crâne. Au moment de franchir le seuil de l'appartement, il fut comme pris d'un soudain éclair de lucidité et revint se planter devant Charles. Martelant de l'index la poitrine du jeune homme, comme pour faire entrer la phrase droit dans son cœur, il lui dit d'un air grave :

– Rendez-vous chez Momus jeudi soir à 8 heures !

Puis il s'en alla d'un pas mal assuré. Charles resta seul. Norbert et Francisque devisaient toujours.

Il était 2 heures du matin quand les deux amis s'en retournèrent chacun chez eux. Francisque était légèrement ivre, plein d'une gaieté que Charles ne lui connaissait plus.

– C'est un sacré bonhomme que ce Norbert ! Lui et moi, on se comprend comme des frères. Rien ne lui résiste, quelle nature !

– De quoi avez-vous donc parlé aussi longtemps ? demanda Charles.

Il défit le nœud de sa cravate qui l'étouffait. Après toute cette soirée où il avait fait bonne figure, le port droit, le sourire poli et avenant, voilà que les sangles de cuir et le métal de son bras artificiel l'échauffaient et lui pesaient comme un licou. Il lui tardait de se blottir contre Lisette, débarrassé de tout cet attirail.

– D'un projet qui va nous mener à la fortune, répondit Francisque. Et tu y as ta part.

CHAPITRE 18

Le lendemain était un dimanche. Charles avait du mal à ouvrir les yeux. Il se prélassa longuement au lit tandis que Lisette s'affairait dans le salon. Ces petits bruits du ménage, en le berçant, lui mettaient au cœur une douce chaleur qui se diffusait dans tout son être et sous l'édredon d'où il ne voulait plus s'extraire.

– Vas-tu donc te lever, affreux paresseux !

Lisette se tenait au pied du lit, les poings sur les hanches, faussement en colère.

– Monsieur se couche à point d'heure, continua-t-elle, et il se lève à midi, comme les richards avec qui il passe ses soirées !

Charles se redressa sur l'oreiller.

– Je n'ai pas voulu te réveiller hier soir. J'ai vu que tu dormais.

– Je t'ai entendu rentrer, va. Je n'étais pas couchée depuis si longtemps.

Ils burent une tasse de lait chaud et mangèrent des œufs avec un peu de pain.

– J'ai promis à Pauline que nous retournerions la voir

aujourd'hui, fit Lisette en ramassant ses cheveux en un chignon. Elle a besoin d'aide dans l'aménagement de sa boutique. Dans son état, elle doit être prudente.

– Francisque ne voit pas cette lubie d'un très bon œil. Il craint de ne pas pouvoir joindre les deux bouts.

– Je sais, commenta-t-elle. Ils se sont un peu disputés à ce sujet.

Puis, se jetant au cou de Charles, elle lui susurra avec des câlineries de chatte :

– Promets-moi que nous ne nous fâcherons jamais !

À peine une heure plus tard, ils arrivaient chez leurs amis. L'atelier de l'horloger avait bien changé. Il était comme rétréci par une cloison qui avait poussé vers le fond.

– Il a bien fallu que j'aménage une chambre digne de ce nom, dit Francisque. Bientôt, notre vie ne sera plus la même.

Il n'y avait toutefois plus d'amertume dans sa voix. Au contraire, son ton était guilleret.

– N'est-ce pas, ma petite bonbonne ? lança-t-il à Pauline. Tu auras bientôt ta boutique ! Et nous aurons notre noce !

Un sourire ravi illumina le visage de la jeune femme dont les traits purs et comme encore adoucis par son état, encadrés par les bandeaux noirs et lisses de ses cheveux, lui donnaient l'allure d'une madone. L'après-midi se passa en travaux de débarras dans l'échoppe qui donnait sur la rue. Il fallut balayer, briquer le comptoir, frotter les étagères. En fin de journée, Francisque envoya Pauline se reposer dans l'atelier en compagnie de Lisette. Il resta seul avec Charles qui, de son bras valide, l'aida de son mieux à déplier les volets de bois grinçants pour les repeindre.

– Maintenant que nous sommes tous les deux, tu peux bien me raconter ce qu'Estibal t'a proposé de si mirobolant hier soir, fit le jeune homme que la curiosité démangeait.

Francisque, accroupi devant le pot de peinture, badigeonnait allègrement les vantaux.

– Ton patron est un sacré bonhomme, répondit-il. Il souhaite ouvrir une fabrique de prothèses pour infirmes. Il a le terrain, les fonds et les appuis nécessaires. Mais sans mes dessins et mes compétences en mécanique, il ne peut rien. Il m'a fait une offre difficile à refuser. Je n'en ai pas encore parlé à Pauline, mais je crois que je vais l'accepter.

– Cela signifie-t-il que tu abandonnerais l'atelier ?

– Non, pour l'instant je lui ai dit que je conserverais mon activité d'horloger, le temps que je voie où cela nous mène. Il suffira que je dessine des prototypes de jambes et de bras articulés. Lui se chargera de les faire fabriquer. Je n'aurai pas besoin d'être sur place tous les jours, il me faudra simplement contrôler la production à intervalles réguliers.

Un sentiment étrange s'empara de Charles, qui en laissa retomber son pinceau. Ainsi, lui qui, adoubé par son patron, se croyait soudain l'égal des autres hommes, n'avait en réalité été pour Estibal qu'une sorte de faire-valoir, un objet d'étude qui lui avait donné un nouvel élan dans sa folie d'investisseur acharné. Comme s'il lisait dans ses pensées, Francisque poursuivit :

– C'est en voyant ton bras que l'idée de ce projet lui est venue. Il est très content de ton travail, tu le sais bien. Il pense que tout homme devrait pouvoir retrouver une vie normale, même après avoir subi un malheur comme le tien. Et avec tous ces chantiers qui s'ouvrent partout dans Paris, avec les accidents de chemin de fer qui ne manqueront pas de se produire, la demande pour des prothèses ne peut que croître. Estibal veut être là pour y répondre, avant que d'autres n'y pensent à sa place.

– Je le reconnais bien là, fit Charles en se remettant à peindre lentement le bois des volets. Mais je ne suis pas si sûr qu'il agisse en philanthrope. Tout lui est bon pourvu qu'il s'enrichisse.

– Et alors, où est le mal, si nous en profitons, nous aussi ? D'ailleurs, qui te dit qu'il n'est pas vraiment généreux ? Figure-toi qu'il a offert de payer notre noce. Nous n'aurons rien à débourser !

Charles le dévisagea, abasourdi.

– Comment ? Et tu crois que c'est par pure charité ? Hier matin, vous ne vous connaissiez même pas !

Francisque se rembrunit.

– C'est trop tard, de toute façon. Il m'a demandé quelle auberge nous avions choisie, et à cette heure il s'est sûrement déjà rapproché du tenancier pour prendre la note à sa charge. Il a aussi promis de nous offrir le couffin et la layette de l'enfant.

– C'est cela, et tu le prendras aussi pour parrain !

– C'est bien le moins que je puisse faire, non ?

– Tu te mets la corde au cou, Francisque. Fais attention. Tu as entendu comme moi ce que disait son frère Fritz. Il ne porte pas Norbert dans son cœur.

– Ce sont des querelles de famille qui ne nous regardent pas.

Un silence pesant s'installa, durant lequel les deux amis finirent leur travail.

– Laissons-les sécher, je mettrai de l'huile dans les gonds demain, dit Francisque en étirant sa carcasse.

– Dis-moi, le nom de Momus t'évoque-t-il quelque chose ? demanda soudain Charles.

– Certainement ! C'est un cabaret près de Saint-Germain-l'Auxerrois. Plutôt du genre agité, où l'on brasse des idées neuves qui ne sont pas du goût du gouvernement. J'y suis allé quelques fois, mais à présent, je ne laisse plus trop Pauline seule le soir. Pourquoi ? Tu veux t'y rendre ?

– Fritz Estibal m'y a donné rendez-vous jeudi prochain à 8 heures.

– Diable ! Tu ne risques pas d'y rencontrer son frère Norbert ! Ou ce hareng saur de Joseph !

– J'avoue que cela me tente. J'ai trouvé ce Fritz sympathique. Viendras-tu avec moi ?

– Ma foi, gronda l'horloger, si tu veux t'encanailler, je ne peux pas te laisser sans chaperon dans ce repaire de républicains. Nous irons ensemble, citoyen !

C'était là le Francisque bourru et ardent que Charles avait retrouvé des mois plus tôt, par ce soir d'orage sous une porte cochère. Et ce Francisque-là lui était une figure familière et rassurante.

– J'ai cru un instant que Norbert t'avait changé en bourgeois, ironisa-t-il.

Francisque lui décocha par jeu un direct du poing dans l'estomac, assez fort pour plier Charles en deux.

– Il s'en faut de beaucoup, camarade ! Mais que veux-tu,

il faut bien vivre : je vais sous peu avoir charge de famille. Tu verras, quand ce sera ton tour !

Lorsqu'ils quittèrent Pauline et Francisque, Charles et Lisette virent une charrette à l'arrêt devant l'entrée de la prison des Madelonnettes. Des gardes en faisaient débarquer de pauvres hères qu'ils rudoyaient. Les prisonniers, leur maigre baluchon à l'épaule, s'engouffrèrent la tête basse par la lourde porte qui sembla les avaler avant de se refermer avec un bruit sourd.

– On dit que rentrer là-dedans, c'est un passeport pour le cimetière, dit Lisette, la voix tremblante de compassion. Ces grands messieurs qui décident de démolir tout Paris feraient bien de commencer par les prisons !

– S'ils les démolissent, c'est pour mieux les reconstruire : connais-tu celle, toute neuve, face à la gare de Lyon ? Il paraît que les détenus y ont chacun leur cellule, avec un hamac suspendu.

– Mazas ! À t'entendre, ce serait un lieu de plaisir, ta prison modèle ! Eh bien, sache qu'un de mes oncles l'a inaugurée et qu'il y est mort de la fièvre typhoïde, voilà deux ans. Du moins, c'est ce qu'on a dit à ma tante. Elle n'a jamais pu voir son corps. Ils l'ont jeté dans une fosse commune.

Charles en resta interdit.

– Tu ne m'avais jamais raconté cette histoire !

– Non, c'est vrai. Mon oncle était pourtant un brave homme. Il a simplement eu la mauvaise idée de se mêler de politique. Il a été de toutes les barricades, et la dernière, celle de juin 1849, lui a valu la prison. Remarque, s'il n'avait pas été arrêté, il aurait participé aux manifestations contre le coup d'État du 2 décembre et il y aurait probablement trouvé la mort également.

Charles eut l'impression de découvrir une Lisette dont il ne savait rien. Il se sentit loin d'elle, et comme obligé de s'excuser :

– Je n'ai jamais pris part aux manifestations. Cela doit remonter à l'époque où j'ai perdu mon bras. La foule, le bruit, les coups de feu, la violence… j'ai tout cela en horreur. Et un infirme sur les barricades, franchement, qui en voudrait ?

– Il te reste un bras, cela suffit pour jeter des pavés. Et tu as des jambes pour courir, non ?

CHAPITRE 19

Le lendemain, Charles mit encore plus de cœur à l'ouvrage. Norbert Estibal arpentait les bureaux en compagnie de son fils Aristide à qui il expliquait les entrelacs de ses affaires et les rouages de cette grande machine qui occupait presque tout l'immeuble.

– Mon fils a juste un an de plus que toi, mon cher Charles, fit-il avec entrain lorsqu'ils le croisèrent dans un couloir. Vous êtes faits pour vous entendre !

Quelque chose dans le regard d'Aristide démentit aussitôt son propos. En fin de journée, celui-ci revint trouver Charles et jeta sur son comptoir deux feuilles sur lesquelles figuraient de longs textes manuscrits.

– Voici deux annonces que je vous prie d'insérer pour demain dans *Le Charivari* et dans les autres journaux dont voici la liste.

– Mais les pages sont presque pleines et il est déjà 4 heures ! Tout doit être bouclé dans une heure !

– Ce n'est pas mon affaire. Débrouillez-vous. Et j'oubliais : ces annonces doivent figurer en gras et en gros caractères. Une demi-page, c'est un minimum. Sans cela, on ne les remarquera pas.

Charles sentit une sueur froide couler dans son dos. Il héla ses assistants :

– Benoît ! Amédée ! Nous devons changer notre fusil d'épaule, et vite. Toutes les pages sont à recomposer. Je m'occupe du *Charivari* et de *La Gazette des Tribunaux*, répartissez-vous les autres titres.

– A-t-on jamais vu une chose pareille ? s'écria Benoît. Pour qui se prend-on ? Et à cette heure, encore !

Puis il lut le texte des annonces et dit :

– Ah, je vois. On n'est jamais si bien servi que par soi-même, en somme.

Et il se mit à la tâche avec un soupir. Amédée, qui avait lu par-dessus son épaule, faisait une tête de six pieds de long et fulminait :

– Le patron, passe encore, on avait l'habitude… Mais avec le fils, c'est d'une autre envergure, on dirait ! Comment allons-nous recaser tous les autres clients ?

– Tassez les textes, réduisez les lignes, employez des abréviations, fit Charles. Et pour ceux dont les réclames ne sont pas urgentes, remettez-les aux prochains numéros, en voyant avec monsieur Lemaître comment leur obtenir une ristourne en guise de dédommagement.

L'un des textes disait :

« VENTES ET ACHATS DE PROPRIÉTÉS, TERRAINS ET FONDS DE COMMERCE.

MM. Norbert Estibal et fils, fermiers d'annonces, 12 place de la Bourse, informent MM. les propriétaires et commerçants en général qu'ils se chargent de la vente des Propriétés, Terrains et Fonds de commerce et que les honoraires ne sont dus qu'après la vente ; le chiffre des ventes notariées faites par l'entremise de MM. Norbert Estibal et fils pendant un trimestre dépasse deux millions. »

Suivait un petit codicille :

« On demande à acheter : deux hôtels de 100 à 300.000 fr., autant que possible situés dans le faubourg Saint-Germain ou faubourg Saint-Honoré. On demande aussi une grande maison de campagne ayant de cinq à dix hectares de dépendances. »

Cette annonce pourrait aller garnir le bas de la page. La suivante viendrait se placer au-dessus d'elle et s'étalerait en lettres encore plus imposantes :

« FERME DE LA PIE. NOUVEAU VILLAGE CRÉÉ À LA VARENNE SAINT-MAUR (SEINE).

BONS TERRAINS À VENDRE DE 2 FR. 50 À 3 FR. LE MÈTRE SUPERFICIEL.

Propres à toutes exploitations, jardins d'agrément ou potagers, maisons de campagne, ateliers ou fabriques, vues magnifiques, rivière de la Marne. On s'y rend par les voitures publiques de Saint-Maur, Gravelle et Créteil, en correspondance d'ici deux ans avec toutes les lignes d'omnibus de Paris ; par chemin de fer, Lyon et Strasbourg, jusqu'à Alfort et Nogent ; bientôt le chemin de fer de Vincennes partant de la Bastille y transportera, aller et retour, pour 40 centimes (art. 66 du cahier des charges). Entrepreneurs de tous genres et matériaux sur les lieux ; marchés et provisions de toutes sortes. Première qualité de terre. Grandes facilités de paiement. 60 maisons de campagne et plus de 200 lots ont déjà été vendus en deux ans. Ceux qui ont acheté au début de la vente ont revendu depuis le triple de leur prix d'acquisition. S'adresser à MM. Estibal et fils, propriétaires, 12 place de la Bourse. »

Aristide faisait à Charles l'effet de Napoléon envahissant l'Europe : la maison Estibal venait brutalement, et sans crier gare, investir une demi-page pour y camper sa gloire, reléguant à l'arrière-plan les sous-fifres et les petits commerçants, dont les annonces s'entasseraient tant bien que mal dans le maigre espace resté vacant.

Ce fut pour lui un véritable casse-tête. Allait-il écarter les meubles Osmont, dont le représentant était si sympathique et avait toujours un mot d'esprit à la bouche ? Le suspensoir Milleret, ce vieux client fidèle depuis des années ? La maison Au Flamand spécialisée dans le drap de lin, dont la première vendeuse était fiancée à son assistant Amédée ? Ce nouvel annonceur, monsieur Deleschamps, inventeur d'un produit à polir les cuivres qu'il disait révolutionnaire ? Ou les cigarettes iodées Chartroule dont l'ingénieux mécanisme introduisait de l'iode pur dans les poumons pour guérir toutes les maladies de poitrine ?

Les trois employés se contorsionnèrent tant et si bien qu'ils parvinrent à peu près à leurs fins, et dans les délais impartis. Cependant, ce fut la première fois que dans *Le Charivari* l'annonce pour le chocolat Menier et son usine modèle fondée en 1825 à Noisiel-sur-Marne, ne pouvant être ancrée bien au centre, à sa place habituelle, fut imprimée à la verticale, de sorte que le lecteur devait tourner son journal d'un quart de tour pour parvenir à la lire. Dès le lendemain, tout le monde en plaisantait sur le parvis de la Bourse :

– Sacré Estibal ! Il nous donne le tournis, cet animal !

– Quand il occupe le terrain, la concurrence se retrouve la tête en bas !

– Le chocolat Menier s'est donc trompé dans sa recette ? Il nous retourne l'estomac !

Plus insidieusement, Charles fit les frais de cet épisode pénible lorsqu'un annonceur, furieux d'avoir été évincé, demanda à parler au caissier. Il entendit ses vociférations malgré la distance qui le séparait du bureau de Lemaître :

– Vous êtes certain que ce manchot sait ce qu'il fait ? Dans son état, connaît-il seulement ses points cardinaux ? Voilà que chez vous on se retrouve à l'envers, ou tout bonnement éjecté. Votre patron m'avait pourtant promis d'insérer mon annonce ! Et je vous ai payé assez cher pour cela, il me semble !

Charles venait de passer une nuit sans sommeil où les caresses de Lisette avaient été impuissantes à calmer ses nerfs à fleur de peau. Ce matin-là, il gardait la tête basse. Il était furieux contre Aristide et ses exigences, furieux contre Norbert qui le jetait ainsi en pâture aux critiques.

Quand celui-ci arriva, il avait un grand sourire aux lèvres.

– Bravo, mon petit Charles, le félicita-t-il, on peut dire que tu es malin !

– Plaît-il ? fit le jeune homme, interdit, qui s'attendait à une volée de bois vert.

– Cette idée que tu as eue de retourner l'annonce du

chocolat Menier : mais voyons, c'est du pur génie ! Tout le monde ne parle que de cette fantaisie, on en rit beaucoup. Le journal part comme des petits pains. Ceci veut dire que notre annonce, celle de la maison Estibal, sera d'autant plus vue et commentée, elle aussi !

– Merci, Monsieur. Je vous avoue que Monsieur Aristide nous a donné bien du fil à retordre. Nous avons failli rater les délais d'impression.

– Il va falloir que je mette Aristide un peu au pas. Parfois il n'en fait qu'à sa tête. Mais enfin, c'est bien pour cela que je te paie, mon ami : pour que tout marche comme sur des roulettes ! Et vraiment, tu ne nous as pas déçus.

– Je vous serai reconnaissant de nous prévenir un peu à l'avance quand ce genre de demande se présentera, risqua Charles, un peu ragaillardi. Nous ne ferons pas toujours des miracles.

Estibal balaya ses réticences d'un revers de main.

– Je pense que tu as compris l'importance de ces insertions ? La maison Estibal, avec l'arrivée d'Aristide, va développer ses activités de ventes immobilières. Je voulais que son nom y soit d'emblée associé au mien. Il se chargera des transactions, je me garderai seulement quelques poires pour la soif. Ainsi, dans le quartier de La Pie que je lotis à La Varenne Saint-Maur, j'installerai cette fabrique dont ton ami Francisque a dû te parler : « Prothèses Estibal-Brunaux », voilà qui sonne bien, non ?

– Il m'en a touché un mot, en effet.

– Je l'ai senti très intéressé par mon projet. Je pense que notre collaboration sera une innovation sans précédent, aux retombées fécondes. J'ai déjà convaincu des hommes politiques, des industriels et des banquiers : tous sont prêts à investir dans cette affaire et à la soutenir. Le moment venu, mon brave Charles, je compte sur toi pour mettre au point une petite annonce qui paraîtra dans toute la presse : nous recruterons des ouvriers habiles qui sauront agencer tous les délicats éléments de ces prothèses. Et c'est là qu'interviendra ma seconde innovation : je me suis dit, vois-tu, que les femmes seraient sans doute plus soigneuses que les hommes, que leurs gestes seraient plus précis, sans compter qu'après leur journée de travail, elles penseront plus à retrouver leurs enfants qu'à courir au café. Voilà pourquoi ce ne sont pas des ouvriers que nous embaucherons ; ce seront des ouvrières. Dans ma fabrique, je ne veux que des femmes !

CHAPITRE 20

Jeudi soir arriva. Charles attendit Francisque un moment devant le cabaret sans oser rentrer. La porte battait sans cesse, tout un peuple d'étudiants et d'artistes sans le sou se pressait là en riant, la pipe à la bouche, le cheveu en bataille et le galurin de travers. Enfin l'horloger fit son apparition. Il entraîna Charles à l'intérieur, salua le garçon au comptoir et se dirigea vers l'escalier qui menait au premier étage.

– On nous tolère là-haut, expliqua-t-il à Charles. Le bas est réservé aux avoués, aux clercs de notaire, aux employés et aux vieux habitués.

Ils prirent place à une table commune où la discussion battait son plein, dans les volutes de fumée et les vapeurs d'alcool. Assis au centre, Fritz Estibal tonnait en faisant de grands gestes des bras. Soudain, il remarqua les nouveaux arrivants.

– Bienvenue, citoyens ! leur dit-il. Mes amis, je vous présente Charles et Francisque, qui sont des nôtres, même s'ils sont tombés dans les griffes de mon frère Norbert.

– Gageons que tu sauras les en sortir ! s'exclama un des convives. Exfiltrer les malheureux, après tout, c'est ta spécialité.

Francisque salua quelques têtes connues, s'empara d'une chope qui venait d'atterrir sur la table et trinqua avec ses voisins. Charles se pencha vers lui pour lui demander :

– Que veut-il dire, avec cette histoire d'exfiltration ?

Un ouvrier en casquette et bourgeron de grosse toile bleue l'entendit et intervint :

– Vous ne connaissez pas encore les exploits du sieur Fritz ? Mais voyons, c'est notre maître à tous !

Parmi l'assistance dont l'âge moyen avoisinait les vingt-cinq ans, Fritz, avec ses cheveux gris ébouriffés et sa faconde, passait pour un doyen un peu extravagant, à qui l'on accordait toutefois unanimement le respect dû au mentor. Celui-ci désigna alors Charles à l'assemblée.

– Ce jeune homme, voyez-vous, est le symbole vivant des brutalités policières et du tort fait au peuple. Il avait six ans quand il a perdu son bras, rue Transnonain.

Un murmure courut autour de la table. L'ouvrier en profita pour expliquer à Charles :

– Fritz est pour nous un héros. À l'époque où tu as été blessé, il se démenait pour sauver les camarades. Il était greffier à Sainte-Pélagie et le meilleur ami des détenus. Tant qu'il était dans la place, ils se savaient protégés. Puis les autorités ont commencé à voir cela d'un mauvais œil et il a été licencié. Alors il a repris une imprimerie et il a continué à œuvrer pour la cause. Il a pris beaucoup de risques en 1835, notamment pour son beau-frère, Hector Bichat, le gérant du journal *La Tribune*, lorsqu'il a été condamné à de la prison ferme et à dix mille francs d'amende.

Charles repensa à la jolie madame Estibal : ainsi elle était la sœur d'un repris de justice à qui son propre mari était venu en aide !

– Et cette histoire d'exfiltration ? insista-t-il, la curiosité piquée au vif.

– Disons qu'en devenant imprimeur, il se trouvait dans une position intéressante pour fabriquer des passeports. Notre Fritz a voulu faire passer Pépin hors de France. Malheureusement, le bonhomme a été capturé avant de pouvoir s'enfuir.

– Pépin ? Celui de la machine infernale ?

– Lui-même.

Charles en resta bouche bée. Il avait lu bien des pamphlets et vu bien des gravures sur l'attentat de Fieschi contre le roi. Enfant, il avait été fasciné par la machine que le dénommé Pépin avait confectionnée au moyen de vingt-cinq fusils assemblés sur le rebord d'une fenêtre. Quand il passait au 50, boulevard du Temple, il avait toujours une pensée, non point pour Louis-Philippe qui avait seulement eu la joue égratignée, mais pour les dix-huit innocents qui avaient perdu la vie et pour les quarante-deux blessés. Et lorsqu'un jour de février, l'année de ses huit ans, Fieschi et Pépin avaient été exécutés au petit matin, certains des résidents survivants de leur immeuble, rue Transnonain, avaient porté un brassard noir et gardé leurs volets clos en signe de deuil. Ils pleuraient des frères qui, en s'en prenant au roi et à sa troupe, entendaient faire justice à leurs propres morts, dont le sang n'était pas encore sec sur les lattes du parquet et sur les dalles du seuil.

– Tout de même... fit Charles. Tous ces pauvres gens qui ne demandaient qu'à vivre...

– C'était un malheureux accident! Cela aurait dû fonctionner! Quant à l'histoire de l'exfiltration manquée, elle est assez gratinée: notre ami Fritz devait envoyer son beau-frère en Belgique sous une fausse identité. Il disposait d'un passeport au nom d'une dame et de son neveu. Pépin aurait dû être du voyage. Mais il n'a jamais voulu se déguiser en femme: c'est ainsi qu'il a fini par se faire attraper, caché dans une armoire, à Lagny où il se terrait.

Toute la soirée, on débattit avec animation. Charles admira l'aisance de Francisque, qui rivalisait d'arguments avec ses voisins pour rétablir la Seconde République que le coup d'État avait tuée dans l'œuf. On échangeait à mi-voix des adresses secrètes où se réfugier en cas de persécution, le nom de passeurs de confiance... Plus l'heure tournait, plus l'exaltation montait, emportant Charles dans un tourbillon. Son voisin l'ouvrier, qui répondait au nom de Minot, se lança dans une tirade réclamant la refondation de la société des Droits de l'homme:

– Compagnons, seule l'union fait la force! Nous le savons mieux que personne, nous qui trimons toute la sainte journée à tailler et charrier des blocs de pierre pour leurs nouvelles constructions. Ils croient nous tenir à leur botte, mais c'est nous qui les tenons! Sans nous, sans notre labeur, croyez-vous que leurs bâtiments sortiraient de terre? Allons, camarades, unissons nos forces pour qu'elles servent notre cause et pas la leur ! Car notre sang et notre sueur ne servent qu'à les engraisser. Quand j'avais vingt ans, j'ai fait partie de la section Phocion, comme toi, Herbert, comme toi, Sauriac ! Avons-nous renié notre *credo* d'alors ? Souvenez-vous : nous allions fonder une nouvelle Rome, même le Christ était de notre côté, lui, le premier républicain ! Qu'est-il advenu de nos idéaux ? Le tyran d'aujourd'hui ne mérite-t-il pas d'être renversé comme celui de naguère ?

– J'en ai rassemblé autant que toi, des fusils ! riposta le dénommé Herbert. À quoi cela a-t-il servi, sinon à nous mener derrière les barreaux ? J'ai passé huit ans à Sainte-Pélagie ! Toi, pendant ce temps, tu avais filé loin de Paris.

– J'ai participé à la rédaction du manifeste de la société, en 1833, et je n'en retrancherais pas un mot aujourd'hui, gronda Sauriac, l'air sombre. Ne me fais pas de mauvais procès, Minot. Seulement, où est-il, celui qui comme Bichat nous ouvrirait aujourd'hui les colonnes de son journal ? Où est-il, le patron de presse qui nous soutiendrait et oserait défier le gouvernement avec nous ?

Charles avait l'impression que son cerveau allait exploser. Il enviait la flamme de Minot, il la comprenait dans un grand élan de sympathie, il voulait qu'elle le brûle lui aussi tout entier. Mais méritait-il la place que ces révolutionnaires farouches lui avaient faite à leur table ? N'était-il pas devenu, tout manchot qu'il était, le servile employé d'un patron qui ne voyait dans la presse qu'une vache à lait ? Son univers se cantonnait à ces futiles annonces commerciales qu'il plaçait en dernière page des journaux, sans jamais se soucier des débats politiques qui agitaient le reste de la gazette. Avait-il même le droit d'être ici, parmi ces bouillants défenseurs de la liberté ? Son inaction n'avait-elle pas l'excuse trop facile de son infirmité ? Il ne parvenait plus à réfléchir, traversé par les vociférations des ouvriers, perdu, inquiet de se savoir indigne de leur compagnie.

– Mes amis, dit alors Fritz Estibal pour apaiser les esprits échauffés. Ce n'est pas en vous divisant que vous vaincrez. Le temps n'est pas venu de prendre les armes. Nous devons savoir être patients, rester en embuscade. Il y aura d'autres luttes, et un jour – qui sait ? – nos enfants feront peut-être mieux que nous, avec d'autres machines infernales, plus belles, plus précises, qui sauront atteindre leur cible, le cœur même du pouvoir imposteur. Pour l'heure, je ne peux que vous inciter à la prudence. Des milliers des nôtres croupissent en prison, d'autres ont été déportés à Cayenne et en Algérie. Pensez à vos femmes et à vos enfants !

– C'est toi, citoyen, qui dis cela ? reprit Minot. Toi qui en ton temps as fourni des passeports aux évadés de Sainte-Pélagie ? Te voilà devenu une belle chiffe molle ! On se demande à qui tu t'es vendu.

– Oui, c'est grâce à moi si Cavaignac et les autres sont passés en Angleterre ! Tu as raison de le rappeler, Minot. Et si c'était à refaire, je le referais. Seulement le sang a assez coulé. Ceux qui sont morts ne reviendront pas ! Et la mort, c'est là tout ce que nous avons à gagner.

Il dit cela d'un ton qui était sans appel et qui mit un terme à la séance. Les hommes descendirent, la démarche hésitante, certains vociférant encore. Puis ils se serrèrent les mains avec effusion et s'éparpillèrent à travers les rues endormies.

CHAPITRE 21

À 2 heures du matin, il ne restait plus sur le pavé que Francisque, Charles et Fritz. Le premier salua les deux autres et s'en retourna à son domicile. Charles et Fritz remontèrent ensemble vers les boulevards.

– J'habite au 15 de la rue du Faubourg-Montmartre, dit Fritz, dans le même immeuble que mon frère Joseph. Nous y occupons chacun un étage.

Rue Montmartre, ils passèrent sous les fenêtres de Norbert. À travers les persiennes, ils virent une lueur dans une pièce.

– Il est à son bureau, sûrement encore en train de fomenter un mauvais coup, soupira Fritz. C'est plus fort que lui. Notre mère lui a toujours tout passé car il était le petit dernier. Il est persuadé que rien ne peut lui résister.

– Il est vrai que son énergie est hors du commun, dit prudemment Charles. Sa nouvelle idée, c'est de monter une fabrique de prothèses. Pour ça, il s'est mis Francisque dans la poche.

– Je sais ce que c'est que de devoir nourrir sa famille. C'est comme cela qu'il nous tient.

– Mais vous, on vous regarde comme un héros !

– Tutoie-moi, camarade. Je ne te suis en rien supérieur. Ma jeunesse a peut-être été fougueuse, mais aujourd'hui j'ai cinquante-trois ans. À ton âge, je croyais encore que nous y arriverions.

– À quoi ?

– À renverser le gouvernement et mettre le peuple au pouvoir.

– Vous voulez… Tu veux dire que tu n'y crois plus ?

– Je t'avoue que je ne sais plus. Comme tout le monde, j'ai dû faire des compromis. Il fallait bien vivre. Quand j'ai investi avec Joseph dans la pâte Dégenétais, je pensais qu'en rachetant le brevet nous venions en aide à sa veuve et que je gagnerais de l'argent proprement. Mais j'avais des charges très lourdes : deux enfants déjà, et l'imprimerie que j'avais rachetée à Auguste Mie lorsqu'il a perdu son brevet, l'année même où tu as perdu ton bras… Sans compter que tous nos frères savaient qu'ils pouvaient venir frapper à ma porte, car je leur faisais l'aumône sans compter. Combien en ai-je sauvé, qui ont pu fuir loin du bagne ou de la prison !

– De cela tu peux être fier, non ?

– Oui, mais tu as bien vu comment Joseph me considère. Pour lui je suis un raté. J'ai dû lui revendre mes parts pour me refaire. Puis c'est Norbert qui m'est venu en aide. Il m'a trouvé un petit emploi de rédacteur dans ses affaires d'assurance. Je travaille à mon domicile, je relis les contrats avant qu'ils soient signés. C'est une bien triste vie.

– Qu'est-il advenu de cette imprimerie ?

– Je n'étais pas du métier… J'ai trop dépensé. J'ai dû la fermer au bout de dix ans.

Fritz se mura dans le silence jusqu'à la fin du trajet. Son amertume était palpable, elle semblait alourdir ses pas à mesure qu'ils se rapprochaient de leur destination. Une fois le boulevard Poissonnière dépassé, les deux compagnons s'apprêtèrent à se séparer.

– Bonne nuit, fit Charles.

– Bonne nuit, répondit Fritz.

– Tout de même, une chose m'intrigue, reprit Charles qui gambergeait depuis de longues minutes. Comment un républicain comme toi a-t-il été autorisé à racheter une imprimerie jugée séditieuse ? L'administration t'a donc adoubé sans sourciller ?

– Ce n'est pas si simple, fit Fritz, soudain ranimé. Il faut que tu connaisses toute l'histoire. Monte donc pour un dernier verre.

Jusqu'au petit matin, Charles écouta Fritz lui raconter la glorieuse époque où, vingt ans plus tôt, il avait volé au secours d'Auguste Mie.

– On a dit que j'étais un charognard, que je m'étais repu de sa carcasse en reprenant son imprimerie : c'est faux. Auguste Mie est un chic type, un vrai républicain. Nous nous voyons toujours de loin en loin. Il était là encore, en 48, et pas le dernier sur les barricades ! Aujourd'hui, il est retourné en Dordogne où il s'occupe de politique. En 1834, nous avions tous les deux la trentaine. Il imprimait *La Tribune*, *Le National*, *Le Globe* et les brochures de la société des Droits de l'homme. Autant dire qu'il n'était pas en odeur de sainteté. Il a été mis à l'amende, persécuté par le gouvernement, ruiné. Il a fait plusieurs séjours à Sainte-Pélagie. C'est d'ailleurs là que je l'ai connu, du temps où j'y tenais le greffe. Il n'y avait pas plus grand repaire de républicains ! C'est là aussi que j'ai connu mon futur beau-frère, Hector Bichat. Ce sont des hommes comme on n'en fait plus, des purs, entièrement dévoués à la cause. Un peu têtes brûlées, aussi, il faut bien le reconnaître.

Il se leva pour rallumer une des bougies qui venait de s'éteindre à l'un des flambeaux posés sur une console. On toqua doucement à la porte du salon.

– Mon ami, il est bien tard, fit Camille en se glissant dans la pièce, vêtue d'une robe de chambre et d'un bonnet de dentelle. Vas-tu donc venir te coucher ?

Puis elle avisa Charles et sourit avec indulgence.

– Ah, il a trouvé son auditoire ! Eh bien, je vous laisse refaire le monde.

Et elle s'en retourna à sa chambre, le plancher craquant plaisamment sous ses pantoufles.

Fritz poursuivit son récit, le regard perdu dans les braises qui rougeoyaient dans la cheminée, les remuant parfois du bout du tisonnier, rajoutant une bûche, jouant du soufflet.

– Sainte-Pélagie était un monde en soi. Les détenus pouvaient aller et venir librement dans la cour, on y parlait politique autant qu'au-dehors, on se rassemblait dans des salles de réunion par temps de pluie. Outre ce brave Mie, le meilleur des hommes, j'y ai connu Sarrut, Blanqui, Cavaignac, Ledru-Rollin, et tant d'autres ! Tout ce que Paris comptait de cerveaux était ramassé entre ces murs. On les traitait avec des égards absents dans les autres pénitenciers. Aussi, quand le préfet de police Gisquet m'a destitué de mon poste de greffier pour cause d'opinion contraire au gouvernement, je ne me suis pas laissé faire : j'ai menacé de dénoncer cette hypocrisie sur laquelle il fermait les yeux. Car chaque soir, chez le directeur de la prison, c'était fête. Ces messieurs les détenus n'étaient pas enfermés dans leurs quartiers, mais ils se réunissaient dans les appartements du directeur comme dans un salon en ville. On faisait de la musique, on dansait, on discutait, on réécrivait la Constitution et on déclamait des vers jusqu'à 1 heure du matin. Des amis y venaient du dehors, des femmes aussi. À travers moi, le préfet a voulu faire un exemple. Il me démettait de mes fonctions – soit. Mais je n'entendais pas rester sans rien dire, le bec dans l'eau. Auguste Mie venait de se voir retirer son brevet d'imprimeur. J'ai demandé à le reprendre. Je ne connaissais pas grand-chose au métier, mais ce faisant, je l'aidais à éponger ses dettes. C'était là ce qui m'importait le plus. Au début, le préfet a renâclé : m'autoriser, cela revenait à remplacer un républicain par un autre ! Cela a traîné plusieurs mois. La direction de la Librairie ne m'accordait pas mon brevet. J'étais sans ressources. Alors, j'ai écrit au préfet de police une lettre dans laquelle je menaçais de révéler les agissements du directeur de la prison et sa complaisance envers les détenus réputés si dangereux pour l'ordre public. Le préfet ne pouvait ignorer la situation : il en était forcément complice. Je n'ai jamais reçu de réponse à mon courrier, mais le 11 août 1834, le brevet d'imprimeur m'était enfin accordé.

– Tu veux dire que tu l'as fait chanter ? demanda Charles, ébahi.

– Disons que je l'ai mis devant ses propres contradictions ! Gisquet a eu raison d'être prudent. Tu es trop jeune pour t'en souvenir, mais à la même époque, il a été mouillé dans un scandale retentissant. En 1830, la guerre menaçait, l'État l'a chargé d'armer les troupes. Il a fait acheter par le maréchal Soult un demi-million de fusils qui se sont avérés défectueux. On a alors réalisé qu'il se mettait de l'argent dans la poche, et qu'il avait graissé la patte de nombre de ses amis au passage ! Ma lettre le menaçait d'un nouveau scandale. Il a préféré accéder à ma demande. C'était plus sage, en effet.

Fritz fit alors quelques pas autour de la pièce, moucha une à une les chandelles et dit :

– Il se fait tard, camarade. Je n'ai plus l'âge de veiller toute la nuit !

Charles prit congé de son hôte, habité par une émotion nouvelle. Il mesurait tout le privilège d'avoir reçu les confidences d'un homme désabusé, mais dont la petite flamme rebelle couvait encore sous les cendres, attendant seulement qu'un léger coup de tisonnier la fasse repartir.

CHAPITRE 22

Son père s'appelait Louis Marin Hû. Il avait épousé le 21 août 1819 Charlotte Augustine Alliot – à présent devenue cette veuve acariâtre qui ne savait gré de rien à son fils unique, pas même de lui avoir fourni ce logis douillet sur le même palier que le sien. À sa mort, Louis Marin avait quarante-six ans. Il était né à la veille de la Révolution, avait vécu cette affolante succession de décapitations, de sacres et de nouvelles têtes couronnées, jusqu'à tomber lui-même sous les balles des voltigeurs en ce jour du 14 avril 1834, en tenant son enfant jusqu'au bout dans ses bras. Mais de son père, Charles n'avait même pas conservé l'image.

Le jeune homme se perdait dans cette rêverie nostalgique au moment où Pauline et Francisque échangeaient leurs consentements. Un curé conciliant avait accepté de les marier en l'église Saint-Nicolas-des-Champs, près de leur domicile, à condition que la célébration se fasse discrètement et en petit comité, pour éviter les regards de travers sur l'embonpoint de Pauline. En ce 18 mars 1853, les destins de ses deux amis allaient être liés pour toujours, comme l'avaient été ceux de ses parents trente-quatre ans plus tôt. Charles fut pris d'un léger vertige.

– C'est à nous ! lui souffla Lisette en lui pressant le bras.

Ils s'avancèrent avec les anneaux. Ils étaient les témoins de cette union et se tenaient légèrement en retrait, émus. Charles sentait bien que Lisette s'imaginait d'ici peu dans la même position, prête à lâcher un « oui, je le veux » d'une voix fébrile. Il était pour sa part curieusement détaché, heureux pour le jeune couple, mais survolé par une aile étrange, celle de son père invisible, qui était aussi celle du temps qui passe, de la roue des saisons, des ventres qui vont s'arrondissant, des absents et des disparus.

Jamais il n'avait ainsi pensé à son père. Était-ce le fait d'avoir, il y a peu, passé cette nuit à écouter le récit de Fritz Estibal, cet homme que les jeunes gens révéraient comme un patriarche, et qui aurait pu connaître le sien ? Mais non, Louis Marin Hû était un commerçant, un marchand de meubles qui ne pouvait avoir de sympathie pour ces agitateurs. Charles se rendait compte qu'il ne connaîtrait jamais les pensées qui avaient pu le traverser, les envies, les dégoûts et les plaisirs qui avaient été les siens. Quand on l'y invita, il embrassa distraitement les mariés.

– Qu'as-tu ? gronda Lisette. On dirait que tu n'es pas content !

Il se ressaisit. Norbert Estibal lui avait donné sa journée, en le sommant d'en profiter. Le déjeuner à l'auberge fut joyeux. Il y avait là, outre leur petit quatuor, quelques amies de Pauline, quelques clients fidèles de Francisque. La table comptait neuf convives endimanchés. On se gava de rosbif au madère, de brochet à la poivrade, de pigeons aux petits pois, le tout arrosé de vin de pays. Puis la salade de saison offrit une transition bienvenue vers les tartes aux fruits et la pièce montée. Les joues étaient roses, les gilets se déboutonnaient dans des soupirs de satisfaction, et l'on blaguait Pauline dont le ventre restait décidément le plus rond. Légèrement pâle, le souffle court, elle semblait à la peine et se raccrochait au bras de Francisque, qui l'appelait « ma petite femme ». Son ancienne patronne, la mère Chauvière, était la plus délurée. Au dessert, elle entonna des chansons qui redoublèrent l'entrain de l'assemblée.

Ce fut le moment que choisit Norbert Estibal pour venir saluer les nouveaux mariés. Il trinqua avec eux, avalant d'un trait son verre de liqueur.

– À mon nouvel associé et à son épouse, la plus charmante qui soit ! s'écria-t-il.

Dans la salle s'élevèrent des « oh » et des « ah » de surprise.

– Comment donc, Francisque, mais tu ne nous as rien dit ? fit un des invités.

– Tu vas laisser tomber ton atelier ? demanda un autre.

Francisque prit la parole pour démentir :

– Rassurez-vous, je n'abandonne pas l'horlogerie. Bien au contraire, ma petite femme aura son commerce au rez-de-chaussée, où nous vendrons des montres et des pendules.

– Ah, c'est là le cadeau de mariage que vous fait ce monsieur ? demanda la mère Chauvière, comme si elle ne pouvait croire que son ancienne employée puisse avoir elle aussi sa boutique.

Francisque décocha un large sourire à Norbert qui, renversé dans son siège, se resservait une fine.

– Non, Monsieur Estibal m'offre de participer à une tout autre aventure. Nous allons ouvrir une fabrique de prothèses pour remplacer les membres amputés !

Des « bravos » et des « vivats » fusèrent. Charles lui-même applaudit. Mais il avait pour une fois un peu abusé de l'alcool ; il sentait son estomac se soulever tandis que dans sa tête tournait une petite voix – était-ce celle de son père ? celle de Fritz ? ou celle d'un génie malfaisant ? – qui lui enjoignait de rester sur ses gardes : le temps était un tourbillon imprévisible, il les emportait tous dans sa course folle, gonflant comme un ballon, prêt à lâcher sur eux ses tornades.

Dans les jours qui suivirent, le jeune homme eut à subir les assauts de la redoutable madame Aymès, dont le mari avait décidé d'investir dans une longue réclame publicitaire. Elle tirait prétexte d'infinies corrections pour venir s'asseoir tout contre lui dans un petit salon du Comptoir d'annonces réservé aux meilleurs clients.

– Monsieur Aymès, débita-t-elle, est très fâché contre ses semblables qui préfèrent agioter dans les coulisses de la Bourse plutôt que de placer leur confiance dans les commerces solides et honnêtes. Qu'est-ce en effet que ces actions éphémères qui, nées le matin, peuvent mourir le soir, en comparaison des denrées éternelles qu'offre le Bazar Provençal ?

Charles sentait peser sur lui le regard accusateur de la matrone.

– Vous-même, jeune homme, je parie que vous vous laissez séduire par ces sirènes. À peine avez-vous un sou vaillant, c'est vers elles que vous courez, n'est-ce pas, vous détournant des bonnes et vraies valeurs qui vous tendent les bras ?

Il ne savait pas vraiment comment il devait entendre ses propos. Madame Aymès, à chacune de ses visites, le couvrait de cadeaux. Il rapportait le soir à Lisette des bocaux d'anchois ou d'olives farcies au thon et aux truffes, de la saucisse sèche, des pots de miel. Ce matin-là, la grosse femme se fit enjôleuse.

– Un si charmant garçon, dit-elle, n'est-ce pas malheureux ? Chacun a bien le droit à un peu d'affection, pas vrai ?

Elle lorgnait avec insistance le bras mécanique, caché sous la manche de sa veste, comme s'il devait lui révéler des secrets impénétrables. Puis n'y tenant plus, elle y porta la main.

– Cela vous fait-il quelque chose ? demanda-t-elle. Le sentez-vous ?

– Je sens surtout le tiraillement des courroies en fin de journée, et le poids des barres de métal. Quand il fait chaud, cela est plus pénible encore.

À cette évocation, elle fut prise d'une rougeur subite et dut s'éponger le front de son mouchoir.

– Je n'ose m'imaginer... Comment faites-vous votre toilette ?

– J'ai l'habitude d'employer mon autre bras. Et ma bonne amie m'aide s'il le faut.

Les yeux de madame Aymès s'écarquillèrent comme devant une vision épouvantable.

– Votre bonne amie ? Que voulez-vous dire ? fit-elle d'une voix étranglée.

– Elle s'appelle Lisette, et elle me prie de vous remercier pour tous les bienfaits dont vous nous comblez.

– Comment ? A-t-on jamais vu tant d'impertinence ? s'écria la matrone en se levant précipitamment, le visage déformé par un affreux rictus.

Norbert Estibal la croisa dans le couloir où elle s'enfuyait. Ses glapissements se firent entendre dans tout l'étage. Puis son patron vint trouver Charles, le sourcil froncé.

– Que lui as-tu fait ? Elle me dit que tu as porté la main sur elle ?

Charles s'expliqua tant bien que mal, évoquant l'assiduité de la cliente et les fausses conjectures qu'elle avait échafaudées au sujet de sa personne.

– Je n'y suis pour rien, Monsieur, croyez-moi. On dirait que mon bras est pour elle un objet de fascination depuis le premier jour où elle m'a rencontré.

Estibal partit d'un grand éclat de rire et déclara, philosophe :

– Très bien ! Cela prouve donc que nous avons raison de créer cette manufacture de prothèses. Pense à tous ces malheureux qui nous en remercieront !

Puis il lui recommanda de mettre au point sa réclame pour le Bazar Provençal dans les meilleurs délais, afin qu'il puisse la soumettre lui-même à monsieur Aymès.

– Il n'est pas sage qu'une femme se mêle ainsi des affaires de son époux, ajouta-t-il. On voit où cela mène.

Charles retourna à son bureau et rédigea son texte d'un seul jet.

« C'est au Bazar Provençal seulement que vous pourrez

vous procurer des calissons d'Aix, des tourons de la Canebière et de la réglisse épurée parfumée à la violette des champs agrestes de Marseille. Plutôt que de courir à la Bourse où vous risquez de voir s'envoler votre fortune, visitez le Bazar Provençal et demandez en entrant un bocal d'huile d'Aix et une bouteille d'eau de fleurs d'oranger, un pot de miel, un autre de thon mariné, un bocal d'anchois, un autre d'olives farcies. N'oubliez pas le saucisson d'Arles à double boyau, une bouteille de vin blanc de Caude pour dissoudre vos huîtres, et une autre de rouge pour votre rôti !

Quand vous aurez tout cela, vous commencerez à crier "complet" comme un conducteur d'omnibus, et ça n'empêchera pas M. Aymès de vous mettre encore sur les bras une morue sèche de Marseille, heureux s'il ne fourre pas encore dans vos poches une boîte de sardines, quelques bâtons de guimauve et un flacon d'élixir de la Grande Chartreuse ! »

Le lendemain, Norbert Estibal lui en fit compliment :

– Mon ami Aymès est enchanté de ta prose ! Il se demande si dans une autre vie tu as travaillé dans son magasin pour le connaître aussi bien. Figure-toi qu'il est prêt à t'embaucher ! Je lui ai répondu que je préférais te garder. Cela vaut mieux ainsi, tu en conviendras, n'est-ce pas ?

CHAPITRE 23

Au milieu du mois de mai, Pauline mit au monde une petite fille bien portante. Francisque semblait un homme nouveau, couvrant l'enfant de caresses et comme amolli par le tableau qu'offrait sa femme tenant le nourrisson contre son sein. Au travail, il redoublait d'ardeur, conscient d'avoir une bouche de plus à nourrir. La boutique du rez-de-chaussée était pimpante. Les étagères brillaient du feu des pendules et de leurs globes, des bijoux et des objets d'orfèvrerie que tout le quartier venait y déposer contre quelques espèces sonnantes et trébuchantes. À peine relevée de ses couches, l'enfant endormie non loin d'elle dans un berceau à bascule, Pauline se retrouva à la tête d'un magasin dont la renommée dépassa bientôt celle du mont-de-piété. « Ici on achète comptant », disait un panonceau peint dans la vitrine. En peu de temps, les économies du couple furent grignotées par les sommes généreuses que, par charité plus que par souci du commerce, Pauline offrait au visiteur en détresse qui lui confiait son vieux carillon, sa vaisselle de vermeil ou une broche ancestrale ornée d'un camée. Elle ne faisait aucun commentaire, ouvrait simplement son tiroir-caisse et en extrayait le montant convenu. Puis elle le tendait au malheureux, rajoutant souvent une pièce de cent sous « pour arrondir les comptes ».

Francisque, de son côté, réparait les horloges et nettoyait les mécanismes jusque tard dans la nuit. Il s'alarmait de voir les étagères de la boutique se remplir plus vite qu'elles ne se vidaient. Les vendeurs étaient plus nombreux que les acheteurs. Bientôt, il devint sombre et reprocha à sa femme d'avoir trop bon cœur.

– Si ça continue, lui dit-il un soir, c'est nous qui allons tirer le diable par la queue !

– Aie confiance, voyons, je suis sûre que d'ici peu nous vendrons suffisamment. Ce n'est qu'une question de temps.

Et elle lui mit dans les bras la petite qui gazouillait. Francisque se sentit fondre immédiatement ; il n'eut plus le courage de récriminer.

Comme promis, ce fut Norbert Estibal qui tint l'enfant sur les fonts baptismaux. Pour marraine, elle eut la mère Chauvière. Elle fut prénommée Eulalie Pascaline. La mère Chauvière s'appelait Eulalie, et Norbert Estibal avait pour premier prénom Pascal. Ce fut lui qui eut la préséance : on n'appela bientôt plus l'enfant que Pascaline, et une aimable familiarité s'installa entre l'entrepreneur et les jeunes parents.

À l'issue du baptême, du café et des gâteaux furent servis dans la boutique, au rythme du battement des nombreuses pendules. L'enfant toute enrubannée de la dentelle blanche offerte par son parrain passa de main en main et fut abreuvée de compliments :

– Vous avez été bien sage, ma petite demoiselle, vous n'avez pas même versé une larme lorsque l'on vous a arrosée !

– Qu'elle est jolie, brune comme ses parents, et avec ça, le sourire d'ange de sa maman !

Pauline se rengorgeait. Charles regardait son amie. Il était heureux de son bonheur, mais ne pouvait s'empêcher d'éprouver un vague regret. Pauline avait toujours été sa petite mère à lui, sa bonne fée. Et voilà qu'elle allait désormais consacrer toute sa dévotion à ce minuscule être fragile tout juste sorti de son sein. Il se morigéna intérieurement et serra la main de Lisette qui dévorait des yeux la petite. Celle-ci se méprit sur ses intentions et lui glissa, troublée :

– Toi aussi, tu voudrais que nous ayons un enfant ?

Il lâcha brusquement sa main et fit mine de s'intéresser à la conversation qui animait Norbert et Francisque. Une ride soucieuse barrait le front de l'horloger. Norbert le réprimandait :

– Pourquoi ne me l'as-tu pas dit plus tôt, mon ami ? Il y a pourtant une solution très simple pour amener les acheteurs à votre boutique !

Il héla Charles :

– Approche donc ! Ton camarade ici va avoir besoin de tes services.

– Comment cela ?

– Je vais lui offrir douze insertions dans les journaux. C'est toi qui rédigeras l'annonce pour sa boutique. Avec cela, si les clients ne se pressent pas au portillon, je ne m'appelle plus Norbert Estibal !

Charles et Francisque se prirent au jeu. Il fallait commencer par trouver pour le magasin un nom suffisamment frappant. Le premier proposa « Le Tour du cadran », le second « Les Ressorts du temps ». Les deux amis débattirent sans parvenir à se mettre d'accord. À l'issue de la journée, avant que la petite assemblée ne prenne congé et s'égaille à travers la ville, l'horloger proposa que les deux noms soient mis au vote.

– Voilà bien un républicain ! ironisa Estibal. Il lui faut toujours s'en remettre à la voix du peuple !

La majorité des suffrages alla au « Tour du cadran ».

– Fort bien, ce score est sans appel, dit Francisque, bon perdant. Il en sera donc ainsi.

Enchanté d'avoir eu gain de cause, Charles décida de s'isoler pour rédiger sur-le-champ la petite annonce qu'il revint lire à ses amis :

– « Le Tour du cadran, nouvelle boutique de qualité, vous propose des pendules de cabinet, des montres et réveille-matin, des objets de décoration divers au meilleur prix et en parfait état de marche. On reprend vos anciens modèles contre paiement comptant. Réparations soignées et bon marché. »

Suivait l'adresse, « rue des Fontaines du Temple, face aux Madelonnettes ». En guise d'ornement, pour que l'annonce soit remarquée, Charles proposa une petite image gravée représentant une pendule, le long de laquelle viendraient se caler les lignes du texte.

– Cela sera du meilleur effet, approuva Estibal. Tu as ma bénédiction.

Francisque et Pauline furent tout d'abord dubitatifs. Norbert dut les convaincre qu'ils n'avaient rien à y perdre.

– Cela ne vous coûte rien, et vous verrez que c'est là un commerce d'avenir : l'homme moderne ne pourra plus vivre sans sa montre, il aura toujours l'œil rivé sur sa pendule, car il cavalera d'omnibus en omnibus, et le train qui part à heure fixe de la gare ne l'attendra pas.

Force leur fut d'admettre qu'il avait raison. En quelques semaines à peine, Le Tour du cadran devint une boutique très courue, dont la réputation devait beaucoup à la grâce de Pauline, qui s'était encore accrue et épanouie depuis qu'elle était devenue mère. Et cette fois, la clientèle venue des beaux quartiers était plus acheteuse que vendeuse.

Rasséréné, Francisque voyait enfin les finances du foyer se renflouer. Il se rendait encore de temps en temps avec Charles chez Momus, le jeudi soir. Ils y retrouvaient Fritz Estibal, entouré d'une cour de jeunes gens enflammés, prêts à en découdre avec le pouvoir et ses sbires.

– Pourquoi venez-vous donc nous rendre visite, citoyens ? leur lança Fritz un soir où il était un peu éméché. Êtes-vous ici en espions à la solde de mon frère, le brasseur d'affaires ?

Charles et Francisque eurent beau protester de leur bonne foi, les ouvriers échauffés les huèrent et peu s'en fallut qu'ils ne les jettent dehors. Fritz regretta ses propos et tenta de les calmer.

– Cessez, camarades, et accordez-leur le bénéfice du doute. Ils ne savent pas à qui ils ont affaire. Car en réalité ils sont pieds et poings liés. Quand ils le comprendront, croyez-moi, ils seront plus révolutionnaires que vous tous réunis !

Les deux amis mirent ses paroles sur le compte de l'exaltation du tribun. Ils avaient pu mesurer la générosité de Norbert à leur égard. Jamais il ne demandait rien en retour. Charles travaillait avec dévouement au Comptoir d'annonces, Francisque dessinait la nuit avec enthousiasme des prothèses d'un haut degré de complexité, visant la perfection. Il lui tardait de les voir fabriquées en série, pour pouvoir soulager les blessés et les infirmes qui en seraient équipés. Chaque jour, il épurait son dessin, réfléchissait, menait des expériences sur Charles qui s'y prêtait avec obligeance.

– Ces bretelles et cette main de cuir, je te le parie, ne seront bientôt plus que de l'histoire ancienne. J'ai eu vent des nouveaux usages que l'on peut faire du caoutchouc, depuis que les Anglais le produisent dans leurs usines. Bientôt, il remplacera les roues en bois des omnibus. En Amérique, depuis peu, on en fait même des bottes ! Ce n'est plus qu'une question de mois, tout au plus d'années : un jour, ta prothèse sera si légère et si mobile que tu ne la sentiras même plus. Elle fera partie de toi comme le bras que tu avais lorsque tu es sorti du ventre de ta mère !

CHAPITRE 24

Par un jour radieux de juillet, Charles et Francisque prirent place à bord d'un fiacre loué par Norbert Estibal. Celui-ci se trouvait à l'intérieur en compagnie de son fils Aristide, qui les salua à peine.

– Bonjour, mes amis ! jeta Norbert aux deux jeunes gens. C'est aujourd'hui que notre projet prend corps !

Le but du voyage était le quartier des bords de Marne, à La Varenne Saint-Maur, que l'homme d'affaires avait acheté et qu'il revendait à la découpe.

– Quarante arpents, rendez-vous compte ! Un beau petit village à l'air pur de la campagne, loin des embarras de la ville et de ses insupportables démolitions !

– Est-ce une raison pour offrir un voyage d'agrément à ton employé, qui ferait mieux de travailler, au prix où nous le payons ? grommela Aristide.

– Tais-toi, fils. Comprends-tu seulement que si je n'avais pas recruté Charles, je n'aurais jamais connu notre cher Francisque ? Et que nous ne serions pas sur le point d'ouvrir notre fabrique ? Il me semble légitime de l'associer à notre petite expédition !

Aristide se renfrogna et regarda ostensiblement par la vitre de la portière. La voiture, tirée par deux chevaux fougueux, cahotait sur les pavés, qu'elle quitta bientôt pour des chemins de terre. Passé Picpus, on entra dans le bois de Vincennes.

– Ralentissez, cocher ! ordonna Norbert. Laissez-nous profiter des frondaisons.

C'était là un paradis où les enfants s'ébattaient sous l'œil vigilant de leurs nourrices, dans les taches de lumière qui se découpaient à travers les branches. Ils couraient après des balles, poussaient leurs cerceaux, piaillaient d'une voix aiguë, roulaient dans la poussière et recevaient des réprimandes. Norbert s'attendrit à leur vue.

– Ne vois-tu pas bientôt ta petite Pascaline jouer avec eux ? demanda-t-il à Francisque.

– Je ne sais pas, répondit ce dernier.

Il se sentait un peu gêné, conscient de ne pas être tout à fait à sa place en ces lieux. La voiture roula doucement et les berça jusqu'au terme du voyage. Charles faillit s'endormir. Francisque écoutait Norbert et Aristide, en plein débat sur l'avenir de leurs affaires.

– C'est pour cela que j'ai fondé le Crédit immobilier, disait Norbert à mi-voix. Vois un peu les bénéfices que nous rapporte la revente des terrains ! Chaque fois, nous faisons plus que doubler la mise. C'est un appât formidable : nous attirons les investisseurs, qui nous confient leurs fonds, et nous leur promettons 5 % d'intérêt, payables chaque semestre.

– Je vois, répondit Aristide. Et en collectant ce capital financier, nous sommes à même de racheter de nouveaux terrains et de développer nos opérations.

– C'est bien l'idée ! Car il n'y a pas que La Varenne Saint-Maur : tout autour de Paris, il y a des terrains fort bien situés qui ne valent rien, mais qui seront eux aussi prochainement accessibles par le chemin de fer. Et cela leur fera forcément prendre de la valeur. À ce jeu, impossible que nous soyons perdants.

– Ne crains-tu pas d'avoir les yeux plus gros que le ventre ? Arriverons-nous à contrôler toutes ces opérations rien qu'à nous deux ?

Norbert poussa un cri de colère qui fit sursauter les passagers et le cocher. Ce dernier se pencha et demanda :

– Quelque chose ne va pas, Monsieur ? Voulez-vous que j'arrête les chevaux ?

– Tout va bien, mon brave, répondit Norbert. Je fais seulement la leçon à mon fils.

Et il sermonna Aristide :

– Tu es bien le fils de ta mère, va ! Ne sois pas timoré comme elle ! Elle a toujours voulu me brider dans mes dépenses, mais elle doit bien reconnaître que si je l'avais écoutée, elle n'aurait pas aujourd'hui le train de vie qui est le sien. Le Crédit immobilier est appelé à grandir, et un jour c'est toi qui en seras le directeur. Nous embaucherons des agents à travers la France, nous recruterons des employés de confiance. Qu'est-ce qui nous en empêche ? Le Comptoir d'annonces, notre société de voyages, notre compagnie d'assurances, tout cela fonctionne à merveille. Chaque minute qui passe nous enrichit ! Notre nom est connu de tous, c'est un sésame qui nous ouvre toutes les portes !

– Ne crains-tu pas de te disperser ? Cette fabrique de prothèses est-elle bien nécessaire ?

– Un fils qui ose contester les choix de son père, a-t-on jamais vu cela ? J'ai bien le droit d'investir comme je l'entends. Et crois-moi, une entreprise charitable comme celle-ci ne peut que servir notre image. D'ailleurs, je prends peu de risques, les investisseurs se bousculent, figure-toi. Tout à l'heure nous avons rendez-vous avec mon ami Mahieu, qui lui aussi veut en être.

– Je te concède que la pierre et la terre me semblent des placements plus solides que toutes ces actions volatiles qui inondent la Bourse. Sur ce point, je suis d'accord avec toi.

– Ah, je retrouve là mon fils, mon digne héritier, le porteur de tous mes espoirs !

Et Norbert rit de sa propre emphase. Dans son rire, il y avait aussi toute la candeur de celui qui se sait invincible, toute la gourmandise de celui qui s'apprête à avaler le monde. Charles et Francisque se tenaient cois.

Le fiacre longeait à présent la Marne, bordée de roseaux où nichaient des canards et des cygnes. Sous les chauds rayons du soleil, la capote de la voiture commençait à cuire.

– Rassurez-vous, nous y sommes presque, fit Norbert.

Le fiacre quitta les berges du fleuve pour s'engager sur un chemin à l'intérieur des terres. Peu de temps après, le cocher arrêta les chevaux et les quatre voyageurs descendirent de voiture.

– Voici le quartier de La Pie, propriété de Norbert Estibal et fils ! déclama l'homme d'affaires en désignant les alentours d'un large geste du bras.

Ils se trouvaient au bord d'une route, environnés de masures branlantes et de terrains vagues. Face à eux se dressait un bâtiment de bois et de tôle qui ressemblait à un entrepôt.

– C'est ici que nous construirons notre manufacture ! poursuivit Estibal.

Il salua un entrepreneur de travaux qui l'attendait. La visite du bâtiment confirma que d'importants aménagements seraient nécessaires : le toit prenait l'eau de toutes parts, les murs en torchis demandaient à être consolidés. Charles et Francisque marchaient loin derrière et se regardaient, incrédules. L'affaire, qui jusqu'alors se cantonnait aux essais de l'horloger, à ses dessins griffonnés tard dans la nuit, prenait décidément un tour concret.

– Ne vaut-il pas mieux tout raser ? demanda Aristide.

– C'est bien ce que je pense, fit l'entrepreneur. On rebâtit sur l'emplacement initial avec des matériaux solides, du bois, de la brique, du plâtre, un bon toit en zinc, et vous aurez une fabrique neuve et saine. Je connais un architecte. Il vous dessinera les plans.

– Parfait, Monsieur Favier. Vous avez carte blanche, déclara Norbert. De toute façon, c'est là le sort auquel est voué tout ce quartier. Dès que vous m'aurez démoli toutes ces bicoques, les Parisiens viendront en masse y faire construire leurs maisons de campagne. Charles, tu penseras, dans nos prochaines annonces, à souligner le charme de cette villégiature : quoi de plus distrayant qu'une partie de pêche ou une promenade en bord de Marne ?

La visite se poursuivit dans une grande maison en pierre du centre de Saint-Maur. Un domestique les introduisit dans un salon tendu de riches soieries où trônait un piano à queue dont le dessus laqué faisait miroir. Comme Aristide et Francisque, Charles restait timidement en retrait. Norbert serra longuement la main de Mahieu, un homme de grande taille qui le dépassait d'une bonne tête, dont la moustache bien taillée ombrageait une bouche au pli sévère. Sur son gilet se détachait une imposante chaîne de montre en or à gros maillons.

– Tout se présente-t-il comme tu le souhaites, mon cher ami ? demanda Estibal.

– J'ai peu d'inquiétudes, lâcha Mahieu. Tout indique qu'en octobre, je serai maire.

Norbert se réjouit.

– Tant mieux ! Voilà qui est bien mérité, et qui sera bon pour nos affaires.

Il présenta alors les autres visiteurs à Mahieu. Ce dernier serra la main d'Aristide, qu'il sembla jauger d'un œil averti. Il se contenta d'incliner légèrement le buste devant Charles et Francisque.

– Francisque ici présent est le concepteur des prothèses que nous déclinerons en divers modèles et en diverses tailles, expliqua Estibal. Comme tu peux le voir, il en a déjà réalisé une pour équiper son camarade Charles.

Mahieu sembla découvrir la main artificielle qui dépassait de la manche du jeune homme. Il eut une moue sceptique.

– C'est bien parce que c'est toi, Norbert. Je ne suis pas convaincu que cette entreprise soit si rentable. Mais soit, j'investirai le montant que nous avons convenu. Puisses-tu avoir raison…

Norbert le remercia avec une effusion qui lui était peu coutumière, dans laquelle Charles perçut de la servilité. Sur le chemin du retour, alors que le fiacre brinquebalait, pressé de rentrer à Paris, l'homme d'affaires, oublieux de Charles et de Francisque, dispensa une nouvelle leçon à son fils :

– N'oublie pas que nous ne pouvons pas nous passer de lui. Il nous faut bien avaler quelques couleuvres, et après tout, il nous apporte soixante mille francs. Sans compter que dès qu'il sera maire, les expropriations iront bon train. Cela nous facilitera la tâche.

– Il n'empêche. Je l'ai trouvé bien arrogant, lâcha Aristide.

– Quand tu auras sa fortune, crois-moi, tu pourras l'être toi aussi. Il y a cinq ans, il a racheté la fonderie de Maisons-Alfort, qui compte cent ouvriers et produit sept cents tonnes de fonte d'acier par an. Il est en passe de recevoir la concession des quartiers sud de Paris. En outre, il connaît tout le monde, fournisseurs, entrepreneurs, architectes, membres de l'administration… Il détient des carrières de sable, de pierre et de gypse, des fours à chaux et à plâtre. Il m'obtiendra de bons prix en échange de quelques services que je lui ai rendus par le passé… et aussi de quelques décorations. Il a sa petite vanité et je lui ai promis que je l'aiderais à garnir son plastron.

CHAPITRE 25

Chaque soir, Charles retrouvait avec ravissement le sourire de Lisette. Il la serrait contre lui, affamé de ce parfum qui était le sien, comme si elle avait passé sa journée les deux pieds dans la terre à cueillir des fraises, des framboises ou des groseilles. Ses cheveux, en plein été, avaient une odeur de foin et de grand air. Coquette, elle piquait chaque jour une nouvelle rose à son corsage, qui embaumait. Elle revenait au domicile chargée d'histoires glanées au fil des rues : le chien de madame Maubert avait dû être abattu car il avait la rage ; le père Jollet avait été envoyé à l'hospice par ses fils indignes qui voulaient récupérer son logement ; la fille Pruvost lui avait encore disputé le coin de trottoir sur lequel elle avait coutume de se poster avec sa carriole. Elle était certaine que cette chipie médisait à son sujet et lui volait des clientes. Qu'à cela ne tienne : elle irait encore plus tôt aux halles, le matin, et raflerait tous les bouquets composés de fleurs des champs dont sa rivale se faisait une spécialité. Elle ne lui en laisserait pas un seul. On verrait bien chez qui les clientes viendraient s'approvisionner !

Ces menus drames, ces mesquineries infimes amusaient Charles. Ils lui parlaient d'un petit peuple tout à la fois aimable et fripon dont il sentait qu'il s'éloignait peu à peu. Lisette riait de le voir s'habiller comme un monsieur, avec un gilet sous son paletot, et un chapeau le dimanche. Enfermé tout le jour dans les bureaux de l'agence de publicité, il ne voyait que des piles de papier, il comptait les lignes et le nombre de parutions.

– Tu ne produis rien ! lui jeta un jour Minot avec mépris à la figure, lors d'une soirée chez Momus. Tu n'es que le marchepied de ces bourgeois, un vulgaire scribouillard qui les aide à s'enrichir toujours plus à nos dépens !

Charles rentra bouleversé et demanda à Lisette :

– Crois-tu que je sois un traître ?

– Un traître ? Par rapport à quoi ? À qui ?

– Au monde d'où je viens. À toi... À eux... Enfin, je ne sais pas bien.

– Le monde d'où tu viens ? Mais rappelle-moi donc ce que faisait ton père ?

– Il était commerçant. Il vendait des meubles.

– Et votre cher Fritz, dont tous ces messieurs sont les disciples ? Que fait-il ?

– Il rédige des contrats d'assurance.

– Tu vois bien que tout cela ne tient pas debout ! Je vais te dire ce que je pense : je crois que ce Minot est jaloux de toi parce que Fritz t'a pris en affection. Et puis, s'il y a des traîtres, ce sont les soldats qui tirent sur leurs semblables, et personne d'autre !

Cette nuit-là, Charles eut un sommeil agité. Il revit dans

ses cauchemars le soldat roux à la tache lie-de-vin qui abattait son père avec un ricanement et l'achevait à coups de baïonnette. Son visage se rapprochait jusqu'à toucher le sien, l'homme ouvrait une bouche garnie de crocs acérés et menaçait de l'engloutir tout vif. Au petit matin, tremblant, il était encore si habité par son rêve qu'il dut le partager avec Lisette.

– Tu ne m'avais jamais raconté ces souvenirs, fit-elle gravement. Je pensais que tu les avais oubliés.

– C'est un peu comme mon moignon. Je l'oublie quand j'enfile mon bras mécanique. Mais quand je l'enlève, il se rappelle à moi.

– Une chose est sûre: ton père serait fier de toi. Et ça, ne l'oublie jamais.

Au fond, Charles aimait son travail, il s'y sentait utile. Il se demandait quel besoin le poussait à assister aux réunions du café Momus: il y régnait une volonté de revanche, un désir farouche de renverser la table du pouvoir qui à chaque fois l'électrisait. Il n'osait jamais prendre la parole, il se sentait parmi les révolutionnaires comme un enfant fasciné. Peut-être rêvait-il simplement à travers eux de remonter le cours du temps et de l'inverser: si son père n'avait pas ordonné à madame Godefroy d'ouvrir cette porte, peut-être cette tragédie n'aurait-elle jamais eu lieu? Peut-être, en réunissant leurs forces, tous les résidents entassés dans cette chambre seraient-ils parvenus à la tenir fermée, à se barricader solidement, au point que les soldats, lassés, s'en seraient allés chercher querelle ailleurs? Et lui-même, Charles, qui n'aurait jamais perdu son bras, serait à l'âge d'homme devenu le successeur de son père, à la tête d'un commerce florissant. Il vendrait aujourd'hui des commodes, des lits, des fauteuils et des armoires. Il aurait épousé une jeune fille comme il faut, dont les parents auraient vu en lui un bon parti… Mais il n'aurait jamais connu Lisette. Il devait se rendre à l'évidence : même infirme et diminué, il était sûrement plus heureux dans la condition qui était la sienne aujourd'hui.

Fritz Estibal lui avait toutefois ouvert les yeux, et la petite équipée à La Varenne Saint-Maur lui en avait fait prendre conscience : Norbert était tout sauf un saint. Cependant, la construction de la fabrique allait bon train. Par chance, l'automne fut sec ; charpentiers et couvreurs purent entrer en action. Quand décembre arriva, le nouveau bâtiment était terminé. Le chef des travaux et ses ouvriers avaient mis les bouchées doubles.

– J'ai promis à Favier que j'embaucherais les femmes de ses cinq meilleurs hommes, expliqua Norbert à Charles avec un petit rire facétieux. Les ânes, ça avance si on leur montre une carotte ! Il me reste maintenant à recruter vingt-cinq ouvrières. Tu n'as pas oublié l'annonce que je t'ai demandée ?

– Non, Monsieur.

– Bien. Nous la ferons paraître en janvier. Cela nous laisse quelques semaines pour régler la question des approvisionnements en matières premières.

Francisque avait de son côté établi une liste des quantités de cuir, de tiges de fer, de caoutchouc, de vis et de rouages nécessaires à la fabrication d'une première centaine de prothèses. Ses dessins avaient été reproduits en grand nombre et Norbert lui avait adjoint les services d'un de ses amis, Hippolyte Bouroux, un Lyonnais qui avait monté plusieurs ateliers de tissage dans sa propre région. Celui-ci devait superviser l'installation de la nouvelle manufacture et y occuper le poste de contremaître.

Charles suivit ces préparatifs avec intérêt. Francisque était confiant. Il avait dessiné des prothèses réglables que chaque amputé pourrait ajuster à son moignon.

– Vois-tu, lui dit-il un soir avec enthousiasme, elles sont composées de morceaux que les ouvrières sauront facilement assembler. Par ailleurs, le prototype que tu portes est de taille moyenne, mais celles que nous vendrons seront déclinées en trois tailles. Chacun n'aura plus qu'à trouver la sienne, puis à régler les courroies à sa convenance.

Ces recherches profitèrent à Charles : son ami remplaça sa main de cuir par une autre, plus souple, dont les doigts étaient plus mobiles et permettaient, grâce à une légère rotation du poignet, la préhension de certains objets. La première tasse qu'il attrapa par l'anse tomba et se brisa. Mais avec un peu d'entraînement, il parvint à maîtriser son geste. Au Comptoir d'annonces, dans les premiers temps, il s'amusa, dès qu'il était seul, à soulever l'encrier et à le reposer, toujours avec la même délectation.

L'effervescence montait et chaque jour qui passait les rapprochait de l'ouverture de la fabrique.

– Bientôt ton nom figurera en lettres d'or au fronton ! « Prothèses Estibal-Brunaux » : cela sonne magnifiquement, tu ne trouves pas ? demanda Charles à Francisque.

– Oui, je n'arrive pas à y croire. Et Norbert vient de me verser mille francs pour mes dessins !

Restait à savoir de quelle façon les prothèses fabriquées seraient écoulées. Ce fut Fritz qui, après une de leurs réunions du jeudi au Momus, leur apprit comment Norbert entendait procéder :

– Vous le connaissez, il a pensé à tout. Il a tout bonnement circonvenu notre frère Joseph, qui ne sait rien lui refuser. Face à l'immeuble où nous résidons, rue du Faubourg-Montmartre, Joseph possède une officine de pharmacie où il entrepose les stocks de sa pâte Dégenétais. C'est une boutique assez grande pour que l'on y organise la vente des prothèses. Norbert a suffisamment d'entregent, il saura toujours soudoyer un médecin pour que le client procède aux essayages sous son contrôle. Et gageons qu'avec ses petites annonces, la boutique ne désemplira pas.

L'année qui avait si bien commencé se terminait encore mieux. Rien ne venait entraver l'élan de Norbert Estibal. Il changeait le plomb en or et ses entreprises étaient autant de triomphes qui retombaient en pluie bienfaitrice sur ceux qui avaient placé en lui leur confiance.

CHAPITRE 26

Un peu avant la Noël, Pauline eut l'idée d'organiser une sortie dominicale à La Varenne Saint-Maur pour aller admirer la fabrique nouvellement sortie de terre. Malgré le froid perçant, les deux jeunes couples montèrent sur l'impériale d'un omnibus pour profiter de la vue durant tout le trajet depuis le centre de Paris jusqu'à Charenton-le-Pont. Assise sur les genoux de sa mère, Pascaline était emmitouflée dans un tricot de grosse laine. Ses yeux étaient comme des billes bleues à demi recouvertes par son bonnet, qu'elle essayait en vain de remonter du bout de ses menottes. Ses mimiques firent rire Charles et Lisette. Après le terminus, la petite compagnie poursuivit à pied pendant près d'une heure. Francisque hissa la fillette sur ses épaules. Elle disparaissait tout entière derrière son chapeau lustré.

– Ne serre donc pas ses poignets si fort, tu vas lui faire mal, lança Pauline à son mari. Et sois prudent, elle ne tient pas encore très bien assise.

Mais quand elle voulut l'attraper, l'enfant poussa un vagissement et Francisque arbora un air de triomphe.

– Là ! Cette petite est faite pour les hauteurs d'où elle pourra contempler la gloire de son père.

Ils passèrent le long du sinistre asile de Charenton où derrière les grilles erraient des âmes en peine qui les dévoraient des yeux.

– Ces pauvres diables ! grommela Francisque. Depuis la loi de 1838, combien croupissent dans ce bagne qui n'ont rien à y faire ? Un avis du médecin suffit, et vous voilà enfermé jusqu'à la fin de vos jours. Il n'y a pas de meilleur traitement contre la révolution ! On vous lave le cerveau à coups de jets d'eau froide, on vous purge en vous mettant des sangsues dans le fondement : c'est ainsi que le gouvernement mate les rebelles.

– Voyons, sois discret, on va t'entendre, souffla Pauline en jetant un regard apeuré vers les grilles de l'établissement.

Elle avait repris l'enfant et la serrait contre elle.

– « Police partout, justice nulle part », glissa Charles. C'est ce que disait Victor Hugo avant de partir en exil.

– Tiens, fit Francisque, soudain curieux, tu t'intéresses à ces choses-là ?

– J'ai lu quelques numéros de *L'Événement*, avant qu'il soit interdit. Savez-vous que son frère aîné, Eugène Hugo, est mort dans cet hospice en 1837, à l'âge de trente-six ans ?

– À quoi tient la destinée d'un homme ! dit Lisette, pensive.

Ils longeaient à présent la Marne qui déroulait ses eaux grises et placides. À l'endroit où elle faisait un coude, Francisque déclara :

– Nous ne sommes plus très loin ! Nous avons fait le plus gros du chemin.

Le quartier de La Pie était reconnaissable à ses chantiers de démolition et à ses terrains vagues où s'entassaient des matériaux de construction. Çà et là, de belles maisons en meulière commençaient à pousser. Peu à peu, les chemins de terre s'élargissaient pour devenir de larges voies carrossables. Des arbres fraîchement plantés, encore frêles, annonçaient des ombrages luxuriants pour les futures soirées d'été.

– Dans dix ans, ce sera une petite ville bien pimpante ! constata Pauline.

Ils se retrouvèrent bientôt devant une belle bâtisse de briques à hautes fenêtres régulièrement espacées. Des manœuvres mettaient la dernière main à l'entretien du terrain. Partout, on balayait, on nettoyait, on aplanissait. Perché sur un échafaudage, un homme avait entrepris de peindre lentement en lettres de sang, sur un pan de mur blanc de la façade, le nom qui devait faire leur fierté et qui commençait à prendre corps : « PROTHÈSES ESTIBAL-B... »

– Tout de même, dit Francisque, cela fait quelque chose ; n'est-ce pas, Madame Brunaux ?

Pauline rit de plaisir et Pascaline, blottie dans ses bras, lui répondit par un gloussement de petite caille. Les quatre amis s'esclaffèrent. Puis ils se dirigèrent vers l'intérieur du bâtiment dont le large portail était ouvert. Ils y trouvèrent une petite armée d'hommes occupés à mettre en place de lourdes tables de chêne.

– Les ouvrières seront quatre par table, expliqua Francisque avec un geste de propriétaire. Elles seront chauffées par ces grands poêles. Et pour leurs tâches minutieuses, voyez ces verrières : la lumière ne manquera pas.

On était en plein hiver, et il régnait dans tout l'espace une grande et paisible clarté.

– Qu'est-ce que ce sera en plein été ! fit Lisette, admirative.

– Voudrais-tu travailler ici ? demanda Charles, pris d'une inspiration subite. Je suis sûr que monsieur Estibal t'y garderait une place.

– Non merci, sans façon, répondit la jeune femme. J'ai trop la bougeotte, je ne peux pas me passer de ma carriole !

Francisque avisa alors une silhouette qui se tenait au fond de l'atelier. L'homme le reconnut et le salua de loin. Quand le petit groupe s'approcha de lui, il eut l'air gêné.

– Je ne vous attendais pas de sitôt, dit-il comme pour s'excuser. Nous sommes encore en pleine installation.

– Ne vous inquiétez pas, Monsieur Bouroux, répondit Francisque en lui tendant la main. Nous ne voulons pas vous déranger.

Les hommes installaient des machines et des outils de toutes sortes sur les tables et le long des murs.

– Cela prendra encore un peu de temps, fit le contremaître. Les choses se régleront surtout à l'usage, quand les ouvrières seront là.

– Soyez tranquille, je crois que nous avons pensé à tout, dit Francisque.

Puis il se tourna vers ses amis pour leur expliquer :

– Cela nous a occupés pendant de longues heures, monsieur Bouroux et moi. Il nous a fallu décomposer toutes les étapes de la fabrication et réfléchir aux outils nécessaires. Parce que entre mon atelier où j'ai bricolé ton bras comme j'ai pu, mon bon Charles, et cet endroit où il sera produit en série, ce n'est pas tout à fait pareil !

– Qui plus est, produit par des femmes, grommela Bouroux. Encore faut-il qu'elles y comprennent quelque chose.

Pauline et Lisette émirent une protestation de principe. Le contremaître les intimidait. Après avoir fait un dernier tour dans les lieux, le nez en l'air, pour admirer la charpente, Francisque donna le signal du départ.

– Allons, la route est longue, et la petite va bientôt réclamer sa pitance !

La troupe se mit en mouvement d'un pas enjoué. Tous se félicitaient de la bonne fortune qui avait mis ce sacré Norbert sur leur route.

– Qui aurait dit, quand nous étions mômes, que nous nous retrouverions tous ici un jour comme aujourd'hui ? fit Francisque.

Ils marchaient avec précaution pour éviter les flaques de boue qui parsemaient le chemin. Charles songeait qu'après tout, c'était peut-être une décision impénétrable du destin qui l'avait privé enfant de son bras, pour que cette grande aventure puisse advenir. Et, n'y tenant plus, dans un élan juvénile, il sauta à pieds joints dans une flaque, éclaboussant les deux femmes qui poussèrent des cris et relevèrent leurs longues jupes. Parvenu à distance du bâtiment, Francisque se retourna une dernière fois comme pour lui faire ses adieux.

– Ça par exemple ! rugit-il. Qu'est-ce que c'est que ces sagouins ?

Ses amis firent eux aussi volte-face et lurent les mots qu'en lettres flamboyantes le peintre avait fini d'inscrire sur la façade : « PROTHÈSES ESTIBAL-BOUROUX ».

Charles eut toutes les peines du monde à empêcher Francisque d'aller dire son fait au contremaître.

– Laisse donc ! Ce n'est qu'un coup de peinture à donner, et tout rentrera dans l'ordre !

– Ne va pas lui chercher des noises, conseilla Pauline à son mari. Il y a forcément une explication.

De retour sur l'impériale de l'omnibus qui roulait à vive allure, Francisque fulminait.

– Ce type… J'ai toujours pensé qu'il était dévoré par l'ambition… qu'il ne saurait pas rester à sa place.

– Estibal n'aura qu'un mot à dire, et il rentrera dans le rang, fit Charles.

– Cela va sans doute le mettre très en colère, ton patron, poursuivit Lisette. Il ne doit pas aimer qu'on n'en fasse qu'à sa tête, surtout là où son propre nom est concerné.

Lorsqu'ils descendirent de voiture, Pascaline pleurait pour réclamer son lait. Son père ne décolérait pas.

– Je vais aller voir Norbert de ce pas et lui raconter ce que Bouroux manigance dans son dos.

– Il est tard, mon ami, et nous sommes dimanche. Il veut certainement profiter de la paix de son foyer, dit Pauline qui espérait retrouver au plus vite le sien.

– Charles, viens avec moi, fit l'horloger d'un ton qui n'admettait pas de réplique.

Les deux hommes partirent, abandonnant les femmes derrière eux. Francisque avait les traits crispés et les poings serrés. Il n'eut pas même un regard pour la petite.

– Faut-il qu'il soit fâché ! fit Pauline dans un soupir tandis que les cris de l'enfant redoublaient.

CHAPITRE 27

La concierge avait déjà son bonnet de nuit. Elle était devant sa loge, occupée à ranger les bidons que le laitier viendrait remplir au petit matin pour chaque famille résidant dans l'immeuble. Elle n'eut pas pour les visiteurs le regard doucereux qu'elle avait eu début mars, lorsqu'elle les avait vus habillés comme des seigneurs. Leurs simples pardessus de toile n'étaient pas une carte d'introduction suffisante.

– Je suis l'associé de monsieur Estibal, déclara Francisque. Et Monsieur est son employé. Nous avons une affaire de la plus haute importance à lui communiquer.

La concierge se redressa, poussa un long soupir et monta d'un pas lourd sonner à la porte de l'appartement du premier étage.

– Il y a ici deux messieurs qui demandent Monsieur, dit-elle.

Un domestique redescendit avec elle, reconnut Charles et Francisque, prit un petit air hautain et les pria de monter.

– On dirait que ça lui écorche la bouche, fit Francisque à voix basse.

Tous deux se tinrent un long moment dans l'entrée, leur chapeau du dimanche à la main. Le majordome cette fois-ci ne les invita pas à se débarrasser de leurs vêtements. Quand enfin Norbert Estibal arriva, il était en pantoufles et en robe de chambre à motifs cachemire.

– Ah, c'est vous ? dit-il en haussant un sourcil étonné, un cigare vissé au coin des lèvres. Pardonnez ma tenue, je m'apprêtais à prendre mon bain. Rien de tel pour se détendre et noyer tous les soucis de la semaine !

Le domestique passa ostensiblement dans leur champ de vision, un broc à la main.

– Gontran, cria Estibal, nous serons dans la bibliothèque, apportez-nous du whisky et trois verres !

Quand ils furent installés dans la pièce, Norbert referma la porte capitonnée. Dans cette atmosphère feutrée, entre les quatre murs garnis d'étagères qui sentaient le bois verni et le vieux papier, Charles se crut enfermé dans un tombeau. L'envie le prit d'en sortir au plus vite.

– Quel bon vent vous amène ? demanda Norbert d'un ton badin, en portant son verre à sa bouche.

Mais ses petits yeux noirs les fixaient intensément et sans aménité. Francisque se jeta à l'eau et lui expliqua la surprise qu'il avait eue à l'issue de la visite à la fabrique, avant de conclure :

– C'est certainement une erreur… Monsieur Bouroux s'est emballé. Vous aviez pourtant été clair sur ce sujet.

Norbert prit un air apitoyé.

– Mon pauvre ami, on voit bien que tu ne connais rien aux affaires ! Tout ne peut pas toujours se dérouler comme on le souhaite. Il y a parfois des compromis à faire, et crois bien que si tu te sens lésé, nul plus que moi ne le regrette. Mais monsieur Bouroux m'a rendu de fiers services. Il a investi beaucoup d'argent dans cette manufacture.

– Comment? Je croyais qu'il n'en était que le contremaître?

Norbert se mua en instituteur faisant la leçon à son élève. Charles lui trouva un instant le même air qu'à son frère Fritz lorsqu'il essayait de tempérer les révolutionnaires au café.

– Tu es un artiste, Francisque. Ton talent est de dessiner et de concevoir ces prothèses, car c'est ton génie qui fera la fortune de ta famille! Le reste, oublie-le, ce ne sont que des histoires de gros sous qui ne t'intéressent pas.

– Mais ce nom, sur la façade? Ce devait être le mien!

Un voile d'irritation passa sur le visage de Norbert.

– Pour construire une telle fabrique, que crois-tu donc? Il en a fallu, du capital! Est-ce toi qui allais me l'apporter? Non, bien sûr! J'ai dû lever des fonds. Tu ne mesures pas les efforts que cela demande! Heureusement, j'ai des amis fidèles. L'un d'eux est un industriel de renom, propriétaire d'une manufacture d'huile épurée, qu'il a établie en transformant une raffinerie de sucre. Un homme d'envergure, et remarquable: si ta lampe à huile t'éclaire aujourd'hui, c'est grâce à lui! Il a été le premier à répondre à mon appel. Quant à mon fidèle Hippolyte, il a tout laissé derrière lui à Lyon pour me rejoindre ici. Il m'a confié toute sa fortune, jusqu'au dernier centime. Je ne pouvais pas faire moins qu'associer son nom au mien, tu en conviendras!

– Tout de même, j'avais votre parole... bredouilla Francisque.

– Voyons, mon ami, crois-tu que je n'aurais pas préféré voir ton nom sur cette façade ? Ne suis-je pas le parrain de ta fille ? Je fais désormais partie de ta famille, cette preuve seule devrait te suffire ! Comprends donc qu'il faut parfois être pragmatique : je ne fais pas toujours ce que je veux ! Hippolyte a eu cette petite exigence, je ne pouvais le décevoir. Le pauvre homme a vécu de dures déconvenues, j'ai bien dû être un peu charitable. Ne fais-je pas toujours le bien autour de moi ? Ne suis-je pas le serviteur de mon prochain ? Ne t'ai-je pas grassement rétribué pour tes dessins ? N'ai-je pas lancé la boutique de ta femme, soutenu tes talents d'horloger ? Allons, mon brave, vois plus loin que ces mesquineries, réalise que bientôt, tu sauveras des malheureux par tes prothèses ! Car qui aurait pu être aussi ingénieux que toi ? Sans toi, la fabrique n'existerait pas ! N'est-ce pas là tout ce qui compte ?

Francisque était à court d'arguments. Norbert éconduisit poliment les deux jeunes gens. Une fois dehors, Charles tenta de réconforter son ami mais se fit rabrouer. Il le regarda s'en aller, dépité, avachi, comme s'il avait brusquement vieilli de dix ans. Sa claudication était revenue.

La vie reprit son cours. Charles travaillait sans relâche pour donner toute satisfaction à Norbert. Il n'en oubliait pas pour autant la désinvolture dont ce dernier avait fait preuve à l'égard de Francisque.

Une première série de petites annonces parut dans la presse :

« On recherche pour une fabrique de précision des ouvrières d'excellente moralité, habiles à l'ouvrage. Expérience de couturière bienvenue. Appointements 300 francs annuels. S'adresser à M. Hippolyte Bouroux, route du Vieux moulin, quartier de La Pie, La Varenne Saint-Maur, chaque lundi et mercredi entre 9 et 11 heures. »

Au début de l'année 1854, la manufacture de prothèses commença à fonctionner. La production fut d'abord un peu lente car Bouroux dut procéder à des mises au point et à des ajustements. Il dut faire appel à Francisque dont un dessin devait être corrigé. Celui-ci refusa de se plier à sa requête. Un soir, le contremaître vint trouver Estibal au Comptoir d'annonces pour lui faire part de ses difficultés. Charles fut le témoin involontaire de leur conversation au détour d'un couloir.

– Je sais, disait Norbert, soucieux. Quelque chose est cassé dans notre relation. Il a pris pour argent comptant l'idée que son nom devait figurer dans notre affaire. Ce jour-là, j'aurais mieux fait de me taire.

– Malheureusement nous ne pouvons pas agir sans lui : il faut qu'il contrôle les réalisations, qu'il remanie certains plans. Débrouille-toi ! Trouve quelqu'un pour le remplacer, paie-le un peu plus, dote sa gosse, que sais-je, mais la production doit avancer. Pour l'heure nous perdons de l'argent !

– J'ai bien une idée, fit Estibal. Je pense que cela devrait suffire.

Puis il avisa Charles qui se tenait devant lui, embarrassé, ses dossiers sous le bras. Le jeune homme s'excusa :

– Je vais chez le caissier. Je ne voulais pas vous déranger.

– Mon brave Charles, tu n'as rien entendu. Nous allons faire une surprise à ton ami Francisque, qui le mérite bien.

La semaine suivante, un article parut dans *La Gazette du Commerce et de l'Industrie*, qui vantait les mérites des prothèses Estibal-Bouroux. Il n'oubliait pas de mentionner dès le premier paragraphe le génie de leur concepteur, « Monsieur Francisque Brunaux, l'un des plus habiles horlogers du pays, orfèvre en mécaniques sophistiquées, formé dans cet art en la cité de Besançon, à présent établi dans la capitale, rue des Fontaines du Temple, où il se distinguait comme bienfaiteur de l'humanité, en homme dont la science et le talent allaient rendre aux estropiés la capacité de se mouvoir et la joie de vivre ».

Dix exemplaires du journal furent livrés par un commis à la boutique Le Tour du cadran. Pauline manqua défaillir en y découvrant le nom de son époux imprimé noir sur blanc et couvert d'éloges. Elle courut à l'atelier où Francisque lut en silence l'article en entier. Puis il reposa le journal, médita un instant et déclara :

– C'est bien. Considérons que les torts sont réparés.

La production put reprendre et bientôt la manufacture livra plusieurs centaines de prothèses par mois au dépôt de la rue du Faubourg-Montmartre, où les commandes affluèrent : bras et jambes articulés partirent aux quatre coins de Paris, puis à travers le pays et même au-delà des frontières – « jusqu'en Amérique », disait désormais Francisque avec fierté. Il était tout à fait réconcilié avec Norbert. Ce dernier formait pour sa part de grands projets :

– L'an prochain, lui déclara-t-il un beau matin, nous

présenterons nos prothèses à l'Exposition universelle. Mahieu et quelques-uns de mes amis auront à cœur d'appuyer notre candidature. Et qui sait ? Nous pouvons même espérer une médaille !

CHAPITRE 28

Norbert avait une passion pour la nouveauté tout autant que pour les affaires. C'est donc par intérêt bien compris qu'il facilita l'installation d'un nouvel atelier de photographie, dont le procédé s'avérait révolutionnaire, au 8, boulevard des Italiens tout proche.

– Crois-moi, c'est l'avenir ! expliqua-t-il à Charles avec enthousiasme. Un jour, nos annonces figureront dans les journaux accompagnées de l'exacte image des produits qu'elles vantent.

Puis il regarda le jeune homme d'un air étrange, comme si une idée lui traversait subitement l'esprit.

– Ce jour-là, ajouta-t-il, il n'y aura plus besoin de discours : l'image seule suffira pour vendre. Et alors, mon pauvre Charles, tu te retrouveras sans emploi !

Cette pensée sembla beaucoup le réjouir. Charles le laissa dire, conscient que l'entrepreneur était coutumier de telles visions, heureusement irréalistes. Son cerveau bouillonnait en permanence.

Le photographe, en remerciement pour l'aide que lui avait octroyée la maison Estibal, offrit à l'homme d'affaires d'expérimenter son nouveau procédé. Norbert se rendit donc chez Eugène Disdéri en compagnie d'Aristide. Ils en revinrent ravis comme des écoliers, impatients de voir le résultat de la séance. Quelques jours plus tard, Charles fut chargé d'aller récupérer à l'atelier les précieuses images. Il découvrit, figés sur le papier au format de cartes de visite, huit portraits de Norbert et huit autres d'Aristide criants de vérité. Le père était assis dans un fauteuil, les bras croisés, défiant fermement l'objectif du regard. Le fils se tenait debout, le chapeau à la main, nonchalamment appuyé à une colonne de marbre surmontée d'une plante verte.

Charles en ressentit comme un vertige. Il n'avait plus aucun souvenir de son père. Il aurait tout donné pour qu'une petite carte de ce genre lui remette ses traits en mémoire. Mais le visage de Louis Marin Hû ne tiendrait jamais ainsi dans la paume de sa main : il était à jamais évanoui.

Sa veuve, en revanche, reprenait goût à la vie. Charlotte Hû, soutenue par les patients efforts de son fils, avait renoué avec les petites activités du quartier. Peu à peu, elle avait recommencé à faire son marché, à rendre de menus services à ses voisines, à pousser plus loin par les rues de la ville. Comme réveillée de son endormissement, elle allait presque chaque jour tenir compagnie à Pauline au Tour du cadran, servant les clients quand la jeune femme nourrissait sa fillette, ou distrayant celle-ci quand la marchande était occupée. Voir sa mère ainsi ranimée mettait du baume au cœur de Charles. Il pensait avec moins de tristesse à son père.

– Qui préfères-tu ? Fritz ou Norbert ? demanda-t-il un jour à Francisque.

Depuis quelque temps, il était tourmenté : son cœur le portait vers Fritz, mais il sentait tout le poids de son idéalisme désabusé. Sa raison le vouait à respecter Norbert, mais il désapprouvait son manque de loyauté en affaires qui l'amenait parfois à des bassesses.

Francisque s'en tira par une pirouette :

– Disons que dans un monde idéal, les idées de Fritz devraient être mises en œuvre par le pragmatisme d'un Norbert. Ainsi tout le monde vivrait heureux.

L'horloger s'installait lentement dans une placidité bourgeoise. Charles ne reconnaissait plus en lui la petite flamme qu'il avait sentie brûler lors de leur première rencontre sous le porche, un soir d'orage, trois ans plus tôt.

– Tu as changé, Francisque.

– Eh, que veux-tu ? Tu m'as connu gamin, lorsque je m'enfuyais par les toits. Il faut croire que la vie m'a remis les pieds sur terre.

Charles en reçut une indéniable confirmation lorsque Norbert l'envoya chez Disdéri chercher de nouveaux jeux de photographies. Parmi les portraits-cartes, il retrouva en huit exemplaires celui de Francisque, noble et droit, sa grande main déployée sur sa poitrine à l'endroit du cœur, comme pour défendre sa bonne foi.

– Ces séances sont fort amusantes, fit Estibal en découvrant ce résultat. Ne voudrais-tu pas essayer, toi aussi ? C'est un cadeau que je te fais.

Charles le regarda, saisi. Quel sens y avait-il à figer l'image d'un manchot ?

– Merci, Monsieur, sans façon. Je laisse cela à d'autres.

Les semaines suivantes, il rapporta encore de chez le photographe le portrait d'Hippolyte Bouroux. Le contremaître ventripotent, au front dégarni et aux favoris broussailleux, se tenait assis, une jambe repliée sur l'autre, devant un lourd rideau, tenant à la main une canne à pommeau d'ivoire. Charles lui trouva l'air d'un petit bouddha satisfait.

– Ah ! C'est bien lui ! s'exclama Estibal. Mais quand il se verra, je suis sûr qu'il regrettera de n'avoir pas fait appel à l'un de nos vieux peintres, qui l'aurait embelli.

Mahieu était désormais maire de Saint-Maur-des-Fossés. Sur le conseil de Norbert, il alla lui aussi, lors d'une de ses visites à Paris, se faire immortaliser par le photographe et en revint conquis.

– Tu as vraiment l'art de t'entourer ! dit-il, admiratif, à Estibal, en pénétrant dans son bureau. Ce Disdéri est à quelques encablures à peine de tes locaux, et surtout de la Bourse. Je parie qu'il te commissionne pour tous les clients que tu lui envoies ?

– Voyons, ne sois pas vulgaire, fit Norbert avec une petite moue. Disons que nous nous rendons mutuellement service. Pour l'heure, en revanche, je n'arrive toujours pas à le convaincre de placer une réclame dans mes journaux. Il pense que le bouche-à-oreille est une meilleure publicité et lui ramènera la clientèle du grand monde à laquelle il aspire.

– Ainsi nos portraits figureront parmi ceux des têtes couronnées, murmura Mahieu, l'œil brillant, en contemplant son effigie démultipliée en petit format sur carton.

Quand il fut parti, Charles entendit Norbert charger Aristide d'une mission :

– Cet homme sera entièrement à nous si nous en faisons un comte ou un baron ! Mets-toi donc en chasse au plus vite.

Charles comprit alors qu'une nouvelle manigance était en train de s'ourdir. Puis il cessa d'y penser.

Le soir, il rentra à son appartement pour y trouver Lisette en compagnie d'une femme qui arborait comme elle une masse de cheveux roux frisés, contenue dans un même chignon folâtre, mais plus ronde et plus âgée.

– Je te présente ma sœur Monelle ! Elle nous fait la surprise de sa visite.

Ils devisèrent gaiement autour d'un dîner improvisé. Monelle avait apporté des œufs, du jambon et du saindoux de la ferme familiale.

– C'est fête ! s'écria Charles en débouchant une bouteille de vin de Bourgogne.

Très vite, la conversation roula sur la fabrique de prothèses. La nouvelle de son existence était parvenue jusqu'à Melun, et Monelle en avait vu les annonces dans la presse.

– C'est donc là que tu t'es procuré ton bras ? demanda-t-elle à Charles.

– Pas du tout ! répondit sa sœur. Lui a été équipé du premier modèle réalisé par notre ami Francisque. C'est ensuite que l'idée de les fabriquer en série est arrivée. Au fond, Charles est à l'origine de toute cette histoire !

Ils remontèrent le fil du temps, jusqu'aux événements tragiques d'avril 1834. La colère de Monelle contre la police ne demandait qu'à se rallumer, le souvenir de son oncle assassiné était encore vivace.

– Pour ces gens-là, le peuple n'est rien d'autre que de la chair à canon ! Crois-tu vraiment que tous ces grands messieurs cherchent à réparer leurs torts ? Toutes leurs belles usines n'y parviendront pas ! Et pourquoi crois-tu qu'on y embauche des femmes plutôt que des hommes ? Parce qu'on peut les payer moins cher, pardi !

Était-ce le vin, les propos enfiévrés de Monelle, ou la lassitude qu'éveillaient en lui les petites combines de son patron ? Charles comprit soudain qu'il n'était qu'un infime rouage dans la mécanique implacable qu'Estibal, sous ses dehors patelins, avait mise en place. L'ancien monde était voué à tomber sous les balles des soldats et les coups de boutoir des démolisseurs. Sur ses ruines s'installait lentement une pieuvre sournoise qui quadrillait l'espace de ses rues nouvelles, de ses chemins de fer, de ses réseaux bancaires et de ses flux financiers ; qui lançait ses tentacules vers une nouvelle proie, s'en repaissait, puis avançait en rampant, toujours plus loin, mue par une force invincible. Et lui, Charles, qui n'avait été que son jouet, se trouvait à présent digéré dans l'estomac nauséabond du monstre.

CHAPITRE 29

Le séjour de Monelle se prolongea une semaine. Ce n'est qu'au matin du deuxième jour qu'elle avoua le but exact de sa visite.

– Je n'ai pas voulu t'inquiéter, Lisette, ni gâcher nos retrouvailles. Mais notre père ne va pas bien. Il ne quitte plus son lit.

– Qu'a-t-il donc ? Que dit le médecin ?

– Il est hydropique, gonflé comme une outre. Ses bras, ses jambes, son torse, son cou sont tout bouffis. Tu le reconnaîtrais à peine.

Lisette poussa un petit cri puis éclata en sanglots.

– Le médecin a effectué des ponctions mais cela ne change rien à son état, poursuivit sa sœur. Nous sommes à bout de ressources.

– Sûrement, il y a bien un remède ? dit Lisette à travers ses larmes. Charles, toi qui vois des annonces toute la journée, tu dois bien savoir ce qu'il lui faut ?

– Je vais me renseigner.

– Nos parents ne t'ont pas vue depuis longtemps, Lisette.

Tu devrais aller leur rendre visite avant qu'il ne soit trop tard, fit Monelle, l'air grave.

– Je le ferai. Je ne voulais simplement pas m'exposer à leurs reproches. Ils n'apprécieront pas de savoir que je vis en commerce libre.

– Justement : ne serait-il pas temps de vous marier ? Cela les tranquilliserait.

Charles et Lisette échangèrent un regard. Ils savaient qu'ils étaient prêts à franchir le pas. Mais le jeune homme éprouva le besoin de préciser :

– Je ne veux dépendre de personne. Cette noce, je veux pouvoir l'offrir à Lisette moi-même. Je ne ferai pas l'erreur de Francisque, qui s'est mis sous la coupe de Norbert Estibal en le laissant régler la note.

– Nous économisons comme nous pouvons, dit Lisette, qui hoquetait encore doucement. Mais cela prend du temps, entre notre loyer et celui de la mère de Charles.

– Si notre père disparaît, répondit Monelle, il faudra bien subvenir aux besoins de notre mère. Quant à la ferme, nous devrons lui trouver un métayer. Je ne pourrai pas m'en occuper toute seule.

– Charles, il faut que tu trouves le remède qui guérira notre père, implora Lisette.

Une fois arrivé à son bureau, le jeune homme épluCha les registres des annonceurs. Beaucoup prétendaient guérir les écoulements, telles les injections Thézet ou les capsules Mothes. Mais que faire pour traiter les gonflements ? Le vinaigre de camphre, avec ses vertus sédatives et antiseptiques, se voulait un « puissant préservatif contre les affections ». Peut-être soignerait-il la maladie du père de Lisette ? Mais une petite note doucha les espoirs de Charles : « Il convient surtout à la toilette des dames », disait l'annonce. Avait-on affaire à une maladie secrète ? Fallait-il essayer le traitement du Docteur Albert, qui consultait tous les jours, au 21, rue Montorgueil ? « Les guérisons nombreuses et authentiques obtenues à l'aide de ce traitement sur une foule de malades abandonnés comme incurables sont des preuves non équivoques de sa supériorité… » Quel crédit accorder à ces dires ? Des bandages ou appareils compressifs résorberaient-ils mieux les gonflements du pauvre homme ? Les bas élastiques Leperdriel promettaient bien un soulagement des varices et des engorgements.

Charles s'égarait dans ce labyrinthe des prodiges annoncés. Il se rendait compte qu'il perdait peu à peu foi en toutes ces réclames, qui ne valaient peut-être guère plus que la parole de Norbert. Seule, enfin, la publicité pour le sirop de digitale de Labelonye lui parut digne d'intérêt : « Prescrit par les médecins les plus recommandables, ce sirop est employé avec succès dans les maladies du cœur, l'hydrothorax ou hydropisie de poitrine et toutes les hydropisies… Il se trouve dans toutes les pharmacies. » Le jeune homme se rendit dans l'officine la plus proche et y fit l'acquisition de plusieurs flacons. Monelle les emporta comme un précieux talisman.

Cependant leur père mourut dix jours plus tard. Prévenue par un courrier de l'aggravation de son état, Lisette eut tout juste le temps de se rendre à Melun et de lui faire ses adieux. En son absence, Charles regardait avec tendresse la carriole échouée dans la cour, qui attendait le retour de la jeune femme, vaillant petit cheval sans qui elle n'était plus qu'un tas de bois immobile. Sans sa compagne, il réalisa qu'il n'était plus lui-même qu'une mécanique docile et assoupie, comme morte.

À son retour, Lisette s'installa durablement dans la mélancolie.

– Tu ne connaîtras jamais mon père, dit-elle tristement à Charles.

– Ni toi le mien, répondit-il.

Le deuil pesait sur leur foyer et rendait toute communication difficile. À peine échangeaient-ils quelques mots le soir. Une diversion bienvenue arriva sous la forme d'une invitation : Fritz et son épouse Camille les priaient à dîner en compagnie du couple Brunaux. Ce vendredi-là était presque jour pour jour à un an de distance du dîner qui s'était tenu chez Norbert. Le matin, Charles alla au travail plus guilleret, à la perspective de revoir Fritz. Il se souvenait avec émotion de cette nuit où le frère de Norbert lui avait fait ces précieuses confidences sur son passé. Jamais il n'avait eu le sentiment d'approcher une braise si ardente, la détermination d'un homme qui n'avait pas hésité à faire chanter un préfet de police pour défendre ses camarades voués au cachot.

L'un des clients de la fin de matinée fut un petit homme gras et rubicond. Il ôta son chapeau pour saluer Charles avec un bon sourire. Son crâne chauve et luisant dépassait à peine du comptoir.

– Bonjour, Monsieur. Je viens déposer une petite annonce, car je cède mon commerce.

– Bien sûr, Monsieur. Je suis tout à votre service.

L'homme se haussa sur la pointe des pieds et lui tendit un papier sur lequel il avait écrit lui-même le texte :

« A céder près les halles centrales, bon fonds de comestibles, gros, détail et expédition en province, faisant 100.000 fr. d'affaires bien justifiées, bénéf. net 8 à 10.000 fr. ; prix 26.000 fr. Facilités. (Occasion). »

– Cela me semble parfait, fit Charles. Combien de publications souhaitez-vous ? En général, pour ce type d'annonce, nous recommandons entre cinq et dix parutions, dans une dizaine des meilleurs journaux parisiens.

Le client prit un air intrigué en le dévisageant.

– Je vous connais, jeune homme. Où vous ai-je déjà vu ?

Charles, déconcerté, souleva sa main artificielle.

– Généralement les gens se souviennent de mon bras.

– Je ne l'avais pas remarqué. En effet, c'est une étonnante mécanique.

Il réfléchit un instant puis un éclair illumina sa face ronde :

– Je sais ! Rue de la Tonnellerie ! Vous logiez chez Flanquin, le marchand de fromages.

– Il y a longtemps que nous n'y sommes plus, ma mère et moi. Nous habitons ailleurs, à présent.

– Mon commerce est à deux pas du sien : la charcuterie Fayolle, vous voyez ?

– Naturellement ! C'est une belle maison que la vôtre.

Charles n'osa pas avouer qu'à l'époque, sans le sou, l'estomac tourmenté par la faim, il avait longuement rêvé devant les vitrines où s'empilaient les saucissons aux noms étranges

– rosette, jésus, cervelas, sabodet –, les pâtés en croûte et les plats en sauce.

– J'aime mon métier passionnément, reprit le commerçant. Mais ma femme a des faiblesses de poitrine. On lui conseille le repos. Aussi nous avons décidé de nous en retourner chez nous, à Lyon. Oh, ce n'est pas de gaieté de cœur, croyez-moi ! J'irai travailler chez mon fils qui tient un petit commerce là-bas, histoire de ne pas m'ennuyer. Mais c'est une affaire bien plus modeste. Actuellement, j'ai sept commis et le soir, avec tout ce que nous débitons dans la journée, madame Fayolle et moi tenons à peine sur nos pattes !

– Je vais vous faire remplir le formulaire, cher Monsieur. Ce sera pour moi un honneur que de vous venir en aide.

Charles se retourna un instant pour aller chercher de nouvelles feuilles imprimées sur les étagères au fond du bureau. Quand il revint, le charcutier avait les traits du visage décomposés. Il se reprit et jeta sèchement :

– Cela ira, jeune homme. J'ai changé d'avis. Il y a des maisons où un honnête homme ne peut se compromettre. Vous devriez surveiller vos fréquentations.

Et, vissant son chapeau sur son crâne, il s'en alla sans plus d'explications. Charles resta désemparé, les bras ballants, incapable de comprendre quelle erreur il avait bien pu commettre. Il jeta des regards alentour mais ne vit personne d'autre que Benoît et Amédée, penchés au loin sur leurs écritures. Ils étaient discrets et de toute confiance. Sûrement, ils ne pouvaient être l'objet de l'ire du commerçant. De qui Fayolle voulait-il donc parler ?

Pour reprendre ses esprits et calmer les battements de son cœur, le jeune homme entreprit de ranger son poste de travail. C'est alors que la vérité lui sauta aux yeux : l'article paru dans *La Gazette du Commerce et de l'Industrie*, intitulé « La fabrique Estibal-Bouroux à l'assaut du marché des prothèses pour estropiés », trônait bien en évidence sur le comptoir. Norbert en avait placé des exemplaires à tous les étages et s'en servait comme argument pour convaincre les entrepreneurs en mal d'investissements. Fayolle l'avait eu sous le nez et n'avait pu le manquer. En contrebas du comptoir, sur le buvard, était rangée une enveloppe où Charles avait, à la demande de son patron, calligraphié le nom d'Hippolyte Bouroux, et sur laquelle étaient posés les huit portraits-cartes représentant le contremaître, dans sa posture de bouddha satisfait. Eux aussi, Fayolle n'avait pu les manquer.

Bouroux : c'était lui qui avait provoqué le départ subit du charcutier. Une histoire de Lyonnais, qui rejaillissait sur la maison Estibal. Charles se jura qu'il éclaircirait ce mystère.

CHAPITRE 30

Chez Fritz et Camille Estibal, il n'y avait pas de domestiques. Camille déposa sur la table un pot-au-feu qui avait longuement mijoté, puis elle servit tout le monde à tour de rôle, gracieuse comme à son habitude. Réunis autour de leurs hôtes, il y avait là Lisette et Charles, Pauline et Francisque et, accompagné de son épouse Élisa, le frère de Camille, Hector Bichat, l'ancien gérant de *La Tribune*. Ce dernier fit forte impression à Charles. Fritz et lui monopolisèrent bientôt la conversation, reprenant leurs vieilles antiennes sur le délit d'opinion qui leur avait valu tant de brimades, sur l'injustice des gouvernements et sur l'abjection que représentait l'usage de la force contre des innocents.

Hector était un homme aux yeux vifs, enfoncés sous des arcades sourcilières proéminentes, qui lui donnaient un air parfois inquiétant. Cette dureté était cependant démentie par son nez fin et allongé, sa bouche et son menton ourlés pareils à ceux de sa sœur Camille, qui le regardait avec une bienveillante attention.

Plus tard au cours du dîner, Élisa se pencha vers Charles, assis à sa gauche, pour lui glisser :

– Vous savez qu'à ce qu'on dit, de toute la famille, ce sont eux deux qui ressemblent le plus à leur oncle, le célèbre médecin Xavier Bichat, disparu hélas bien trop tôt ? Et savez-vous aussi que depuis plus de dix ans, Fritz et sa femme ont transformé leur nom pour y accoler celui de Bichat ? Leurs enfants s'appellent désormais Estibal-Bichat.

– Non, je ne le savais pas, répondit Charles.

Il pensa à part lui que ce choix visait surtout à éloigner Fritz de son frère Norbert, et à le rattacher à un plus noble héritage.

Camille, qui se penchait pour les resservir, les entendit et commenta :

– Mon oncle médecin a fait beaucoup pour la science. S'il avait vécu plus longtemps, sans doute soignerait-on aujourd'hui bien des maladies. Mais son travail l'a épuisé, et il est mort à l'âge de trente ans.

– Le cordonnier est souvent le plus mal chaussé, dit Francisque, fataliste.

– Notre oncle est une source d'inspiration, s'exclama Hector. Nous devons être dignes de sa mémoire et poursuivre son œuvre. N'a-t-il pas prouvé que le corps humain est composé d'organes et de tissus qui travaillent tous ensemble à la préservation de la vie ?

– Ma parole, dit Fritz. Te voilà médecin à présent ?

Hector ignora la moquerie et récita :

– « Tous les animaux sont un assemblage de divers organes qui en exécutant chacun une fonction concourent à la conservation du tout. Or ils sont formés de différents tissus de natures très différentes et qui forment les éléments de ces organes. »

Un silence perplexe se fit, dans lequel Hector put exposer sa théorie :

– Ne voyez-vous pas que la société fonctionne exactement de la même façon ? Sans un concours de tous les individus pour la préservation du bien commun, c'est la maladie et la mort assurées ! Quand le préfet ordonne que l'on tire sur le peuple, non seulement notre ami Charles y laisse son bras, mais toute la société y perd des individus précieux, qui valent bien plus que ces inutiles messieurs du gouvernement ! Ce sont nos qualités différentes qui font battre le cœur de la société. Mais pour l'heure, un seul organe nous gouverne et tire à lui toute la substance vitale. Cela ne peut plus durer !

– Que proposez-vous ? demanda Francisque.

– Vous l'horloger, lui jeta Hector, au lieu de vous lancer en affaires avec Norbert, vous devriez bien plutôt chercher à inverser le cours des pendules ! Il serait grand temps que quelqu'un nous débarrasse de Napoléon le Petit !

– Que voulez-vous dire exactement ? fit Francisque, qui craignait de comprendre.

– Vous connaissez les rouages et les mécaniques : vous devez bien pouvoir nous fabriquer une machine que nous glisserions gentiment sous les roues de son carrosse !

Fritz partit d'un grand rire mais les femmes poussèrent de hauts cris :

– Vous êtes fous ! Vous voulez finir sur l'échafaud comme Fieschi ?

– Le sang ! Toujours verser le sang ! Croyez-vous que c'est ce qui réparera ce pauvre monde ?

Puis la voix de Camille s'éleva, tremblante de colère :

– Taisez-vous, enfants que vous êtes ! Vous devriez avoir honte ! Pensez plutôt à nourrir vos familles.

Elle se leva, impérieuse, pour débarrasser la table. Un silence contrit s'abattit sur l'assemblée. Puis la conversation reprit un cours plus paisible.

Lorsqu'ils se séparèrent, tard dans la nuit, Élisa tenta d'excuser son mari d'une petite voix triste :

– Il ne faut pas lui en tenir rigueur. Il s'enflamme, mais surtout en paroles. Il n'a jamais fait de mal à personne. Par contre, à lui, on en a fait beaucoup. La prison puis les amendes nous ont ruinés.

Charles et Lisette firent quelques pas avec Francisque et Pauline à qui il tardait de retrouver leur petite fille, confiée à la garde de Charlotte Hû.

– N'est-ce pas une chose extraordinaire, demanda l'horloger, que chez l'un des frères on me demande de fabriquer des prothèses pour réparer les corps, et chez l'autre des machines explosives pour les détruire ?

– J'espère que tu ne doutes pas d'avoir fait le bon choix ! lâcha Pauline.

Le lendemain, Charles reprit son poste au Comptoir national d'annonces avec en tête la brusque volte-face du charcutier Fayolle et son air de vertu outragée. Il avait toujours obéi fidèlement à Norbert et lui vouait de la reconnaissance, mais il commençait à se demander s'il n'avait pas été trop naïf. De son patron, au fond, il aimait la bonhomie un peu brutale, l'énergie farouche et l'imagination qu'il mettait dans toutes ses entreprises. Ce matin-là, Norbert faisait visiter les bureaux de sa société à son associé anglais, un monsieur William Thomas venu de Londres, impénétrable et raide comme la justice, qui portait sur son bras replié un parapluie dont Charles se demanda de quelle averse il pourrait bien le protéger en cette journée qui s'annonçait radieuse. Fallait-il que l'homme fût méfiant. Un interprète obséquieux escortait les deux hommes et Charles entendit qu'il était question de faciliter le dépôt de marchandises dans la capitale anglaise pour tous ceux qui envisageaient d'y commercer. Il comprit que Paris était devenu trop petit pour l'appétit d'Estibal.

Celui-ci l'apostropha de façon théâtrale, comme pour le mettre en valeur aux yeux de l'Anglais :

– *My good boy*, quel dommage que vous ne maîtrisiez pas la langue de Shakespeare ! Je vous aurais envoyé à notre antenne de Londres que dirige notre ami *Mister* Thomas. Il y a là-bas une foule d'avantages pour les annonceurs français. Et Londres rayonne bien au-delà des mers ! Qui veut commercer avec les Indes ou la lointaine Asie doit nécessairement passer par elle !

Charles, habitué à être un objet de curiosité, sentit le regard de monsieur Thomas effleurer son bras articulé. L'homme ne manifesta aucune émotion mais Charles perçut la légère flexion de son sourcil gauche et une imperceptible contracture de son menton.

– Allons dans mon bureau, mon cher *partner*, fit Norbert, affable, en gratifiant son visiteur d'une vigoureuse tape sur l'épaule, qui le fit sursauter et se raidir davantage.

L'interprète, gêné, tenta un geste pour tempérer la familiarité d'Estibal et posa furtivement sa main sur son avant-bras. Ce dernier se méprit sur son intention et lui glissa candidement, certain que l'Anglais ne pouvait le comprendre :

– Oui, mon brave, vous pensez bien que l'idée m'est venue : quand notre ami sera mûr, je lui parlerai de notre manufacture de prothèses. Ce serait bien le diable si nous n'arrivions pas à coloniser l'Angleterre avec notre production !

Puis il eut un aparté de garnement :

– Après tout, nos prothèses sont tout de même plus sophistiquées que ce satané parapluie dont il ne se défait jamais : croyez-vous qu'il l'impose le soir à sa femme dans son lit ?

Le sempiternel défilé des annonceurs tint Charles occupé jusqu'au milieu de la matinée. Norbert et son visiteur ne reparaissaient pas. Les tractations devaient aller bon train, là-bas, dans son bureau. Aristide arriva sur ces entrefaites, escorté à son tour d'un homme imposant, à la mine hautaine.

– Avez-vous vu mon père ? jeta-t-il par-dessus le comptoir, sans même saluer son employé.

– Il reçoit actuellement son associé venu de Londres, répondit Charles en désignant le bureau au fond du couloir.

– Ah, fit Aristide, l'air ennuyé. Voilà qui est fâcheux.

Puis il se tourna vers l'homme qui l'accompagnait.

– Voudrez-vous avoir la bonté de patienter quelques instants, Monsieur le baron, le temps que j'arrache mon père à ses affaires ? lui dit-il. Charles veillera à ce que vous ne manquiez de rien.

Ce dernier s'exécuta et introduisit le visiteur dans le petit salon réservé aux hôtes de marque. Les fauteuils y étaient moelleux, les murs tendus de soie bleue à ramages et garnis de gravures relatant les hauts faits de l'histoire de Rome. Le baron posa son chapeau sur une console, se défit de son manteau et le tendit à Charles sans mot dire. La qualité de l'étoffe disait assez le haut rang qui était le sien. Il fit le tour de la pièce, l'air circonspect, examinant les gravures d'un œil connaisseur. Devant l'une d'elles qui représentait un enlèvement de femmes nues par des ravisseurs à cheval, il s'arrêta, sortit de la poche de son gilet un lorgnon, le colla à son œil et inspecta l'image longuement avec un air gourmand. Puis il délibéra pour choisir quel fauteuil lui offrirait la meilleure vue sur la gravure et s'assit, croisant les mains sur son ventre. À son plastron était accroché un ruban orné de médailles telles que Charles n'en avait jamais vu.

– Puis-je quelque chose pour vous satisfaire, Monsieur le baron ? demanda-t-il, intimidé par ce personnage si décoré, dont le mérite devait être d'une grandeur incomparable.

– Non, merci. Laissez-moi, je vous prie, fit l'homme en baissant ostensiblement les paupières comme s'il voulait méditer en paix.

Charles referma doucement la porte. Quelques instants plus tard, Aristide revint et le tança :

– Portez-lui au moins un verre d'eau, du porto et quelques biscuits ! Voulez-vous donc qu'il se plaigne de l'accueil reçu dans notre maison ?

Charles s'empressa, rassemblant le tout sur un petit plateau d'argent. Aristide, de son œil de chat, le lorgnait avec mépris. Le jeune homme toqua à la porte du salon.

– Entrez ! grommela le baron.

Charles déposa avec précaution, de son bras valide, le plateau sur un guéridon. Il eut juste le temps de voir le baron ramasser quelque chose précipitamment dans son mouchoir. À voir le jus brunâtre mal essuyé qui perlait à la commissure de ses lèvres, le jeune homme comprit qu'il venait de chiquer. Le baron reprit son attitude supérieure et en avançant le buste pour s'emparer du verre de porto que lui tendait Charles, il fit tinter son ruban multicolore.

CHAPITRE 31

– C'est Mahieu qui va être content !

Norbert avait son air de gamin réjoui. Son fils, lui, paraissait soucieux.

– Rien ne me fait plus plaisir que de faire plaisir aux gens, poursuivit l'homme d'affaires.

– Tout de même, mille cinq cents francs, c'est une grosse somme, bougonna Aristide.

– Allons, tu ne crois quand même pas que cela amputera ton héritage ?

Puis, avisant Charles à son comptoir, Norbert eut brusquement conscience d'avoir proféré une énormité.

– Pardon, mon bon Charles, lui dit-il. Ce n'était pas un trait d'humour à tes dépens.

– Je le sais bien, Monsieur.

Son cerveau s'activait. Ainsi, Norbert avait fait affaire avec le baron de Cassaigne. Celui-ci avait promis de lui obtenir pour Mahieu, le maire de Saint-Maur, une nouvelle décoration qui viendrait garnir sa boutonnière. Le titre en imposait : l'ordre du Lion de Holstein-Limbourg et des Quatre-Empereurs d'Allemagne était un insigne de mérite très prisé et fort difficile à obtenir. Il valut à Charles d'être le témoin d'une nouvelle algarade entre Estibal et son fils :

– Crois-tu donc que le baron puisse agir seul ? demanda Norbert. Il faut bien qu'il mette la demande sous les yeux du ministre compétent ! C'est lui seul qui peut nous obtenir le brevet. Notre baron est introduit dans les milieux les plus influents. Et que veux-tu, tout cela a un coût !

– Cinq mille francs, cette fois, en plus des mille cinq cents, c'est un peu fort !

– Il n'empêche : il faut savoir dépenser pour obtenir en retour au centuple.

Le baron de Cassaigne revint plusieurs fois dans les semaines qui suivirent. Norbert le reçut toujours avec empressement. L'aristocrate en devint presque familier à Charles. Il saluait désormais chacun d'un air débonnaire, sans se départir de sa superbe. Après l'une de ces visites, Norbert rayonnait.

– Si l'on m'avait dit que c'était si simple, mon bon Charles ! Et c'est infiniment plus élégant ! Crois-moi, en ce bas monde, rien ne vaut la subtilité d'un homme de goût.

– Que voulez-vous dire, Monsieur Estibal ?

– Dois-je te faire un dessin ? Je dois bien remercier quelques fidèles pour services rendus. Et sapristi, ce baron a la solution à portée de main. Là où le vulgaire graisse les pattes tendues, j'obtiens à mes amis des titres et des décorations : pour mon cher Aymès, ce sera l'ordre de San-Juan de Nicaragua. Cet exotisme lui plaira, à notre bon gros bougre provençal ! Et cela en imposera, à son plastron, quand il retournera à Marseille !

Puis il ajouta avec un air de conspirateur :

– Et chut… Je ne devrais pas le dire, mais le baron de Cassaigne m'obtiendra sous peu l'ordre de la Couronne du Christ ! Tout cela n'est d'ailleurs qu'un préambule : il se fait fort de me recommander pour la Légion d'honneur !

Pour Charles, il ne s'agissait que d'une nouvelle tocade de Norbert. Quant à lui, ces insignes l'impressionnaient peu. Les choses, pourtant, ne devaient pas s'arrêter là, ainsi qu'il l'apprit en rendant visite à Francisque. Son bras articulé commençait à s'user et avait besoin d'une petite révision : il grinçait et se pliait depuis quelque temps avec difficulté. Sa raideur inaccoutumée attirait à Charles les regards de commisération qu'il connaissait bien. Il lui tardait de pouvoir à nouveau donner le change.

L'atelier était à présent envahi, autant que d'horloges et de pendules, de mécanismes sophistiqués et de prothèses diverses.

– Ce n'est rien, fit Francisque en examinant le bras que Charles venait d'ôter et de déposer sur sa table de travail. Quelques vis à remplacer, un rouage un peu grippé par la poussière. Et nous avons mis au point de nouvelles courroies en caoutchouc dont tu me diras des nouvelles. Laisse-le-moi cette nuit et repasse le prendre demain matin.

– Tu ne dors donc pas ? Je peux bien attendre quelques jours. Je me débrouillerai.

La mine de Francisque l'inquiétait. Ses yeux étaient creusés de profonds cernes noirs.

– Si je ne le fais pas ce soir, je n'y arriverai pas. La fabrique me soumet à un rythme infernal. Il faut sans arrêt trouver des améliorations, réduire les coûts, tester de nouveaux prototypes… Je vais sur place deux fois par semaine, je n'ai plus une minute à moi. Finalement, je vois à peine grandir Pascaline.

Il fouillait parmi ses tournevis, le dos voûté, pareil à un cheval fourbu. D'une voix presque brisée, il déclara :

– Tant mieux si j'ai pu t'aider avec ce bras. Mais j'aurais dû en rester là.

– Allons, tu ne regrettes quand même pas de réparer les estropiés ? Tu es un bienfaiteur de l'humanité, tu le sais !

– Ah, parlons-en, des bienfaiteurs ! Connais-tu la dernière lubie de Norbert ? Il veut créer une médaille de la bienfaisance industrielle – c'est une nouvelle société qu'il fonde et qui remettra chaque année un prix et une décoration à un entrepreneur méritant.

– Je vois, fit Charles. J'ai remarqué qu'il s'intéressait depuis peu aux rubans et aux breloques.

Il comprenait à quel point le baron avait su influencer son patron. Norbert, qui aspirait aux insignes honorifiques pour lui-même et pour ses proches, n'avait pu s'empêcher de créer une médaille qu'il serait le seul à décerner et qui lui vaudrait la fidélité accrue de ses vassaux et de ses pairs.

– En quoi cela te concerne-t-il ? demanda-t-il à Francisque.

– Il veut que je dessine et fabrique cette médaille. Comme si je n'avais pas assez à faire !

– Pour un orfèvre comme toi, cela doit être facile, non ?

– Oui, là n'est pas la question. Mais les dés sont pipés dès le départ : il veut décerner la première médaille à son associé Bouroux, en décembre prochain.

Les jours suivants, Charles comprit que la chose était fort sérieuse : Norbert lui demanda d'insérer dans tous les journaux une annonce informant le public de la création de la nouvelle Société de Bienfaisance Industrielle, à laquelle tous les entrepreneurs de bonne moralité étaient invités à postuler, en présentant leurs faits de gloire. On retiendrait les cent plus vertueux d'entre eux, qui, pour la modique cotisation de cinq cents francs par an, auraient l'honneur de se réunir lors de dîners mensuels fastueux, au terme desquels la médaille serait remise au plus méritant des membres.

Face au nombre de réponses adressées au Comptoir d'annonces, Norbert se rengorgeait ouvertement :

– Ils veulent tous passer pour philanthropes, c'est là notre chance ! Je reçois des candidatures de minotiers, de fabricants de locomotives, et même d'un manufacturier de perruques belge ! Bientôt, le quota sera atteint, et à raison de cent fois cinq cents francs, nous serons à la tête d'un beau petit pactole. Le prix que nous remettrons en grande pompe sera doté de dix mille francs : il nous en restera toujours quarante mille que nous pourrons réinvestir à loisir. Et tout cela pour la valeur d'une petite médaille et de quelques lignes qui glorifieront l'heureux élu dans la presse. Il faut toujours miser sur la vanité humaine.

Il dit cela avec le ton sentencieux d'un philosophe antique. Cependant, les semaines passant, on ne voyait toujours pas arriver le brevet autorisant le port des décorations étrangères tant attendu, qui devait être délivré par la grande chancellerie de la Légion d'honneur. Selon le baron de Cassaigne, l'ordre du Lion de Holstein dormait toujours sur le bureau du ministre, qui pour l'instant tardait à agir. La Couronne du Christ était elle aussi en souffrance.

– Ces choses-là prennent du temps, cher Monsieur, disait le baron à Norbert d'un air patelin. Nos vieilles institutions ne vont pas aussi vite que vos modernes entreprises ! Sachez être patient.

Ce fut le second commis, Benoît, un grand garçon sérieux au travail mais habitué des cabarets, qui mit la puce à l'oreille de Charles : il lui jura avoir vu le baron vêtu d'un simple paletot, attablé avec quelques drôles de gaillards et pleurant de rire devant sa chope de bière, loin au sud, à la porte de Vanves.

CHAPITRE 32

Charles résolut de tirer l'affaire au clair. Il prit de Benoît tous les renseignements puis dit un samedi à Lisette :

– Changeons d'air ! Je t'emmène dans un cabaret de la porte de Vanves.

Ils empruntèrent un omnibus en fin de journée puis marchèrent encore vingt minutes. Devant eux, les maisons se faisaient rares et étaient peu à peu remplacées par des jardins, des champs et des friches. On était une semaine après Pâques. L'air embaumait la glycine, le chèvrefeuille et le jasmin qui couraient sur les vieux murs. Un petit vent frais soufflait, avide de décoiffer Lisette qui avait ramassé sa chevelure rousse indomptable sous un chapeau de paille garni d'une rose. Devant cette vision, Charles était tout ému. Il se sentait joyeux et aussi plus léger : les nouvelles courroies mises au point par Francisque lui facilitaient grandement la vie. Tout en cheminant, il expliqua à Lisette :

– Francisque est persuadé qu'un jour de nouveaux progrès seront faits. La manufacture de prothèses utilise désormais le caoutchouc, bien plus malléable que le cuir. Il réfléchit même à une façon d'améliorer cette main.

Il fit bouger les doigts au bout de son bras mécanique et poursuivit :

– Il pense que l'avenir est à des matières qui n'ont pas encore été découvertes. La nature est si vaste ! Un jour ma main sera souple, incorruptible, de la même couleur que la chair. Personne ne la remarquera plus.

Lisette continua de sautiller sur le chemin et chantonna :

– Mon homme aura ses deux mains, demain ! Mais aujourd'hui comme il est, il me plaît !

Charles en eut les larmes aux yeux. Il ne pouvait croire en la bonne fortune qui avait mis Lisette sur sa route. Ils étaient à présent en vue du cabaret Les Amandiers. Une aimable agitation régnait aux alentours. Des tables et des bancs de bois étaient installés sur l'herbe, et il y restait déjà peu de places libres. Les deux jeunes gens se glissèrent au bout d'une rangée et commandèrent une chope et un peu de charcuterie. Charles, concentré, dévisageait du coin de l'œil chaque nouvel arrivant. Quelques ouvriers assis à côté d'eux en profitèrent pour faire du gringue à Lisette :

– Quel joli chapeau vous avez là, Mademoiselle ! On cueillerait bien cette petite fleur !

– Voyons, fit-elle, je ne suis pas seule ! Mon ami m'accompagne !

Charles se tourna vers eux, l'air plus furibond qu'il ne l'aurait voulu, et ce mouvement dévoila son bras mécanique. Les hommes éméchés ouvrirent des yeux ronds puis se replongèrent prudemment dans leurs verres en grommelant :

– Qu'est-ce donc que cette machine ! On aura tout vu.

L'un d'eux, plus hardi, apostropha Charles :

– Vous faites bien le malin, avec votre engin ! Voyons un peu ce que vous valez au bras de fer.

L'homme, râblé et tout en muscles, était sans doute un carrier ou un terrassier. Lisette frémit et chuchota à Charles :

– Ne fais pas ça ! Tu vois bien qu'il te provoque.

Mais Charles soutint le regard de défi de l'ouvrier. Tous deux se positionnèrent face à face, de part et d'autre de la table que ses comparses avaient dégagée. L'homme remonta la manche de sa veste à mi-hauteur, posa son coude droit sur le plateau et fit jouer ses muscles. Ses acolytes l'encouragèrent de leurs cris.

– Voyons, fit Charles, c'est là toute ta bravoure, camarade ? Défier un pauvre manchot ?

Il remonta à son tour sa manche et dévoila les tiges de fer et les courroies qui remontaient vers sa poitrine. Autour d'eux un petit attroupement s'était formé. Un murmure parcourut l'assistance, mélange d'effroi et de réprobation.

– Il a raison, Pierrot, tu ne peux pas faire ça ! Le combat ne serait pas équilibré !

– En effet, dit Charles en laissant retomber sa manche.

Puis il posa son coude gauche sur la table et fit à son tour jouer ses biceps.

– Je te propose de le faire à main gauche. Que le meilleur gagne.

Le dénommé Pierrot sembla désarçonné. Mais sous les rires et les invectives, il plia à son tour son bras gauche. Sa main et celle de Charles s'empoignèrent et le combat commença. La prise était solide. Rien ne semblait pouvoir troubler les combattants. Le buste de Charles ne bougeait pas. Après quelques longues minutes, celui de son adversaire se mit à trembler légèrement, puis ce fut le bas de son corps, et jusqu'à ses pieds. Il lâcha soudain avec un cri de rage. Charles abattit le revers de sa main sur le plateau sans desserrer son poing. Il avait gagné. On l'acclama, on l'applaudit, Lisette lui planta un baiser sur la joue en lui criant :

– Gros bêta ! Que tu m'as fait peur !

Le jeune homme connaissait la force qu'avait développée son bras valide. Il lui glissa :

– Je savais ce que je faisais. J'avais vu qu'il était droitier. Cela l'a déstabilisé.

Puis il tendit à Pierrot sa main de cuir dans un geste de paix :

– Sans rancune ?

Lui jetant un regard noir, l'ouvrier refusa de la serrer et se leva sous les rires et les quolibets. Ce soir-là, Charles devint l'attraction du cabaret. Lisette fronça les sourcils en entendant les lingères s'extasier sur la beauté de son homme et s'apitoyer sur son moignon.

C'est seulement vers 10 heures du soir que Charles repéra enfin celui qu'il était venu chercher. Au sein d'un groupe d'hommes nouvellement arrivés, il vit le baron de Cassaigne. Seulement, il ne portait pas son bel habit noir orné d'une brochette de décorations et son chapeau haut-de-forme. Il était vêtu d'un gilet de négociant et d'un galurin posé légèrement de travers, qui lui donnait un air canaille. Charles parvint à obtenir de ses voisins de table l'information qu'il espérait :

– Lui, là-bas ? C'est un drôle de loustic, ne t'avise pas de t'y fier ! Il s'appelle Guiet, et on ne sait jamais trop ce qu'il fabrique. Au départ, il était notaire mais il s'est fait révoquer pour pratiques douteuses. Puis il a eu des sociétés et des affaires de toutes sortes. La dernière en date, c'est un cercle de jeux que les condés ont fait fermer.

Charles comprit que Norbert avait servi de parfait pigeon. Au loin, Guiet chiquait avec entrain. Puis il cracha un jet noirâtre dans l'herbe et but d'un trait sa chopine.

Le lundi matin, Charles tint un conciliabule avec Benoît.

– Tu avais raison. C'était bien lui. Et le moins qu'on puisse dire, c'est que le personnage est peu recommandable.

– Je te laisse l'annoncer au patron. Pour ma part, je n'en aurai pas le courage. Toi, tu as son oreille.

Charles tourna la formulation vingt fois dans sa tête avant d'oser aller frapper à la porte du bureau d'Estibal. Il espérait le trouver seul, mais son fils était avec lui.

– Que veux-tu ? demanda Norbert, à moitié dissimulé derrière des piles de papier.

– Monsieur, je suis désolé, mais il faut que je vous parle.

Et il se jeta à l'eau. La face de Norbert s'allongea au fur et à mesure du récit du jeune homme. Quand il eut fini, Aristide, blanc de colère, déclara à son père :

– Je te l'avais bien dit : ce type est un escroc ! On ne reverra jamais la couleur de notre argent !

Norbert se renfonça dans son fauteuil, croisa les mains sur son ventre et réfléchit un instant. Puis il lâcha, fataliste :

– C'est un jeu auquel on ne gagne pas toujours. J'ai sans doute manqué de prudence. J'aurais dû me renseigner plus avant sur ce baron.

– Et que vas-tu dire à Mahieu ? Et à Aymès, à qui tu as promis la lune ?

– Une médaille est une médaille, non ? Ils se contenteront pour le moment de notre Société de Bienfaisance Industrielle et de son prix. Mais comme je l'ai déjà promise à Bouroux, il va falloir que j'ajuste le tir. Nous allons la décliner en or, en argent et en bronze. Trois médailles décernées au lieu d'une ! Voilà l'idée ! Et quoi de mieux pour provoquer entre les membres une saine émulation ? Tu avoueras, nos réunions y gagneront en piquant.

Il semblait fier et espiègle comme s'il venait de monter le canular du siècle. Aristide haussa les épaules sans mot dire et se renfrogna. Puis Norbert, soudain sérieux, ajouta :

– Quant à ce dénommé Guiet, il va voir de quel bois je me chauffe. S'il croit que je vais me laisser faire, il se trompe.

Quelques jours plus tard, à la suite d'un renseignement pris auprès de la chancellerie, il apprit que l'ordre du Lion de Holstein, qu'il avait payé mille cinq cents francs, était désormais éteint et que le port en était formellement interdit. L'ordre de San-Juan de Nicaragua était, lui, une pure fabrication. Norbert pestait, irrité de sa propre naïveté.

– Je vais assigner ce malfrat en correctionnelle avant même qu'il ait le temps de se retourner ! Il ne lui restera plus que ses bretelles et son caleçon ! Car enfin, a-t-on idée de berner ainsi le pauvre monde ?

CHAPITRE 33

L'épisode du bras de fer avait transformé Charles en héros aux yeux de Lisette. Du jour au lendemain, elle décida de le présenter à sa mère. Par un beau samedi de printemps, les deux jeunes gens montèrent dans un train qui se rendait à Melun. La ligne allait jusqu'à Tonnerre, et au bout de quelques minutes, ils plaignirent les autres voyageurs de troisième classe qui, assis comme eux sur les austères banquettes de bois, subiraient les cahots et les ahanements de la machine pendant sept heures avant d'arriver à destination. Jusqu'à Melun, ils n'en avaient heureusement que pour deux heures et demie. Lisette avait attaché son chapeau de paille au moyen d'un ruban noué autour du cou. Le vent s'engouffrait par rafales dans la voiture, rabattant des volées d'escarbilles vers eux.

– Ah, nous serons propres à l'arrivée ! fit Lisette.

– Et nous ne sentirons plus nos postérieurs, ajouta Charles.

Face à eux, pelotonnés en silence l'un contre l'autre dans l'ombre de leur gouvernante dont le visage était caché sous une voilette noire, un jeune garçon et sa petite sœur le fixaient de leurs grands yeux ébahis. La fillette tenait serrée contre son cœur une poupée de chiffon aux bras et aux jambes de bois.

– Que regardez-vous comme cela, petits effrontés ? gronda la gouvernante à mi-voix.

Sans lâcher sa poupée, la bouche entrouverte par la stupéfaction, la fillette, qui ne pouvait guère avoir plus de trois ans, pointa du doigt le bras mécanique de Charles. Elle reçut une tape sur la main.

– On ne montre pas du doigt, Mademoiselle Amélie ! C'est très impoli.

– Ce n'est rien, fit Charles pour apaiser la situation.

L'enfant, les lèvres tremblantes, l'air effaré, était au bord des larmes, sans que l'on pût dire si son émoi était causé par la réprimande ou par la crainte que lui inspirait Charles.

– Regarde, dit Lisette en se penchant vers elle, c'est comme ta poupée. Tu permets ?

La fillette la laissa prendre son précieux trésor. Lisette fit jouer les bras et les jambes sommairement articulés, avant d'ajouter :

– Eh bien, tu vois, pour mon ami, c'est la même chose. Il a eu le malheur de perdre son bras dans un accident. Aussi un artisan l'a remplacé par un bras mécanique.

– Quel accident ? demanda alors le jeune garçon, n'y tenant plus.

À son tour, il reçut une tape.

– Monsieur Louis, cela ne se fait pas. Apprenez à vous taire !

Charles sourit pour amadouer le dragon.

– J'avais à peu près ton âge quand c'est arrivé, expliqua-t-il à l'enfant. J'ai reçu des coups qui ont abîmé mon bras. Il a fallu l'enlever et le remplacer par celui-ci.

– Mais ça t'a fait mal ? demanda d'une petite voix pointue la fillette éberluée.

Était-ce la vitesse, le vent sale qui s'engouffrait dans le wagon, les soubresauts du voyage ? Charles fut soudain pris d'un malaise qui lui retourna l'estomac. Livide, il tenta de se contenir à grand-peine, jetant un regard désespéré à Lisette pour qu'elle vînt à son secours. Elle comprit en un éclair et prit à sa charge la conversation avec les enfants.

– Ta poupée a-t-elle un nom ?

– Elle s'appelle Mademoiselle Lison.

– C'est drôle ! Moi je m'appelle Lisette.

Sous le regard réprobateur de leur accompagnatrice qui perçait à travers sa voilette, elle tira des enfants quelques bribes d'informations. Ils allaient séjourner chez leur tante à Montereau, parce que leur maman était malade et que leur papa ne pouvait les garder avec lui. Là-bas, ils auraient des poules, des lapins et des agneaux, et même une mare sur laquelle il y avait des hérons avec de très longues pattes.

– Vous ferez bien attention à ne pas vous en approcher, rappela la gouvernante. Vous vous souvenez de ce que je vous ai dit ?

– Oui, tante Noémie ! répondirent en chœur les bambins.

Se tournant vers Lisette, celle-ci, gênée, jugea bon d'expliquer :

– Je ne suis pas vraiment leur tante.

Peu à peu, alors que le train brinquebalait à travers la campagne, comme s'il devait les emmener au bout du monde dans un voyage sans fin, sa dureté semblait s'émousser. Charles, qui avait retrouvé ses esprits et un peu de couleur, entreprit de divertir les enfants. Il remonta sa manche et fit jouer les courroies pour plier son bras. Puis il tourna son poignet, actionna son pouce et ses doigts pour saisir la poupée. Amélie gloussa devant cette incongruité. Louis serra ensuite, avec la fierté d'un petit homme, la main de cuir que lui tendit cérémonieusement Charles.

– Monsieur Louis, nous voilà désormais camarades ! décréta ce dernier.

Sans que la gouvernante trouve à y redire, Amélie s'assit sur les genoux de Charles et Louis vint se placer contre lui.

– Échangeons nos places, voulez-vous, les enfants ? fit Lisette.

Et elle alla s'asseoir à côté de Noémie, qui regardait à présent les jeux de Charles et des enfants avec bonhomie, comme soulagée. Elle remonta un instant sa voilette pour humer l'air frais du dehors. Lisette vit qu'elle pouvait avoir quarante ans. Elle était encore belle, avec des traits fanés et embués de tristesse.

– Je vois que vous êtes en deuil, risqua Lisette quand la voilette fut retombée. Moi aussi, j'ai perdu mon père il y a peu.

Le wagon s'emplissait d'un brouhaha. Des voyageurs avaient ouvert leurs paniers et commençaient à découper des miches de pain et du saucisson. Ils débouchaient des bouteilles et lançaient des « bon appétit ! » à la cantonade.

À genoux sur la banquette, tournant le dos à leur gouvernante, les enfants observaient leurs ripailles, fascinés.

– Toutes mes condoléances, répondit Noémie. Mon deuil est plus ancien.

Dans le charivari qui s'installait, alors que le train filait sur les rails dans des volutes de fumée noire, les deux femmes se penchèrent l'une vers l'autre et engagèrent la conversation, oublieuses du désordre alentour, telles deux naufragées qui viendraient de se rencontrer sur une île déserte.

Peu après midi, le train arriva en gare de Melun dans un long crissement de freins. On se sépara à regret. Les enfants se jetèrent au cou de Charles, Lisette tint longuement les doigts de Noémie entre les siens, encore émue par les révélations que celle-ci lui avait faites. Puis le train repartit, laissant les deux jeunes gens sur le quai de la gare où s'éparpillaient d'autres voyageurs descendus avec eux. Lisette avait à son bras un panier, Charles un havresac de grosse toile jeté à l'épaule. La jeune femme désigna un chemin de terre qui menait hors de la ville.

– Il y en a pour trois quarts d'heure à pied jusqu'à la ferme.

Ils se mirent en marche, heureux de se dérouiller les jambes. Il leur semblait sentir encore les vibrations du train dans tous leurs membres. Une fontaine croisée sur la route leur permit de se débarbouiller. Les frondaisons les abritaient du soleil qui était haut et donnait l'illusion du plein été.

– Vous en avez fait des messes basses, durant le trajet ! dit Charles, curieux et vaguement jaloux d'avoir été un peu exclu par les deux femmes.

– Elle n'aurait pas pu te parler comme à moi. Cette Noémie est très farouche. Tu as bien vu comme elle était sur la défensive, au début.

– Tu as toujours le chic pour extorquer les confidences !

– C'est cela, moque-toi !

Lisette fit semblant de bouder et traîna les pieds.

– Cesse de minauder ! lui dit Charles. Je ne me moque pas, je sais comment tu as réussi à amadouer ma mère grâce à ta patience.

Il savait en effet gré à Lisette d'avoir amené Charlotte Hû, à force de visites et de petites attentions, à raconter son existence passée et à reprendre pied dans le monde des vivants, au point qu'un jour, sans que son fils comprenne comment, la vieille femme avait changé du tout au tout.

– La pauvre Noémie a une histoire bien triste. Promets-moi seulement que tu ne divulgueras pas à ton patron ou à son frère Fritz ce que je vais te raconter. Ils connaissent tant de monde qu'on ne sait jamais : cela pourrait se retourner contre toi, ou contre elle.

– Les Estibal ? Mais que viennent-ils faire là-dedans ?

– Tu le sauras si tu me promets de te taire.

Avec le plus grand sérieux, Charles tendit son bras mécanique à l'horizontale, puis cracha par terre.

– Je le jure sur la tête de ma mère ! Motus et bouche cousue ! J'en fais ici le serment solennel.

CHAPITRE 34

Tout en avançant sur le chemin, dans la lumière éparse et chaude qui perçait à travers les feuillages, tantôt croisant une charrette, tantôt saluant un chemineau portant sa besace ou repoussant du pied un chien errant, Charles écouta sans mot dire le récit de Lisette.

– Noémie a décidé qu'elle porterait le deuil toute sa vie. Alors qu'elle vient d'un milieu très aisé, elle est allée depuis vingt ans de poste en poste, exerçant les fonctions de dame de compagnie et de gouvernante. Sa bonne éducation l'a heureusement servie : elle sait jouer du piano et elle chante très bien. Elle a été recrutée depuis peu comme gouvernante de ces deux enfants dont le père est banquier. La mère, malade de la poitrine, est allée prendre les eaux sur le conseil de son médecin. Cette pauvre Noémie n'a jamais été mariée. C'est sa volonté. À l'âge de vingt ans, elle est tombée très amoureuse d'un jeune homme à qui elle a voué fidélité. C'était en 1834, l'année où tu as perdu ton bras, où la répression était si dure. Noémie n'avait plus que sa mère.

Celle-ci s'était remariée, et son beau-père n'était autre que le préfet de police de l'époque, Gisquet.

Le cœur de Charles tressauta. Il avait en effet entendu ce nom chez Fritz Estibal. Gisquet était le préfet que Fritz avait fait chanter alors qu'il venait de perdre son poste de greffier à Sainte-Pélagie et convoitait l'imprimerie du républicain Auguste Mie.

Lisette, percevant son trouble, poursuivit :

– Tu comprends pourquoi je t'ai fait promettre de ne rien dire à personne ! Eh bien, cette pauvre fille a été enfermée aux Madelonnettes pendant plus d'un an par son propre beau-père, pour la punir de son amour et l'éloigner de son amant, et tout ça simplement parce que celui-ci était républicain ! Quand elle est sortie de prison, elle a juré de ne plus jamais adresser la parole à Gisquet, pas plus qu'à sa mère qui n'avait pas su la défendre. Quant à son amoureux, il avait disparu dans la nature. C'est de lui qu'elle porte le deuil.

Lisette continua à vitupérer longuement contre les prisons où on enfermait les malheureux qui n'aspiraient qu'à la justice et à la liberté, et les pauvres femmes coupables seulement d'avoir aimé d'amour.

Ils n'étaient pas encore en vue de la ferme que déjà les aboiements du chien de garde annonçaient leur arrivée. Monelle fut la première à accourir. Les deux sœurs s'embrassèrent avec effusion.

– Je vous ai préparé de la tarte aux pommes ! Vous devez être morts de faim !

Monelle s'essuya les mains sur son tablier puis les précéda

dans la cuisine au sol de terre battue. La façade du bâtiment disparaissait sous un lierre ancestral entremêlé de liseron. Dans la pièce sombre, on ne discernait tout d'abord rien, hormis de grands bahuts de chêne et un poêle qui ronronnait malgré la douce température extérieure. Puis le regard de Charles s'ajusta et il distingua la forme assise vers laquelle Lisette s'était aussitôt dirigée.

– Bonjour, maman ! fit la jeune femme.

– Bonjour, ma fille, répondit la mère sans se lever.

Un rai de lumière passa par l'étroite fenêtre, éclairant la bassine de cuivre posée devant elle. Sur la table, il y avait un tas de petits pois qu'elle était en train d'écosser.

– Bonjour, Madame, dit Charles en s'avançant à son tour.

La femme lui jeta un regard acéré sans répondre. Son visage était émacié, ses traits anguleux. Elle avait la même peau claire que Lisette et sa sœur, la même masse débordante de cheveux qui s'échappaient de sa coiffe blanche, en mèches rousses à peine grisonnantes.

– Voulez-vous finir les petits pois ? Je dois aller nourrir les poules, jeta-t-elle.

Elle se leva avec une grimace, portant ostensiblement sa main à ses reins douloureux, et sortit en traînant les pieds.

– As-tu vraiment besoin de laisser le poêle allumé ? demanda Lisette alors qu'elle franchissait le seuil.

– Il fait froid, reçut-elle pour toute réponse.

– Je t'avais prévenue, dit Monelle à sa sœur quand ils se retrouvèrent tous les trois. Depuis la mort de notre père, elle passe ses journées à geindre. Il est vrai qu'il y a beaucoup de travail. Sans homme, c'est difficile.

– Je croyais que vous aviez trouvé un métayer ?

– Le fils Malavoy est intéressé. Il a défriché un champ mais il attend que notre mère baisse son prix. Elle demande la moitié de la récolte, lui ne veut pas donner plus d'un tiers. Pour le moment, il ne travaille plus. C'est moi qui m'occupe des bêtes.

– C'est sûr qu'avec notre père, il ne se serait pas amusé à négocier : il se serait fait drôlement recevoir !

– Il est bien difficile d'être une femme seule dans ces campagnes, fit Monelle.

En disant cela, elle parlait autant d'elle-même que de leur mère.

Jusqu'au soir, les trois jeunes gens vaquèrent à de menues occupations : ils portèrent de l'herbe et des fanes de carottes aux lapins dans leurs clapiers, binèrent puis arrosèrent quelques carrés de légumes dans le potager, balayèrent le sol de la grange, et lavèrent la porcherie à grande eau. À la nuit tombante, la famille se retrouva autour de la table pour partager une poule cuisinée aux petits pois. La chaise de paille, au bout près du poêle, restait vide. Lisette proposa à Charles de s'y asseoir mais sa mère la rabroua :

– Tu n'y penses pas ? C'est la place de ton père !

Les deux filles n'osèrent rien dire. Charles, mal à l'aise, s'assit à côté de Lisette, face aux deux autres femmes. La lassitude se lisait sur le visage de Monelle. Soudain la mère explosa :

– Et vous ne savez même pas tenir votre couteau ! jeta-t-elle à Charles avec acrimonie.

– Pardon ?

Il reposa la cuiller qu'il tenait de sa main gauche et prit en silence son couteau. Tenant la miche de pain de sa main de cuir, il découpa de l'autre main une tranche parfaite qu'il lui tendit. Peut-être avait-il manqué à un obscur devoir selon lequel c'était à l'homme de rompre le pain ? Il espérait que ce geste rachèterait sa faute, mais il se trompait. La mère se lança dans une diatribe à l'adresse de sa plus jeune fille, comme si Charles n'existait pas.

– Tu sais, Lisette, que tu as fait beaucoup de peine à ton père en quittant la ferme pour aller à la capitale. Rien ne t'empêchait de te marier ici. Au lieu de cela, me voilà seule dans cette ferme trop grande, entourée de malfaisants qui ne cherchent qu'à me voler. Ah, ce serait une autre histoire si j'avais un fils ou un gendre auprès de moi !

Charles jeta un regard à Monelle dont le visage s'était décomposé. Celle-ci se leva, incapable d'en entendre davantage, et sortit dans la cour envahie par la nuit. Lisette, l'appétit coupé, hésitait entre l'envie de la suivre et celle d'affronter l'injustice de sa mère.

– Te rends-tu compte de toute la peine qu'elle se donne pour toi ? Et crois-tu qu'elle est heureuse d'être seule sans mari ?

– Et alors ? N'ai-je pas perdu le mien il y a deux mois ? Ingrate, tu as déjà oublié ton pauvre père ?

– Tu ne peux pas comparer vos situations ! Et quel spectacle offres-tu à Charles ?

– Parlons-en, justement, de ton gigolo ! Tu oses venir ici avec un homme à qui tu n'es même pas mariée… si on peut d'ailleurs appeler ça un homme, un manchot qui ne peut pas même soulever une pelle ou une pioche ! Ah, vraiment, tu as fait le bon choix, ma fille !

– Mais vas-tu te taire ? Charles est le meilleur des hommes, tu ne le connais pas. Je ne voudrais pas d'un autre que lui. Tout ce que tu sais faire, c'est juger sur la mine !

Charles se leva à son tour, bouleversé, et rejoignit Monelle dans la cour. La jeune femme pleurait à chaudes larmes. Il passa son bras valide autour de son cou pour la consoler. Elle s'essuya les yeux d'un coin de son tablier.

– J'ai honte que tu sois reçu de la sorte, fit-elle entre deux sanglots. Chaque jour, elle me serine les mêmes rengaines, je n'en peux plus.

– Elle est sous le choc de la mort de son mari, risqua Charles en guise d'explication. Cela lui a fait perdre la notion des choses.

– Penses-tu ! Elle a toujours été ainsi. Elle récriminait sans arrêt contre notre père, je suis sûre que c'est ce qui a fini par le tuer. En tout cas, Lisette a de la chance de t'avoir trouvé. Tu es vraiment un brave garçon, et courageux avec ça ! J'ai bien vu comment tu travaillais aujourd'hui.

– Je fais comme je peux. Je n'ai pas choisi ma condition.

– Oui, mais Lisette, vois-tu, t'a choisi, elle !

– Tu pourrais venir à Paris, toi aussi, lui glissa Charles doucement.

Ils s'étaient assis à même le sol, le dos appuyé contre un muret, et regardaient les étoiles qui scintillaient au firmament.

– Oh ! Il n'y a rien que je désirerais plus au monde ! s'écria-t-elle.

Puis elle ajouta en cachant sa tête dans ses mains :
– Mais je ne peux pas laisser notre mère toute seule. C'est impossible. Je m'en voudrais toute ma vie.

CHAPITRE 35

Les trois jeunes gens se retrouvèrent dans la cuisine où la nuit était à présent complète. La mère était allée se coucher à l'étage, les laissant consternés. Son pas retentit quelques instants au-dessus de leurs têtes. Quand il cessa, on n'entendit plus que les bruits de la campagne au-dehors. Une chouette hululait dans le lointain. Monelle alluma une lampe à huile qu'elle posa sur la table. Lisette lava les plats et les couverts dans l'évier de pierre inséré dans le mur. Puis, à la lueur de la flamme vacillante, ils s'assirent et restèrent un long moment prostrés.

– Nous n'aurions jamais dû venir ! dit Lisette à mi-voix. Elle devient mauvaise comme une teigne. Je n'aurais jamais imaginé qu'elle te traiterait ainsi, mon pauvre Charles. Je ne sais pas comment me faire pardonner.

Elle prit la main du jeune homme et la serra longuement. Monelle chuchota à son tour en direction de Charles :

– Notre père n'était pas comme elle. Je regrette que tu ne l'aies pas connu. Il t'aurait beaucoup apprécié.

– Il me suffit de vous connaître : puisque vous êtes ses filles, je suis sûr que c'était quelqu'un de bien.

– Demain matin, à la première heure, nous irons mettre des fleurs sur sa tombe. Puis nous rentrerons à Paris, décréta Lisette.

Ils passèrent une nuit inconfortable dans son ancienne chambre de jeune fille, séparée par une mince paroi de celle de sa sœur. Le lit était étroit, la courtepointe ne cessait de glisser, et ils osaient à peine respirer. Quand Lisette fut endormie, Charles resta longuement à regarder son bras articulé d'où pendaient les courroies de caoutchouc. Il l'avait déposé sur une chaise bancale que la lumière blanche de la lune éclairait par un jour à travers les volets. Il songea à tous les estropiés qui seraient bientôt équipés des prothèses Estibal-Bouroux et qui se prendraient à rêver d'une vie meilleure. Combien d'entre eux, revenus de ce rêve, essuieraient encore les insultes et les avanies qu'il avait connues ce soir et se coucheraient comme lui le cœur lourd ? Puis il se tourna sur son flanc droit, faisant disparaître son moignon dans l'oreiller, et passa son bras gauche autour du corps chaud et odorant de Lisette, en priant pour que tous les infirmes connaissent un jour ce bonheur.

La visite au cimetière tira des larmes à Lisette. Elle pleurait autant la perte de son père que la mesquinerie de sa mère avec qui les adieux avaient été froids et brefs. Elle nettoya la pierre tombale, redressa un vase renversé par le vent et y planta un énorme bouquet de marguerites qu'elle avait cueillies en chemin. Arrivés à la gare, ils se posèrent sur un banc en attendant le train venant de Tonnerre.

– Je n'avais pas mesuré à quel point son naturel reprendrait le dessus, dit Lisette, toujours préoccupée par sa mère. Quand notre père est mort, elle était effondrée. On aurait dit un enfant perdu. Elle était toute douce et acceptait qu'on la console. J'ai pensé qu'elle avait changé. J'avais tort.

– Elle s'est forgé une carapace, répondit Charles. Ma mère s'est longtemps comportée comme elle. C'est toi qui as su l'en faire sortir. Parfois les gens changent.

Il se disait à part lui que la situation était bien différente : sa propre mère était soulagée que son fils ait trouvé une femme comme Lisette, vive, pétillante, industrieuse. La mère de Lisette ne pouvait que voir d'un mauvais œil le choix de sa fille, celui d'un invalide, autant dire d'un bon à rien dans la logique terre à terre des paysans.

Comme si elle lisait dans ses pensées, Lisette reprit :

– Là d'où je viens, c'est la terre qui compte, plus que les gens. Il faut toujours penser à son bien, à le préserver, à l'agrandir. Et il n'y a pas de pitié pour les faibles. Au moins, à la ville, c'est différent. Chacun a sa chance. Regarde ton patron : il a misé sur toi, et il a eu raison.

– Norbert n'est pas un saint. Dans toutes ses décisions, il y a une arrière-pensée. Mon infirmité était d'abord pour lui une occasion de faire parler de sa maison d'annonces. Puis, comme il n'a jamais le cerveau en repos, il a eu l'idée de la fabrique de prothèses. Tout lui est bon, pourvu qu'il accroisse sa fortune et son empire. Ce n'est pas si différent des paysans.

– C'est très différent, au contraire ! Eux vivent repliés sur leurs champs, lui a un horizon sans limites : tu m'as bien dit qu'il aurait voulu t'envoyer à Londres !

Pour passer le temps, elle prit dans son panier quelques gazettes que Charles lui avait données. Au bureau, il en avait autant qu'il en voulait. Ces imprimés qui avaient fait les délices clandestins de son enfance étaient devenus son univers, son métier et sa fierté.

– Tiens, regarde! fit Lisette. Je me demande bien quel goût peut avoir ce fruit.

Et elle lui lut l'annonce avec un air gourmand:

– « ORANGES MANDARINES. L'arbre qui produit ce fruit est originaire de la Chine; il fut transporté à Malte par des missionnaires anglais; son nom indique assez que ce fruit, par sa douceur, son parfum et son excessive bonté, est réservé exclusivement aux hommes en dignité qu'on nomme en ce pays mandarins. Ayant été assez heureux pour arriver à Marseille au moment où un paquebot, venant de Malte, entrait dans le port avec deux mille de ces mignonnettes à bord, nous les avons immédiatement achetées et remises au courrier, afin qu'elles arrivassent au Bazar Provençal à temps… » Oh, dis, tu m'en achèteras?

Charles fit une réponse évasive. Il n'avait guère envie de se retrouver face à la redoutable madame Aymès. Heureusement, Lisette rêva bientôt aux bateaux en partance pour New York et le Canada. Puis elle s'arrêta sur les trains de plaisir de Paris à Londres que vantait la maison Estibal:

– « Aller, retour, logement, nourriture et plaisirs. Grande réduction!!! 160 fr., une semaine, tout compris. Voyage en chemin de fer et bateaux (trajet en 13 heures). Déjeuners, dîners, logements confortables et service à Londres pendant une semaine dans une maison particulière située dans le plus beau quartier de Londres ; interprète et plaisirs, tels que visites gratis à Saint-Paul, la Tour, le tunnel, les docks, Westminster, Richmond, Kew, Hampton Court, Greenwich, les parks, les musées, etc., etc. Les voyageurs seront accompagnés jusqu'à Londres par un agent de la compagnie. » Dis, tu ne peux pas demander à Norbert de t'y envoyer ? Peut-être accepterait-il que je sois du voyage ?

– Je doute qu'un manchot fasse l'affaire. Il ne faut quand même pas effrayer le bourgeois.

– Ce sera pour notre voyage de noces, alors !

– Dans ce cas, il faut que nous commencions à économiser.

Elle poursuivit sa lecture ponctuée d'exclamations. Entre une annonce pour un nouveau tire-bouchon breveté et des sachets parfumés pour le bain, elle s'extasia sur un immense aérostat dénommé *Le Précurseur*, qui devait prochainement, au 46 de la rue Marbeuf, élever le public dans les airs moyennant un franc les jours de semaine et trois francs le samedi.

– Connaissant ton patron, il sera le premier à aller sur la lune s'il y a des affaires à y faire !

– Sûrement, mais je ne l'accompagnerai pas aussi loin.

– Et que dirais-tu des bains de mer de Trouville ? « Le trajet se fait en sept heures, le départ de Paris à 8 heures du matin. Bureau, place de la Bourse, 12, Office des chemins de fer. »

– C'est une autre des affaires de Norbert.

– Crois-tu qu'il t'accorderait une réduction sur le prix ?

– Peut-être pour une occasion spéciale… comme notre voyage de noces… dit Charles dans un sourire.

Il prenait Lisette au mot, et il en était tout chamboulé. C'était bien elle qui avait parlé de mariage. Le train entra en gare. Ils rassemblèrent leurs affaires et grimpèrent dans le wagon qui n'était qu'à moitié plein. Sur la banquette de bois où ils tressautaient, Charles se sentait comme un prince en route vers son royaume, avec la plus belle femme du monde à ses côtés.

CHAPITRE 36

Norbert ne décolérait pas contre le soi-disant baron de Cassaigne. Charles en était quelque peu étonné : son patron avait parfois lui-même des pratiques et des associations douteuses. Qu'il se fasse rouler à son tour était dans la logique des choses et ne manquait pas de piquant. Cela lui rappelait les retournements comiques d'un vaudeville qu'il avait emmené Lisette voir un soir au théâtre de la Gaîté et qui les avait fait beaucoup rire.

Son ami Francisque, lui, était de plus en plus usé par le labeur. Pauline s'en ouvrit à Charles, dévorée d'inquiétude.

– Il travaille nuit et jour. Ce n'est pas une vie ! Cette fabrique finira par le tuer. Et tout cela, sans qu'il ait même la satisfaction d'y voir son nom associé !

La petite boutique Le Tour du cadran, elle, ne désemplissait pas. On y déposait toujours des montres et des horloges à réparer, on repartait avec quelque babiole à trois sous laissée en dépôt par un plus pauvre que soi, et les ménagères venaient y faire la conversation avec Pauline et Charlotte Hû autour d'une tasse de thé, tandis que Pascaline jouait à leurs pieds.

– La boutique et les réparations suffiraient largement à nous faire vivre, se lamentait la jeune femme. Norbert a fait de nous ses prisonniers.

La formule frappa Charles. Il se demanda si lui-même n'était pas au fond à la solde de son patron, certes le seul qui lui avait fait confiance et permis de trouver un métier. Mais cela justifiait-il de tout accepter de Norbert ? N'y avait-il donc rien en lui de la bouillante révolte de Fritz et de ses camarades ?

Il profita de son heure de pause pour se rendre à la charcuterie Fayolle. Il espérait sonder le commerçant avec suffisamment de tact pour qu'il veuille bien lui apprendre la raison de son départ courroucé, quelques semaines plus tôt, à la vue du nom et du visage de Bouroux. Quand il arriva sur place, la vitrine arborait des écriteaux annonçant « Peinture fraîche » et une banderole qui proclamait « Changement de propriétaire ». Il osa s'avancer sur le pas de la porte et demander :

– Monsieur Fayolle n'est donc plus là ?

Une commerçante accorte dont les formes généreuses lui rappelaient celles de madame Aymès lui répondit :

– Désolée, jeune homme, la maison a changé de mains. Mon mari et moi sommes les nouveaux propriétaires. Mais ne soyez pas déçu, vous ne perdrez rien au change !

Elle désignait ses étalages garnis d'abondantes victuailles, charcuterie, plats en sauce, gratins et viandes rôties. Charles s'éloigna, furieux contre lui-même d'avoir trop attendu. Fayolle lui avait bien dit qu'il voulait s'en retourner à Lyon. Un galopin du quartier qui traînait par là, perdu dans un paletot rapiécé trop grand pour lui et chaussé de savates éculées, l'aborda avec un air effronté :

– Tu cherches le père Fayolle ? Dommage pour toi, il est parti.

– Qu'est-ce que cela peut te faire ?

Le gamin ne se démonta pas.

– Il t'en coûtera une pièce de cent sous si tu veux une information. Je connais toutes les histoires du quartier.

La frimousse sale, bravache, il tendait la main.

– Qu'est-ce qui me prouve que tu dis vrai ?

– Eh bien, je peux t'apprendre avec qui couche la grosse charcutière quand ce n'est pas avec son mari.

– Mais cela ne m'intéresse pas du tout ! s'exclama Charles, tout à la fois outré et amusé.

– Alors, qu'est-ce que tu veux savoir sur Fayolle ? Je peux t'en raconter de belles. Je faisais souvent ses commissions.

– Rien de ce genre, en tout cas.

Le garnement prit un air perplexe.

– Ah ! Je crains que nous ne fassions pas affaire, alors.

Il allait tourner les talons quand Charles le retint.

– Attends ! Je veux bien faire le pari que tu pourras m'aider. Dis-moi seulement si tu sais quelque chose sur les gens qu'il fréquentait, particulièrement ceux qui venaient de Lyon. Le nom de Bouroux te parle-t-il ?

– Ça se pourrait bien, fit le gamin en se dandinant avec un air insolent.

Charles fouilla dans sa poche et lui tendit les cinq francs qu'il attendait. Il crut un instant que le galopin allait s'enfuir en courant, mais celui-ci resta planté devant lui, dans l'attente de ses questions. Charles fit quelques pas à ses côtés puis lui demanda :

– Que sais-tu de Fayolle et de ce Bouroux ?

– Je l'ai entendu en parler avec sa rombière, un soir alors qu'il nettoyait son étal. La mère Fayolle m'avait à la bonne, elle me permettait toujours de récupérer quelques morceaux qui lui restaient sur les bras en fin de journée. C'est avec ça que je nourrissais ma mère et ma sœur.

Il bomba le torse fièrement. Charles poursuivit son interrogatoire.

– Quand était-ce ?

– Il y a un mois ou deux, je crois. Attends, c'était début mars, au moment où il voulait mettre des annonces pour vendre sa charcuterie. Finalement, il n'en a pas eu besoin : le cousin du poissonnier, un gars de Vaugirard, a repris l'affaire. Il y a longtemps qu'il voulait se rapprocher des halles.

– Et ce Bouroux, qu'est-ce que Fayolle en disait ?

– Que c'était bien sa veine, de revoir la tête de ce sale type. Qu'il le croyait toujours à Lyon, mais voilà qu'il était monté à Paris. Il a même dit : « Ce salaud nous persécute, ma parole. »

– Sais-tu pourquoi il a dit cela ?

– Je suppose qu'il y a un lien avec la mort de leur fils : il y a quatre ans, il s'est suicidé. C'était leur deuxième enfant, il était marchand de soieries à Lyon, et il s'appelait Ernest. Madame Fayolle pleurait toujours beaucoup chaque fois qu'on parlait de lui.

– Mais que s'est-il passé au juste ? demanda Charles.

– On en a causé dans les journaux, c'est tout ce que je peux te dire. Apparemment Ernest avait des dettes de jeu. Il y a eu un procès il y a quatre ans. Même ici, dans le quartier, tout le monde était au courant. Je m'en souviens bien. C'était juste avant que mon père se fasse prendre et soit envoyé à l'ombre. Tu parles d'une guigne ! Avant qu'il sorte du trou, l'eau aura bien coulé sous les ponts.

– Fais attention à ne pas suivre son exemple, conseilla Charles au garçon. Tu me sembles assez malin pour prétendre à un métier honnête.

Le galopin s'esclaffa.

– Honnête ? C'est bien trop ennuyeux, et ça ne paie pas !

Puis il déguerpit. Les pièces tintaient dans les poches de son pantalon, qui tenait avec une ficelle. Charles savait ce qu'il lui restait à faire : il passerait le samedi suivant au cabinet de lecture pour tenter de retrouver la trace de ce fait divers dans la presse. Finalement, ce chenapan avait été providentiel, et ses cent sous bien employés.

Chez Parreur, 13 rue Rougemont, Charles avait ses entrées : durant les six premiers mois après son embauche, Norbert l'avait souvent mis à l'épreuve en l'envoyant éplucher d'anciennes gazettes de Paris et de province en quête d'informations judiciaires, d'anecdotes piquantes et de faits divers louches, qui touchaient toujours à ses concurrents et aux négociants avec qui il traitait. Puis, Charles lui ayant à chaque fois donné satisfaction avec la plus parfaite célérité, Norbert l'avait déchargé de cette tâche en lui disant : « Que ceci vous serve de leçon, mon garçon ! Vous comprenez par vous-même que ceux qui viennent ici solliciter nos services ne sont pas des anges. Je vous invite à la fermeté et à la vigilance : si l'un d'eux essaie de vous soudoyer ou de vous corrompre, vous devez m'en faire part aussitôt. »

Le jeune homme dut reconnaître que la méthode était habile : en l'envoyant chercher l'information à la source, Norbert s'épargnait de grands discours moralisateurs, et s'assurait de la fidélité de son employé, qui devenait méfiant envers le reste du monde. Aujourd'hui où il renouait avec l'ambiance feutrée du cabinet de lecture, parmi les volumes aux couvertures craquantes, les pages de journaux qui se déployaient sur les tables comme des ailes d'oiseaux tenues par les lecteurs du bout des doigts, dans l'odeur de l'encre porteuse de savoir et de vérités infinies, il avait conscience de s'être départi de toute sa naïveté. Et cette fois, il venait tenter de percer le mystère du Lyonnais Hippolyte Bouroux, avec qui Norbert Estibal en personne s'était associé.

CHAPITRE 37

Cela lui prit un peu plus de trois heures. Il parcourut tous les numéros de *La Gazette des Tribunaux* pour l'année 1850 et finit par tomber, dans celui daté du jeudi 27 novembre, sur un article où les noms de Bouroux et de Fayolle étaient associés :

JUSTICE CRIMINELLE
Cour d'assises du Rhône (Lyon)
Audience du 5 novembre

C'est une affaire bien pénible et affectant plusieurs des négociants estimés de la ville de Lyon qu'ont eue à examiner les jurés. Le mois précédent, le dénommé Ernest Fayolle, négociant en soieries âgé de trente-deux ans, était retrouvé pendu dans son arrière-boutique par son commis arrivé sur les lieux comme à son habitude sur les coups de huit heures du matin. L'enquête de police prouva que le défunt avait des mœurs condamnables et fréquentait les bas-fonds de la cité contre lesquels la simple sagesse, si ce n'est sa position sociale, aurait suffisamment dû le prévenir, passant ses nuits tout spécialement dans les tripots et salles de jeu mal famées où il dilapidait sa fortune. C'est ruiné, dépouillé jusqu'au dernier centime, que le malheureux a mis fin à ses jours. Des lettres anonymes étant parvenues sous les yeux de la justice, qui incriminaient un entrepreneur de la ville, monsieur Hippolyte Bouroux, celui-ci fut cité à comparaître dans cette affaire. Il eut tout loisir de blanchir son honneur entaché par ces accusations lâches et infondées : s'il connaissait le défunt, c'était pour l'avoir mis en garde contre la pente sur laquelle son vice l'engageait et pour lui avoir, dans un accès de charité, prêté une importante somme d'argent. Monsieur Bouroux confessa que face à ce drame, peu lui importait de recouvrer la somme en question, à laquelle il renonçait volontiers, dans l'effroi que lui causaient ces tragiques conséquences. La candeur de ses déclarations fut louée par la cour, qui ne retint aucune charge à son encontre. Les témoignages successifs des commerçants voisins de Fayolle achevèrent de convaincre les jurés que la probité de Bouroux ne saurait être mise en cause, quand celle du défunt était pour le moins discutable. Cette pénible affaire nous enseigne qu'aucun relâchement dans le combat pour la défense des bonnes mœurs ne saurait être toléré, si nos braves concitoyens entendent dormir tranquilles et défendre leurs biens en bons pères de famille.

Charles en retira un profond sentiment de malaise. D'autant que la colère du père du pauvre Ernest Fayolle lui restait en mémoire. Le citoyen Bouroux, de si haute moralité, n'était de toute évidence pas si intègre à ses yeux. Qui sait ? Peut-être Fayolle le croyait-il coupable d'avoir tué son fils ? Ce suicide servait-il à maquiller un meurtre, sur fond de vengeance pour dette impayée ? Ou bien Bouroux avait-il eu recours à des complices qui avaient su attiser la passion du jeune négociant pour le jeu afin de mieux le plumer ?

Rien ne serait jamais prouvé. Ernest dormait probablement pour l'éternité du sommeil trouble des morts à qui justice n'a pas été rendue. Charles rassembla les journaux parcourus, les reclassa par ordre et les déposa à leur place sur les étagères. Des rangées entières étaient consacrées aux publications lyonnaises. Pour bien faire, il lui faudrait aussi les compulser. Il y avait là *Le Courrier de Lyon*, *La Mosaïque lyonnaise*, *Le Moniteur judiciaire*. Il doutait cependant d'en apprendre beaucoup plus. Le compte rendu du procès varierait probablement peu de l'un à l'autre.

Il attrapa au hasard un numéro du *Salut Public* daté de fin mars 1851. En le feuilletant, il tomba en arrêt sur le résultat du tirage de la Loterie Lyonnaise. Si Ernest Fayolle avait toujours été en vie à cette date, sans doute n'aurait-il pas résisté : il aurait investi dans un grand nombre de billets à cinq francs pour accroître ses chances. Au total, les organisateurs en cédaient deux cent mille, pour un capital d'un million. Mais Fayolle était mort, et c'était un monsieur Lecomte, « instituteur communal à Boinvilliers, près Mantes (Seine-et-Oise), porteur du numéro 74,989 » qui avait remporté le gros lot de dix mille francs, lors du deuxième tirage trimestriel du 15 mars 1851 réalisé dans la grande salle de l'hôtel de ville en présence des autorités. Les deux cents autres lots offraient l'image d'une vraie boutique de brocanteur, se composant de « robes de satin, de soie brochée, de châles, de meubles, de bijoux, de pièces d'argenterie, de montres en or, d'armes de chasse ». L'instituteur avait eu ce jour-là une bonne étoile qui veillait à sa fortune. Après son nom, un astérisque renvoyait à une petite note que Charles consulta par réflexe. Il manqua suffoquer en découvrant son contenu : « Au tirage précédent, le lot de 10.000 fr. avait été gagné par M. Norbert Estibal, fermier d'annonces, demeurant à Paris, place de la Bourse, 6, porteur du numéro 67,965. »

Il ne pouvait croire à ce qu'il lisait. Cette année-là, lors du premier tirage de mars, le sort avait donc décidé d'accorder le gros lot, entre deux cent mille billets anonymes, à son propre patron ? Il survola la page, incrédule, et soudain tout s'éclaira : on annonçait deux nouveaux tirages les 15 juin et 2 juillet suivants. On pouvait souscrire « à Lyon, quai des Célestins, 40 » auprès des bureaux de l'administrateur Hippolyte Bouroux. Ce fut comme une déflagration : Charles avait sous les yeux la preuve que Bouroux et Estibal étaient de mèche. Ils avaient mis sur pied une escroquerie d'envergure sous la forme de cette alléchante loterie. Et tout en accordant aux joueurs des lots de pacotille qui viendraient orner leurs intérieurs bourgeois, ils raflaient soigneusement la mise, accroissant leur capital, veillant au passage à ce que le gros lot retombe dans leurs propres poches ou dans celles de leurs acolytes.

Brusquement, Charles comprit pourquoi Norbert avait tant tenu à placer son ami Bouroux à la tête de la fabrique de prothèses, au détriment de Francisque. Le Lyonnais avait sans doute une expérience dans l'industrie du tissage, mais il avait surtout investi des fonds dans l'affaire et, selon les mots même d'Estibal, lui avait « rendu de fiers services ». Sans doute avait-il dû aussi fuir sa région d'origine pour se racheter une conduite : le bruit courait peut-être, malgré ses dénégations, qu'il s'était débarrassé du jeune Fayolle. Tout cela paraissait à Charles d'une clarté limpide et effrayante. C'était sur le même principe que Norbert avait fondé la Société de Bienfaisance Industrielle. Les cotisants verraient élire trois d'entre eux à qui seraient remises les médailles, insignes de leur distinction. On leur allouerait une somme pour les amadouer. Mais l'essentiel du capital tomberait dans la poche d'Estibal – et Bouroux serait le premier récipiendaire de la médaille d'or pour ses actes de bienfaisance. Une machine aussi bien huilée ne pouvait que se reproduire et se répéter à l'infini. Mais cette fois, Charles sut qu'il refusait d'en être l'un des rouages.

Il remonta, songeur, vers la place Saint-Georges, en direction de son appartement où Lisette l'attendait. Le chemin était une ligne droite, par la rue du Faubourg-Montmartre et la rue Notre-Dame-de-Lorette. Il passa sous les fenêtres de Fritz Estibal. En cet instant précis, s'il avait dû choisir entre les deux frères, c'est avec lui qu'il se serait engagé. Comme par un contrepoint ironique, sur le trottoir opposé, puis tout le long du chemin, il vit des jeunes gens occupés à badigeonner avec entrain les murs, les palissades et les urinoirs pour y coller les affiches de spectacles et les placards publicitaires qui envahissaient désormais tout Paris.

Il enviait leurs bras agiles et musclés qui tenaient des pinceaux, des baquets et de longs balais-brosses. Il eût été bien incapable d'en faire autant. Sans doute la mère de Lisette avait-elle en partie raison : il n'était pas bon à grand-chose. Il participait néanmoins à sa façon à ce monde nouveau où chacun vantait ses produits et ses talents en gros caractères aux quatre coins de la ville et dans la presse. Si son père avait vécu, il aurait probablement eu lui aussi recours aux petites annonces et aux affiches illustrées pour attirer le chaland à son magasin de meubles de la rue Transnonain. Peut-être Charles eût-il été lui-même le rédacteur des réclames pour l'affaire familiale ? « Louis Marin Hû, meubles de qualité pour intérieurs de qualité. Vaste sélection de chaises, fauteuils, tables et commodes que les princes eux-mêmes ne renieraient point. » Il ne le saurait bien sûr jamais. Et la maison de sa naissance était aujourd'hui démolie.

Voilà qu'en outre Norbert envisageait un voyage à la lointaine ville de Berlin. Peut-être emmènerait-il Charles avec lui ? L'entrepreneur avait en effet eu vent d'un système d'affichage fort ingénieux, qu'il se voyait déjà installer dans toute la ville : des colonnes cylindriques construites spécialement pour les annonces publicitaires. Car à Paris, on pouvait bien recouvrir les pissotières des réclames les plus suggestives pour les parfums et les crèmes de beauté, l'odeur repoussait les passants, le message était brouillé. Il fallait trouver autre chose.

Lisette l'attendait avec impatience pour se rendre au Théâtre-Lyrique où l'on donnait une facétie en trois actes intitulée *Le Bijou perdu*. La première chanteuse, Marie Cabel, était l'étoile montante de la scène parisienne. Elle fut chaudement applaudie. L'argument du livret fit à Charles une étrange impression : il était question d'une montre qui passait de main en main, du boudoir de madame Coquillière, femme d'un fermier général, dans la poche du marquis d'Angennes, puis dans celle du commissionnaire Pacôme, avant d'atterrir chez la jardinière Toinette, qui la restituait finalement au marquis contre la promesse de libérer son amoureux de son engagement militaire. Charles repensa à la montre volée sur le cadavre du père de Pauline, vingt ans plus tôt, que son amie avait cru retrouver dans celle confiée à Francisque. Mais il n'y avait que dans ces fantaisies de théâtre que les choses se déroulaient ainsi. Dans la réalité, les objets du passé n'existaient plus qu'à l'état de souvenirs. Il fallait accepter que tombe sur eux le lourd rideau du temps et de l'oubli.

Après les derniers saluts et les derniers rappels, ce fut un mur d'affiches publicitaires qui descendit du plafond du théâtre sur le devant de la scène, jusqu'au sol : articles de voyage, pâtisserie-confiserie, fourrures et chapeaux, cannes et parapluies, pilules et pommades remplacèrent les comédiens. Charles fut soudain accablé par cette avalanche. Et sur le chemin de retour, il ne parvint pas à se départir de cette impression désagréable ; Lisette, elle, chantonnait l'air guilleret que l'auditoire avait repris en chœur avec mademoiselle Cabel :

– « Ah ! Qu'il fait donc bon, qu'il fait donc bon cueillir la fraise ! »

Charles reçut, attendri, ses réprimandes :

– Allez quoi, chante, gros bougon ! Qu'as-tu donc à faire la tête ?

Il envia sa nature qui faisait fi de la mesquinerie de sa mère, de la perte de son père et de toutes les contrariétés. Aussi, pour lui faire plaisir, il l'accompagna pendant quelques mesures, avec ce qui lui sembla être une voix de corbeau.

CHAPITRE 38

Attablés devant leur café au lait du matin, Charles et Lisette feuilletaient quelques vieux numéros du *Charivari*. Les caricatures les mettaient en joie pour la journée. Tout en croquant à belles dents dans leurs tartines de pain beurré, ils commentaient les dessins de Daumier. Monsieur Gogo, les yeux exorbités, leur faisait face, en proie aux affres de l'indécision, pris entre les feux croisés de Robert-Macaire et de Bertrand qui lui susurraient l'un et l'autre des conseils contradictoires dans chaque oreille.

– Il me fait pitié, dit Lisette. Regarde-le, avec ses petites mains croisées sur sa bedaine, et son grand chapeau ! Il a l'air tellement perdu !

– J'en vois tous les jours, des comme lui, répondit Charles. Ils traînent par dizaines du côté de la Bourse et avant même qu'ils s'en rendent compte, ils se font dépouiller de toutes leurs économies.

En disant cela, il repensait aux agissements de son patron. Pris en tenaille entre les injonctions de Norbert et les nobles idéaux de Fritz, il lui semblait qu'il ne valait lui-même guère mieux que le pauvre bourgeois Monsieur Gogo. Ce sacré Daumier avait l'art de croquer son époque et d'en montrer tous les tourments. Encore adolescent, Charles avait vu un jour une grande image très noire de sa main, dans les tréfonds d'une boutique d'estampes. Le marchand, apprenant comment il avait perdu son bras, l'avait sortie précautionneusement à son intention de sa réserve en lui disant qu'il n'osait plus la montrer à personne depuis 1835 : la loi s'était férocement durcie, la censure était impitoyable, et les amendes lui avaient coûté trop cher. Dans la pénombre de l'arrière-boutique, Charles s'était plongé dans la scène d'horreur que le marchand lui mettait sous les yeux, et il lui avait semblé se dédoubler.

C'était lui, et ce n'était pas lui. C'était son père, et ce n'était pas son père. L'enfant écrasé sous le corps de l'homme en liquette était un nourrisson. Or à l'époque, il allait sur ses six ans. Son père cette nuit-là était certes en chemise et en bonnet de nuit, mais il ne se serait jamais serré contre les autres habitants dans cette pièce minuscule sans revêtir sa robe de chambre. Le vieillard à droite de l'image n'était pas le véritable monsieur Bouton. Ce dernier n'avait pas le nez crochu. Et puis, on ne voyait pas sa mère, ni Baptiste, ni l'armoire qu'ils avaient enfoncée de tout leur poids en s'y jetant la tête la première. Et pourtant, devant les mares de sang, les corps flasques et grotesques, toute l'atrocité de cette nuit lui était soudain revenue en mémoire. Il s'était senti mal. Le marchand avait dû lui servir un cordial, qui n'avait fait qu'accroître sa nausée.

– Je suis bien contente que tu ne puisses pas être recruté

comme soldat, fit Lisette en refermant le journal qu'elle feuilletait. Qui sait combien d'hommes cette guerre de Crimée va encore tuer !

Ce matin-là, Charles avait au cœur une colère étrange et un peu sourde lorsqu'il arriva au Comptoir d'annonces. Et les préoccupations de son patron, qui lui parurent bien futiles, ne firent rien pour l'apaiser. Car Norbert visait désormais l'ordre impérial de la Légion d'honneur. Il briguait la décoration pour lui-même, parfaitement revenu des titres étrangers.

– Rien qu'en Europe, disait-il, on compte cent soixante-dix ordres différents. Comment s'y retrouver ? Non, non : la Légion d'honneur, c'est bien mieux porté. Je devrais d'ailleurs l'obtenir moi-même en premier lieu. Ensuite, l'octroyer à mes amis. Ils ne m'en seront que plus redevables.

Il regarda Aristide et ajouta :

– Vois-tu, mon fils ? Il faut toujours procéder avec méthode. Nous allons dresser la liste de ceux qui pourront appuyer ma candidature. Cela te plairait, hein, de voir ton paternel ainsi honoré ?

Pour toute réponse, Aristide émit un grognement. Norbert poursuivit sans sourciller :

– Ensuite, je recommanderai Mahieu pour qu'il l'obtienne. Sa valeur n'est plus à prouver. Mais pour l'heure, c'est de la mienne qu'il s'agit ! Le nouveau ministre de l'Intérieur Billault ne saurait être indifférent à ma personne. Je lui ai moi-même tiré une belle épine du pied l'an dernier, du temps où il était vice-président du Conseil supérieur du Commerce et de l'Industrie.

L'homme d'affaires entreprit une cour effrénée auprès de ses meilleurs clients. Il commença par le négociant Aymès, à qui il avait toujours accordé des prix imbattables pour ses réclames. Le gros Provençal était un bonhomme jovial. Il quitta le bureau d'Estibal avec un grand sourire. Charles l'entendit dire à Norbert sur le pas de la porte :

– Voyons, mon cher ami ! Cela me sera un plaisir, en aucun cas un pensum. Un courrier bien senti au ministre, vantant vos mérites : je crains seulement que ma missive soit un peu longue, car je ne saurai pas où m'arrêter !

Une telle flagornerie laissa Charles interdit. Il n'eut pas le loisir de s'appesantir sur ces propos, car Norbert le convoqua à son tour.

– Tu vas me servir de secrétaire, mon brave Charles. En cette matière, je te fais plus confiance qu'à Aristide.

Dieu merci, pensa le jeune homme, ce dernier n'était pas là pour l'entendre. Il se vit confier la mission de consigner dans un registre les noms des personnalités du négoce, de la banque, de la politique et des affaires qui s'engageraient à soutenir la candidature de Norbert.

– Et surtout, note bien la date de chaque entretien ! Tu les relanceras quinze jours plus tard, afin de t'assurer que leur courrier au ministre est bien parti. Je tiens à savoir sur qui on peut compter et qui n'a pas de parole. Dans les affaires, crois-moi, il est essentiel d'avoir la mémoire de ce genre de choses.

Pendant ce temps, la fabrique de prothèses continuait d'aller bon train. Norbert commençait à en récolter les bénéfices et à en faire profiter ses associés, qui s'en trouvaient fort aises. Ils étaient tout disposés à flatter sa petite vanité et à intercéder pour lui auprès du ministre de l'Intérieur. L'un d'eux faisait l'objet d'une attention toute particulière de la part d'Estibal.

– Mon vieil ami Henri voudrait te rencontrer, déclara un beau matin Norbert à son employé.

– Moi ? fit Charles. Mais pourquoi ?

– Parce qu'il a lui-même perdu sa main gauche dans un malheureux accident. Il hésite à se faire équiper d'une de nos prothèses. Il a certes mis beaucoup d'argent dans l'affaire, mais pour lui-même, il se tâte encore. Toute cette mécanique lui fait un peu peur. Ton exemple saura le convaincre.

– Je suis à sa disposition, dit Charles.

Quelques jours plus tard, il fut convoqué au petit salon de réception. Norbert s'y trouvait en compagnie d'un homme aux larges épaules et aux cheveux blancs qui se prolongeaient sur ses joues en favoris longs et touffus. Le visiteur le toisa. Il avait l'œil perçant et à la bouche un pli amer. La manche gauche de sa veste était fermée par une épingle, là où son poignet et sa main manquaient.

– Mon bon Charles, je te présente Monsieur Henri Gisquet, ancien préfet de police.

Charles eut un étourdissement. Il entendit à peine Norbert lui expliquer que son ami avait perdu sa main dans un accident de chasse. En son sein, comme dans une fiole, il se fit un précipité soudain et trouble, où se mêlaient les cris et les coups des soldats dans la chambre de monsieur Bouton, l'affaire des fusils défectueux qui avaient coûté des millions à la nation, le chantage ourdi par Fritz pour obtenir le brevet de l'imprimeur Mie, l'histoire de la pauvre Noémie emprisonnée pour lui faire expier sa honte de fille séduite. Il lui semblait connaître cet homme depuis toujours, comme un diamant noir dont il avait sondé une à une toutes les facettes. Elles se recomposaient soudain aujourd'hui devant ses yeux pour produire cet individu hautain, sûr de son autorité et de sa position, qui n'était pourtant rien d'autre qu'un manchot comme lui.

Ce fut en automate qu'il répondit à ses questions, qu'il fit jouer sous ses yeux son bras et toute sa délicate machinerie. « Je ne suis qu'un singe savant », pensait-il. L'absurdité de la situation était terrible, mais ses interlocuteurs ne semblaient pas s'en rendre compte. Il agitait et vantait sa prothèse devant l'homme même qui, en envoyant la troupe, l'avait privé enfant de son bras. Et c'était ce même homme qui investissait aujourd'hui sa fortune dans la manufacture de prothèses !

« Méfie-toi du manchot. » La mise en garde de la borgnesse lui revint en mémoire et soudain, saisi de joie et de soulagement, il fut pris d'une envie de rire. Ce n'était donc pas de lui, Charles, qu'il s'agissait ! Lisette pouvait dormir sur ses deux oreilles. Il y avait sur terre un infirme, amputé du bras gauche, bien plus maléfique et plus sournois que lui.

– Qu'as-tu à sourire comme un nigaud ? lui demanda Norbert, déconcerté. Ai-je dit quelque chose de comique ? Te moquerais-tu de Monsieur le Préfet ?

– Vos employés n'ont pas assez appris le respect qu'ils doivent à leurs supérieurs, Estibal, décréta Gisquet, l'air mauvais. Se gausser, c'est le début de l'anarchie.

– Je ne me moque pas, Monsieur, répondit Charles avec aplomb. Je souris de ce tour du destin qui nous met en présence, vous si illustre, et moi si insignifiant, pourtant pareillement amputés. Cela pourrait presque être une de ces paraboles de l'Évangile.

– Tu fais bien le malin, avec tes lettres ! Ton père ne t'a pas assez fait passer ton insolence, gronda le préfet.

– Non, Monsieur, et pour cause, fit Charles en redressant la tête et en plantant son regard dans le sien. Il est mort, et c'est vous qui l'avez tué.

CHAPITRE 39

Après cet épisode, Charles dut affronter le courroux de Norbert.

– Tu as ridiculisé l'un de mes plus fidèles soutiens ! Un homme remarquable ! Ton histoire personnelle est peut-être tragique, mais elle ne doit pas éclipser la grandeur de la France. Car ce sont des hommes comme lui qui ont fait de ce pays ce qu'il est, le royaume de la paix, de l'ordre et de la prospérité.

Charles, tête baissée, conservait le silence. Il pensait pêle-mêle que Norbert craignait surtout pour l'obtention de sa Légion d'honneur, pour le financement de la manufacture de prothèses, pour les avancements dont il aurait encore besoin en ce monde, et que s'il croyait la paix acquise, il oubliait un peu vite le nouveau conflit de Crimée contre la puissante Russie. Quelles autres guerres l'avenir réservait-il aux malheureux qui seraient envoyés au front, quand les nantis, eux, resteraient bien au chaud dans leur or, leurs fourrures et leurs privilèges ?

Il trouva du réconfort auprès de Fritz et des habitués du

café Momus. Il passa pour un héros quand il leur apprit comment il avait tenu tête à Gisquet.

– Un fier chasseur que ce gaillard! lança Fritz en s'esclaffant. Apprends qu'il a perdu sa main en nettoyant son fusil, oubliant qu'il était chargé!

Les autres convives renchérirent:

– Et paraît-il qu'en rentrant de chez son chirurgien après l'amputation, il a dit à sa femme: « Cela fera toujours l'économie d'un gant! »

– Pas étonnant, un banquier, c'est toujours près de ses sous!

On était en été et, au sortir du cabaret, l'air était chaud comme une caresse. Il tardait à Charles d'aller se blottir contre Lisette. Elle devait être endormie, fatiguée de sa journée passée à tirer sa carriole de fraises et de cerises. Il déclina la proposition de Fritz d'aller boire un dernier verre chez lui, serra les mains de ses amis avec ferveur, puis longea l'église Saint-Germain-l'Auxerrois en direction du nord. Une voix rauque le héla:

– Eh, l'ami, tu as bien quelques sous pour une pauvresse?

Il connaissait cette voix. Il se glissa dans l'ombre du porche, et parmi ses statues étranges, rendues encore plus monstrueuses par les découpes qu'y taillait la lumière de la lune, il découvrit, affaissée sur le sol de pierre, la borgnesse qui l'avait apostrophé au printemps, deux ans plus tôt, alors qu'il rentrait du spectacle avec Lisette. La malheureuse avait jeté là son grabat pour la nuit.

Il sortit un peu de monnaie de sa poche et la lui tendit.

– Vous n'avez nulle part où aller?

– Penses-tu ! C'est seulement pour l'été ! Quand il fait froid, je me replie chez les sœurs. Il y a toujours un hospice charitable pour accueillir une vieille loque comme moi. Allez, assieds-toi donc et trinquons.

Elle but au goulot d'un litron bien entamé et le tint contre son cœur, oubliant de le lui tendre. Puis elle désigna une figure de femme sculptée qui s'élevait sur un pilier au-dessus d'elle.

– C'est cette vieille commère qui me protège ! Grâce à elle, je ne meurs pas de faim.

La statue avait la chevelure longue et ondulée qui lui descendait jusqu'à mi-cuisse, recouvrant sa nudité, et tenait dans un linge trois grosses miches de pain empilées, que l'on devinait brûlantes, tout juste sorties du four. Charles reconnut Marie l'Égyptienne. La borgnesse était noiraude. Elle aurait pu être elle aussi égyptienne. Dans cette pénombre où grimaçaient des monstres et des bêtes inquiétantes, Charles se dit qu'elle était parmi les siens. Elle devait connaître des secrets et des légendes ignorés des mortels, des remèdes et des sortilèges venus de pays lointains.

– J'ai repensé à votre prédiction, pas plus tard qu'hier. Vous aviez raison, risqua-t-il sans plus de préambules. Elle était juste.

– Quelle prédiction ? grogna la borgnesse d'une voix rendue pâteuse par l'alcool.

– Vous m'aviez dit de me méfier d'un manchot. Au début, je l'avais pris pour moi.

Pendant un court instant, la clocharde ajusta sur lui le

regard aigu de son œil unique. Puis celui-ci revint se noyer dans le vague.

– Le manchot, cette ordure de préfet de police… Ta bonne amie lui ressemble comme deux gouttes d'eau. C'est ce qui m'a trompée.

– Que voulez-vous dire ? Mon amie s'appelle Lisette et elle ne ressemble pas du tout à Gisquet !

La borgnesse poussa un rugissement qui résonna sous la voûte.

– Non ! Tu ne m'écoutes pas ! Ta Lisette ressemble à ma Suzon. Mais elle, elle est vivante, et ma Suzon est morte. Elle ne reviendra plus.

La femme s'envoya une nouvelle rasade de la bouteille.

– Suzon ? C'est votre fille ?

– *C'était* ma fille ! Puisque je te dis qu'elle est morte !

Charles, accroupi, se rapprocha un peu de la clocharde. Ce faisant, il lui semblait se rapprocher du cœur même de la vérité, qui se cachait là, quelque part, derrière les relents de mauvais vin et les brumes de cet esprit engourdi.

– Vous voulez me raconter ce qui s'est passé ? lui demanda-t-il doucement.

Avec la clarté insolite de celle qui se ressaisit, ayant enfin un auditoire, la femme, avachie, lui conta son histoire :

– C'était rue des Ménétriers… J'avais trente-deux ans, et il n'y a pas de quoi en rougir, je gagnais ma vie en tapinant. Ma fille avait seize ans. L'âge que j'avais quand je l'ai eue. Elle s'était amourachée d'un clampin qui traînait avec des étudiants sur les barricades. J'ai voulu la faire rentrer à l'abri, elle n'a pas voulu me suivre… C'est alors que les soldats ont tiré. Tous, ils ont été fauchés. Et j'y ai laissé mon œil. Alors j'ai gueulé, j'ai beuglé, j'ai couru les rues pendant plusieurs jours en dénonçant ces salauds qui m'avaient pris ma fille. Résultat : pour avoir la paix, ils m'ont enfermée aux Madelonnettes. J'y suis restée huit mois.

Charles eut comme un éclair.

– Les Madelonnettes... N'y avez-vous pas connu une jeune fille appelée Noémie ?

– Attends voir... Noémie ?...

Elle sembla brusquement dégrisée.

– Mais si ! Je l'aimais beaucoup, dit-elle. Elle était très malheureuse, à peine plus âgée que ma Suzon. C'est son beau-père, le préfet de police en personne, qui l'avait fait enfermer là. Comment peut-on être aussi cruel ? Ensuite, je suis sortie, et je ne l'ai plus revue.

– Elle est aujourd'hui gouvernante pour des enfants de bonne famille. Je l'ai rencontrée par hasard dans un train.

– Dans un train... fit la mendiante, rêveuse. Je me suis parfois dit que ma Suzon aussi était partie pour un long voyage. Après, que veux-tu... J'ai au moins trouvé ça pour me consoler.

Et elle reprit une longue gorgée de son litre de vin.

– On fait une belle paire d'éclopés, toi et moi ! s'exclama-t-elle en partant d'un grand rire féroce.

– Il y a des remèdes, fit Charles timidement. Regardez, mon bras a été remplacé par cette prothèse.

– Et alors, tu voudrais que je mette un œil de verre ? Qui me le paierait, dis-moi un peu ?

– Il y a bien cette maison de santé, à Bondy. J'ai vu une

petite annonce qui parle d'un oculiste, le docteur Saint-Joseph, dont les opérations sont réputées.

– Que veux-tu qu'il fasse pour moi, sans le sou ? Il ne me rendra pas mon œil. Et puis au fond, depuis le temps, je m'y suis habituée. Chaque fois que je croise des soldats, je m'arrange pour les dévisager et je vois bien, du seul œil qui me reste, que je leur fais peur. Ils croient que je leur jette un sort. C'est ma façon de me venger. Je n'ai pas beaucoup d'autres plaisirs en ce monde.

La voix de la femme se cassa comme un verre qui se brise.

– Tu sais, petit, ce qui me fait le plus de mal ? Ce n'est pas d'être borgne. C'est de ne plus voir ma petite Suzon, qui était si jolie. Elle avait les cheveux frisés et en bataille. Ils ne tenaient jamais tout à fait dans son chignon. Il ne me reste rien d'elle. J'ai l'impression que son image s'efface. Peut-être que si j'avais encore mes deux yeux, ce serait différent. Il n'y a que dans mes rêves que parfois je la vois comme si c'était hier.

Elle vida d'un trait ce qui restait de la bouteille.

– Et maintenant, laisse-moi, j'ai sommeil.

Elle s'entortilla dans un vieux châle de laine troué à l'odeur aigre et se pelotonna contre le mur. Charles se leva et lui souhaita une bonne nuit. Elle ne répondit pas.

Il marcha en essayant de se remémorer les traits de son père. C'était un exercice qui chaque fois l'épuisait. Il avançait le long des rues endormies en se demandant dans combien de ses pas il mettait les siens. Il pensa alors à toutes les générations qui avaient foulé ce pavé avant lui. Il lui semblait entendre le bruissement de ce troupeau disparu, de ces fantômes qui se croisaient et se frôlaient. La nuit, leur mouvement, lent et tenace, devenait perceptible. Le jour, il était recouvert par l'agitation, les cris et les démolitions – tous les embarras de la grande ville qui s'éparpillait en tous sens, traçant des routes, creusant des fossés, assemblant des rails, montant des immeubles, en abattant d'autres, avide de gommer le train implacable et souterrain des morts.

CHAPITRE 40

Les rapports de Norbert et de Charles devinrent embarrassés. Le jeune homme avait l'impression que son patron le fuyait.

– Que veux-tu, lui dit Lisette, tant que tu étais à sa botte, cela lui convenait. Il ne s'attendait pas à ce que l'employé modèle se rebiffe.

Cela dura une huitaine de jours, au bout desquels Norbert convoqua Charles dans son bureau.

– Tu m'as mis dans une situation impossible ! tonna-t-il. Ne pouvais-tu te taire ? Voilà que mon ami Gisquet exige ta tête. Soit je te licencie, soit il retire ses fonds de la fabrique de prothèses. Que veux-tu que je fasse ?

– Je ne sais pas, répondit Charles avec un air de défi. C'est à vous de voir.

– Cela représente beaucoup d'argent. La manufacture en a besoin. Sans cela, elle s'effondrerait.

– Alors vous savez ce qu'il vous reste à faire.

Pour la première fois depuis ce jour de l'hiver 1852 où il avait été embauché au Comptoir national d'annonces,

Charles vit un air malheureux se dessiner sur le visage de son patron. On aurait dit qu'il allait se mettre à pleurer.

– Mais je n'en ai aucune envie ! Comment pourrais-je te remplacer ?

– Nul n'est irremplaçable. Surtout s'il s'agit d'un manchot.

En disant cela, Charles n'en menait pas large. Qu'allait-il devenir ?

– Demande-moi ce que tu veux, fit Norbert. Je ne te laisserai pas tomber.

Charles le voyait aux prises avec des tourments intérieurs inhabituels. Voilà que l'idée de perdre son premier commis pour se ménager les bonnes grâces de son financier révulsait cet homme d'ordinaire prêt à toutes les compromissions pour parvenir à ses fins.

– Je t'avoue, lâcha-t-il, que je me séparerais plus volontiers de mon propre fils.

Ce fut là un aveu comme Charles n'en avait jamais entendu et qui le laissa pantois.

– J'ai peut-être une idée, dit le jeune homme, traversé par une inspiration subite. Mais il faut que vous me donniez ma journée.

– Prends tout le temps dont tu as besoin. De toute façon, je te paierai jusqu'à la fin du mois.

Cela laissait à Charles deux semaines jusqu'à la fin août. Il quitta les bureaux de la place de la Bourse presque léger et confiant, pour se rendre rue des Fontaines du Temple chez Francisque et Pauline. En chemin, il vit sur un mur une affiche lacérée, sur le point de se détacher : « 300,000 francs à gagner. Les derniers billets des Loteries autorisées, tirage 31 mai et 27 juin, se délivrent chez M. Estibal et Cie, place de la Bourse, 12, à Paris ; envoyer autant de francs qu'on veut de billets. »

Charles essayait de comprendre. Norbert avait à tout moment la capacité de lever des fonds. Les stratagèmes ne manquaient pas. Il en voyait là encore la preuve. Quelques dizaines de milliers de francs en moins ne devaient pas l'ébranler. Non, c'était quelque chose de plus insidieux et de plus sournois qui devait le lier à l'ancien préfet de police. Il repensa au texte qu'il avait tant de fois vu imprimé dans les journaux : « Norbert Estibal, fermier d'annonces depuis 1834. » Que s'était-il donc passé en cette année sanglante, qui avait valu à Norbert de s'établir et de jeter les fondations de son empire ? Quels frères avait-il donnés, quelles trahisons avaient été les siennes, quelles promesses avait-il faites au préfet de police de l'époque ? Charles ne le saurait jamais. En 1834, Norbert avait une vingtaine d'années, l'âge qui était aujourd'hui le sien. Au fond, le patron qui l'avait embauché, lui le manchot, n'essayait-il pas de racheter à travers lui les fautes secrètes et innommables de sa jeunesse ? Il lui semblait cependant que l'attachement de Norbert à son égard n'était pas feint. Et quitter le Comptoir d'annonces à tout jamais lui faisait un pincement au cœur.

À l'atelier, il trouva l'horloger penché sur ses mécanismes subtils.

– Viens donc, dit Charles, il faut que je te cause.

Francisque n'offrit qu'une faible résistance, trop heureux de pouvoir prendre un peu l'air. Ils descendirent le long des ruelles sombres en direction de la Seine et avancèrent sur les quais jusqu'à rejoindre l'ombre de Notre-Dame, puis furent de nouveau en pleine lumière, passant un pont après l'autre. Le fleuve scintillait, agité par la circulation des bateaux de marchandises de toutes tailles.

– On doit être bien, dans un de ces petits bachots, porté par les flots, fit Francisque dans un accès de poésie dont il était peu coutumier.

– Justement. C'est un peu de cela que je voulais t'entretenir.

Ils étaient parvenus au pont du Carrousel, et Charles s'exclama :

– Regarde ! Voilà presque l'endroit où nous nous sommes retrouvés, il y a trois étés, sous l'orage. Que dirais-tu d'aller discuter un peu au cabaret où nous nous étions abrités ?

Francisque acquiesça en silence. Ils trouvèrent les lieux inchangés. Les rares rayons du soleil se frayaient un chemin péniblement à travers les carreaux de verre dépoli, baignant la pièce de son éternelle lumière jaune sale. À cette heure de plein après-midi, les ouvriers étaient encore sur leurs chantiers. Ils étaient les seuls clients.

– Une fine, demanda Francisque au cabaretier.

Charles se contenta d'une citronnade, ce qui lui valut un regard de mépris du patron. Il s'en moqua.

– Paris, vois-tu, est en train de changer, dit-il. Bientôt, ces bistrots, ces vieilles bicoques, et jusqu'à ton atelier… tout sera remplacé par des immeubles de rapport neufs et modernes. Et ce n'est pas nous qui en tirerons profit.

– Quelle importance ? demanda Francisque, intrigué. Tu

as un emploi, moi aussi. Nous n'avons aucune chance de devenir rentiers.

– Regarde dans quel état tu es. Tu ne lèves jamais le nez de tes rouages et de tes ressorts. En outre, tu es à la solde de Norbert, qui t'en demande toujours plus.

– Il paie, au moins.

– Pas tant que ça. Et figure-toi qu'il vient de me licencier.

Francisque en resta bouche bée.

– Comment ? Alors qu'il ne jure que par toi ?

– Il y a des choses qui nous échappent. Et justement, dans le cas présent, il est grand temps que je reprenne ma vie en main.

– C'est toi qui dis ça… ironisa Francisque en coulant un regard oblique vers le bras mécanique de son ami.

Charles accueillit la remarque avec un léger sourire et reprit :

– Je suis comme je suis. Et j'ai besoin de toi. Pas uniquement pour les réglages de ma prothèse.

– Pourquoi, alors ?

– L'idée m'est venue lorsque je rédigeais une petite annonce pour un dépôt de caoutchouc à Suresnes. Juste après, j'en ai fait une pour l'exposition d'un phoque africain au Château d'Eau. « Vivant et intelligent, il consomme 20 kilos de poissons tous les jours. Les spectateurs les lui voient absorber. »

– Où veux-tu en venir ?

– On fait venir des tombereaux de caoutchouc depuis les pays exotiques ; des cachemires de l'Inde ; des phoques de la lointaine Afrique ; des Indiens et leurs danses depuis l'Amérique. Mais au fond, pourquoi n'irions-nous pas jusqu'à eux? Toi qui voulais naviguer sur le fleuve, tout à l'heure, que dirais-tu de traverser l'Atlantique?

– Qu'est-ce qui te prend? C'est Norbert qui t'a retourné la cervelle?

– Pas du tout. L'idée est de moi. Je te propose de nous associer pour aller ouvrir une manufacture de prothèses en Amérique.

Francisque manqua s'étrangler.

– Tu es sérieux?

– Parfaitement. Tu connais la mécanique, tu as créé les prototypes. Dieu sait ce que tu pourras encore inventer, si on te laisse le champ libre. Et si un manchot comme Gisquet a pu devenir banquier, s'enrichir dans une fabrique d'huile de lampe et accéder au titre de préfet de police, je ne vois pas ce qui m'empêche d'en faire autant. Seulement, ici, ils ne me laisseront pas faire mon trou. Ils tiennent tous les rênes, nous ne pouvons qu'être à leur service. Notre seule chance, c'est l'Amérique. Et si je présente la chose de façon assez maligne à Norbert, il nous laissera étudier dans le détail le fonctionnement de la manufacture de Saint-Maur. Cela nous sera un riche enseignement.

– Tu as déjà tout prévu!

– En tout cas, si je pars, c'est avec toi, et avec nos femmes, bien sûr. Ne crois-tu pas que Pascaline aura un meilleur avenir là-bas? On dit que tout y est possible et que l'or y coule à flots.

Francisque ne répondit pas.

– Patron, une autre fine! lança-t-il après un long moment de silence.

Il l'avala d'un trait, comme pour se remettre d'un choc.

– Les bateaux partent du Havre jusqu'en novembre, fit Charles. Nous embarquerons après l'hiver. Cela nous laisse un peu de temps pour nous préparer.

– Il faudra que je mette en vente l'atelier et que je convainque Pauline. Je ne sais pas si elle voudra lâcher sa boutique. Et ta mère, au fait ?

– Elle viendra avec nous.

L'approbation implicite de son ami galvanisait Charles. Plus aucune difficulté ne lui faisait peur. Plus aucun obstacle ne pouvait barrer sa route.

– Charles Hû, tu es un drôle d'oiseau, déclara l'horloger, les pommettes rosies par la liqueur, en tapant du plat de la main sur la table.

– Un oiseau migrateur, alors.

Il était prêt pour le long voyage.

CHAPITRE 41

La réaction de Lisette fut sans équivoque : elle éclata de rire.

– Tu es devenu fou, ma parole !

– Crois-moi, je n'ai jamais été aussi sérieux de ma vie, lui répondit Charles.

Elle le dévisagea comme si elle le regardait pour la première fois et vit qu'il disait vrai. Elle s'obligea alors à écouter ses arguments avec attention. Et il s'appliqua à les lui exposer de nouveau avec enthousiasme.

– Je sais que c'est beaucoup te demander, concéda-t-il enfin. Ta mère, ta sœur… Il faudrait les laisser derrière toi.

– Ma mère, ce n'est pas très grave. Quant à Monelle, elle pourrait toujours nous rejoindre…

Charles comprit qu'elle était partante. Son projet prenait corps. Soudain, il lui tardait de quitter ce monde mesquin de petits commerçants, leurs pommades et leurs pilules, leurs vins frelatés et leurs escroqueries minables. Il n'avait que faire des médailles et des honneurs. Il voulait que son espace s'élargisse : foin de la dernière page étriquée des journaux où il entassait tant bien que mal ses réclames !

L'ombre sinistre de la Bourse, la trace funeste de la maison de sa naissance, ces vieilles églises sombres où s'abritaient les mendiants, le chaos de la ville en démolition : tout cela lui pesait. Il lui fallait des prairies d'herbes hautes, des rails filant vers l'ouest, des fleuves indomptés et des chutes d'eau grandioses, des cités nouvelles où chacun aurait sa place et pourrait tenter sa chance.

Ce fut ce qu'il expliqua à Norbert lorsqu'il sollicita de lui un ultime entretien.

– Vous m'avez fait confiance et je ne vous en remercierai jamais assez. Sans vous, ma vie eût été différente.

Norbert grommela, peu habitué à ce genre d'épanchements.

– J'ai toujours su m'entourer, fit-il. Je n'ai aucune envie de me séparer de toi. Mais que veux-tu, je suis pieds et poings liés. Une histoire ancienne.

Charles avait donc vu juste. Il n'en demanda pas plus.

– Benoît et Amédée me remplaceront sans peine. Pour le reste, j'ai besoin que vous m'aidiez.

– Explique-toi. Si c'est une question d'argent, si tu veux une recommandation, je suis là.

– Il faudrait que vous m'autorisiez à passer quelques mois à la manufacture de prothèses avec Francisque. Je voudrais en comprendre tout le fonctionnement pour aller en établir une au printemps prochain en Amérique.

Norbert en resta estomaqué. Puis il bredouilla :

– Ça alors ! Je n'aurais jamais imaginé une chose pareille de ta part !

– J'ai été à bonne école chez vous, répondit Charles avec un petit sourire.

Puis il expliqua que là-bas, de l'autre côté de l'Atlantique, tout était selon lui plus favorable : le bois, le caoutchouc, les matériaux, tout coûterait moins cher et serait facilement accessible. La main-d'œuvre ne manquerait pas. Les chantiers et les lignes de chemin de fer se développaient à travers tout le continent. Forcément, il y aurait des accidents et des malheureux qui subiraient des amputations. Mais il ne fallait pas que ces hommes restent ainsi diminués. La mécanique et le génie de Francisque pouvaient venir à leur secours.

– Personne ne doit rester au ban de la société, poursuivit-il. Et je veux pouvoir aider les gens du peuple. Tout l'inverse de votre préfet Gisquet : lui, au fond, n'a su que les massacrer !

– Tais-toi donc ! Je croirais entendre mon frère Fritz !

– Vous savez très bien que j'ai raison. Sans cela, vous ne m'auriez pas fait confiance. Vous êtes meilleur qu'il n'y paraît, Monsieur Estibal. Simplement, vous êtes prisonnier de la toile que vous avez tissée autour de vous. Pour un prêté, il y a toujours un rendu. Et cela remonte à loin. Je voudrais, moi, partir sur des bases nouvelles, dans une terre vierge.

– Tu te leurres si tu crois que les choses sont différentes là-bas.

– En tout cas, Francisque sera mon garde-fou. J'ai envie d'essayer.

– Tu as l'esprit d'initiative que n'aura jamais mon propre fils. C'est ce que j'admire en toi, mon petit Charles. Tu réussiras.

– J'ai perdu mon père il y a longtemps. Mais je pense souvent à lui, et je voudrais qu'il soit fier de son fils.

– Je suis fier de toi, moi.

Norbert avait la gorge nouée. Il se ressaisit et dit :

– Je donnerai des consignes à Bouroux pour qu'il vous montre tous les rouages de l'usine. Et le moment venu, si tu le souhaites, je t'apporterai du capital.

– Je ne crois pas, non. J'aurais trop peur que s'y glisse l'argent de Gisquet. Nous lèverons des fonds là-bas.

– Accepte au moins que je vous paie la traversée.

– À moi et à Lisette ?

– Oui.

– Il y a aussi Francisque, Pauline et votre filleule. Ainsi que ma vieille mère.

Charles s'étonna lui-même de sa hardiesse. Il avait tenté le tout pour le tout.

– Tope là ! fit Norbert. Et je te verserai de quoi vivre jusqu'à ton départ.

– C'est très généreux de votre part, Monsieur Estibal.

Charles était ému à son tour.

– Je voudrais être à ta place, avoua Norbert dans un soupir. Libre de toute entrave, repartant de zéro, avec tout l'horizon devant moi.

Quand Charles se leva, l'homme d'affaires s'approcha et lui donna l'accolade. Jamais ils n'avaient été aussi proches.

Durant les mois qui suivirent, Francisque et Charles passèrent beaucoup de temps à la manufacture. Ils observèrent les femmes en blouse penchées sur les établis. Elles assemblaient les pièces détachées, vissant, tirant l'aiguille, collant, badigeonnant. Les fragments passaient de l'une à l'autre et, parvenus à la dernière table, offraient comme par un miracle de la création divine l'image d'un membre complet. Dans un coin de la vaste salle, un emporte-pièce, bruyamment actionné par la force de la vapeur, débitait des morceaux de cuir qui plus tard seraient façonnés en forme de mains ou de pieds.

Chaque fois que l'horloger et le jeune homme arrivaient, le contremaître Bouroux disparaissait. On eût dit qu'Estibal lui avait donné la consigne de leur laisser le champ libre. C'est ainsi qu'ils purent interroger les ouvrières, dont certaines se plaignaient de sa dureté. Une des leurs, que sa grossesse rendait malade, avait été mise à pied. Une autre s'était blessée avec une lame tranchante et Bouroux n'avait fait preuve d'aucune compassion – bien au contraire, il l'avait abreuvée de sarcasmes. Il en avait fouetté encore une autre, exaspéré par sa lenteur, au moyen d'une lanière de caoutchouc qui traînait. Elles avaient peur de lui. Quand Charles et Francisque étaient là, les femmes se détendaient et travaillaient mieux, reprenant même parfois en chœur une petite ritournelle.

– Je suis bien content finalement que mon nom ne figure pas au fronton de cette fabrique, murmura Francisque. Je m'en voudrais de passer pour leur tortionnaire.

– Nous ne pouvons pas être des exploiteurs, ajouta Charles. Il faudra que nous fassions mieux, là-bas, en Amérique. Il y a sûrement moyen pour l'ouvrier de trouver un peu de joie dans son travail.

– J'ai rudement bien fait de t'emmener au café Momus, toi ! commenta Francisque. Les leçons des camarades n'ont pas été vaines.

Puis il refit un tour de la salle, navigua entre les tables, prit des notes sur la répartition des tâches, s'arrêtant par moments pour jeter sur son carnet quelques croquis.

– Avec un peu de jugeote, fit-il, nous pourrons automatiser certaines opérations. Un moteur, des courroies, des poulies, des embauchoirs, une machine à coudre et à piquer le caoutchouc, et nos mains artificielles se fabriqueront pour ainsi dire toutes seules.

– Tu auras toute la traversée pour y réfléchir à loisir !

– Quinze jours en mer… Je t'avoue que je ne suis pas très tranquille.

Mais Charles savait qu'il serait tout entier absorbé par ses plans et ses dessins, et qu'il ne verrait pas le voyage passer.

Ils eurent bien quelques frayeurs en apprenant à la fin du mois de septembre le naufrage d'un navire à vapeur de la Collins Line, le *SS Arctic*, qui fit des centaines de morts. Ils dissimulèrent à leurs compagnes les articles des journaux qui relataient ce drame et mirent cet accident sur le compte de la malchance et des brumes au large de Terre-Neuve. Ils partiraient du port du Havre à la fin de février. Ils choisirent pour destination finale New York plutôt que La Nouvelle-Orléans, préférant rester à une latitude familière, proche de celle de leur patrie d'origine.

En octobre, rassemblant toutes leurs économies, Charles et Lisette se marièrent en petit comité. Francisque et Pauline furent à leur tour leurs témoins. Le jeune couple invita quelques amis à un repas dans leur appartement pimpant, briqué de frais et débordant des dizaines de roses que Lisette avait rapportées dans sa carriole. Après s'être longuement demandé lequel des frères Estibal il allait inviter, Charles avait choisi de convier à la fois Norbert et Fritz à cette joyeuse réunion. Au cours du repas, les deux frères lui promirent qu'ils lui écriraient souvent. Fritz, en particulier, était curieux du devenir de la république américaine.

– Pour un peu, je partirais avec vous, dit-il. Ces États-Unis, voilà un beau programme ! Je ne sais pas s'il y a encore quelque chose à espérer de notre vieux pays rassis. La *tabula rasa*, voilà le rêve.

Charles lui objecta que les choses n'étaient sans doute pas si simples de l'autre côté de l'Atlantique. Les colons, les Indiens, les esclaves… entre tous ces gens ne régnait pas la plus franche entente. Mais pour l'heure, au sein de leur petite compagnie, c'était l'harmonie parfaite, celle des instants suprêmes, semblable au sentiment qu'éprouvent les voyageurs lorsqu'ils se tiennent suspendus et éblouis au-dessus du vide : on se réjouissait une dernière fois tous ensemble, entre les rires et les larmes, avant la grande dispersion.

Monelle embrassait sa sœur avec effusion entre chaque plat, émue de son mariage tout autant que de son prochain départ au bout du monde. Hector Bichat passa pour le dessert avec sa femme Élisa. Cette dernière se prit d'une amitié fulgurante pour Monelle. Deux mois plus tard, la sœur de Lisette s'installa à Paris, abandonnant la ferme et sa vieille mère à leur sort. Elle trouva un emploi de cuisinière dans une pension à Auteuil. Le couple Bichat la recevait souvent lorsqu'elle était de repos. Ce fut chez eux qu'elle connut un brave ferronnier, habitué du café Momus.

Lisette partait le cœur plus léger, sachant sa sœur sous la protection de son nouvel homme. Charles, lui, passait parfois devant le bâtiment qui abritait le Comptoir national d'annonces. Il avait comme un regret à l'idée de ne plus travailler pour Norbert. Bien vite, cette nostalgie s'effaçait sous la vague d'espoir qu'il sentait grandir en lui à mesure que se dessinait la perspective de traverser l'Océan. Son cœur battait plus vite. Il se répétait que son patron avait su jouer sur lui de son ascendant pour en faire sa marionnette, que ses agissements étaient sans foi ni loi et qu'il se trouvait bien aise de ne plus y être mêlé. Pourtant, il savait que lorsqu'il serait arrivé en Amérique, Norbert et son énergie invincible resteraient pour lui un modèle. L'homme d'affaires jovial et rebondi lui manquait déjà étrangement. Sans doute éprouverait-il longtemps l'envie de lui faire part de ses accomplissements pour l'entendre s'exclamer et le féliciter. Et il reverrait toujours la lueur malicieuse qui s'était allumée dans son œil lorsqu'il avait fait le pari de l'embaucher, lui, le manchot, à la face même de la société qui le méprisait depuis tant d'années.

CHAPITRE 42

La date du départ approchait. Les préparatifs battaient leur plein. Il était convenu que Monelle et le ferronnier Honoré reprendraient l'appartement de Charles et de Lisette. Il fallut aider Francisque et Pauline à se défaire de leur stock de montres, de pendules et de bibelots. Une braderie fut organisée. Grâce à une petite annonce offerte par Norbert, une foule considérable s'y pressa et il ne resta bientôt plus que quelques objets épars sur les étagères du Tour du cadran. L'horloger et son épouse se retrouvaient à la tête d'un pactole suffisant pour leur permettre de s'installer en Amérique et d'y lancer leur nouvelle affaire avec Charles et Lisette.

Un jour de la mi-décembre, sur les coups de 4 heures de l'après-midi, alors que la nuit s'annonçait déjà, Charles rendit visite à son amie Pauline afin de l'aider à empaqueter quelques derniers objets. Il trouva la jeune femme songeuse dans la pénombre.

– Ce n'est pas si facile, pas vrai ? fit-elle, en levant vers lui son beau regard soucieux.

– Que veux-tu dire ?

– Tout laisser après soi. Refaire sa vie.

– On ne la refait pas. On la continue.

– J'étais bien ici. J'aimais cette boutique. Si je pars, c'est pour Francisque. Pour qu'il ait un avenir plus digne de lui.

– Tu verras, nous créerons la plus belle manufacture de prothèses de l'Amérique. Et Lisette et toi, vous y trouverez votre place. Nous aurons besoin de tous les talents disponibles.

– Dire que nos enfants seront américains ! Ils ne connaîtront jamais la rue Transnonain où nous avons grandi !

– Ces jours-là sont révolus depuis longtemps. Nous avons vu toi et moi la maison se faire démolir. Nos enfants n'en connaîtront que les histoires que nous leur raconterons. Ils auront d'autres rues, d'autres fleuves que la Seine. Sans doute n'est-ce pas plus mal.

Elle baissa les paupières, l'air grave, et posa la main sur son comptoir comme pour en éprouver une dernière fois la solidité. La cloche de la boutique tinta alors, annonçant un visiteur. C'était un homme maigre aux cheveux blancs mal peignés. Son visage était en partie dissimulé sous un chapeau cabossé à larges bords qui tombait de travers. Il était emmitouflé dans un manteau de vieux drap comme en portaient les soldats en campagne et avait à l'épaule une gibecière usée par les ans.

– Nous sommes fermés, Monsieur, annonça Pauline de sa voix douce. La maison a cessé son activité.

L'homme resta silencieux, les bras ballants, indécis, pareil à un animal égaré. Puis il sortit de sa poche un morceau de journal froissé. Il le déplia et le tendit à la marchande. À la lueur d'une lampe à huile, elle reconnut la petite annonce que Norbert avait fait paraître pour leur venir en aide à l'époque du baptême de Pascaline. Quelqu'un – l'homme lui-même, sans doute – y avait souligné d'un coup de crayon maladroit la phrase qui disait : « On reprend vos anciens modèles contre paiement comptant. »

Des pleurs de la fillette, qui s'éveillait de sa sieste, attirèrent Charles vers l'arrière-boutique où se trouvait son petit matelas.

– Ne t'inquiète pas, je vais la lever, dit-il à son amie. Occupe-toi de Monsieur.

Il revint quelques minutes plus tard, tenant dans ses bras Pascaline, chaude et sucrée comme un gâteau sortant du four. L'enfant riait encore des chatouillis qu'il lui avait prodigués en la tirant du lit. Quand elle vit sa mère, elle tendit ses menottes et la réclama à petits cris. Mais Pauline ne réagit pas. Elle était penchée sur deux objets que l'homme avait sortis de sa besace et posés sur le comptoir.

– J'ai faim, fit-il. Je n'ai plus que ça.

Charles s'approcha, tout en intimant doucement à l'enfant de se tenir tranquille. Celle-ci sembla mesurer la solennité du moment et se tut. Sur le bois du comptoir reposaient deux montres à gousset. Pauline prit la première du bout des doigts. Elle tremblait imperceptiblement. Par-dessus son épaule, le jeune homme découvrit un boîtier en or raffiné portant la marque d'un horloger suisse. Le décor, sur les deux faces de l'objet, était d'une finesse incomparable. Pauline, comme abasourdie, le tourna et le retourna, fascinée par les scènes champêtres gravées qu'elle avait sous les yeux : des bergères et des moutons sous les branchages ; un berger jouant de la flûte au bord d'un ruisseau où s'abreuvait son troupeau.

– Ouvre-la, fit Charles.

Pauline s'exécuta. Les aiguilles étaient arrêtées, sans doute depuis longtemps. L'une d'elles était tordue. Elle remonta, le cœur battant, une vis qui commandait un mécanisme. Alors s'éleva une mélodie cristalline et saccadée de boîte à musique. La jeune femme étouffa un cri. C'était bien la ritournelle de la montre de son père. Pascaline, soudain joyeuse dans les bras de Charles, se mit à agiter sa petite tête en rythme.

Dans le regard que lui jeta Pauline, affolée, Charles perçut en un raccourci fulgurant toute l'horreur de ce matin d'avril, les coups, l'odeur du sang, la fumée des fusils, les gémissements des mourants et les suppliques de son père. Mais aujourd'hui, c'était lui qui tenait dans ses bras ce petit être qui riait, bien à l'abri du malheur, inconscient du retournement soudain qui venait de s'opérer dans le cours du temps. Il tendit l'enfant à sa mère pour que celle-ci se ressaisisse, puis il attrapa sur le comptoir la deuxième montre, d'allure plus modeste. Il fit jouer le fermoir et découvrit à l'intérieur, au revers du boîtier d'argent noirci par le temps, les initiales gravées « L. B. » – celles de ce pauvre Louis Breffort, dont cette montre avait été, de toute sa courte vie, le seul et unique trésor.

Pauline, incapable de prononcer un mot, se laissait tirer les cheveux par sa fillette qui gazouillait. Alors Charles leva les yeux vers le vieil homme émacié et vit, dans l'ombre du chapeau, la tache lie de-vin sur sa joue ridée. L'ancien soldat éveilla en lui plus de pitié que de colère. Le jeune homme ne reconnaissait plus ses propres sentiments, la haine et la terreur de ses six ans, qu'il avait cru immuables. Ce fut un autre que lui qui parla par sa bouche, avec une voix d'automate :

– Nous vous en offrons quarante francs. C'est tout ce que nous pouvons faire.

Le vendeur acquiesça sans un mot. Charles sortit l'argent de sa poche et le compta. L'homme s'en empara avec avidité, puis il quitta les lieux d'un pas lourd.

Quand les deux amis recouvrèrent leurs esprits, les deux montres gisaient ouvertes devant eux. Elles semblaient attendre, confiantes, les bons offices d'un habile horloger, qui leur rendrait leur brillance, leur fraîcheur et leur cadence allègre. Charles sortit sur le pas de la porte et regarda dans la direction qu'avait prise le vieux soldat. Il eut beau scruter la nuit, la rue était déserte et glaciale. L'homme avait disparu comme il était venu. Avec lui, c'était comme si tout un pan de la vie de Charles s'était lui aussi brusquement envolé.

Ils embarquèrent dans la deuxième quinzaine de février. Tout ce qu'ils emportaient avec eux vers le Nouveau Monde tenait dans quelques malles. Pauline gardait dans son corsage, contre son sein, la montre de son père retrouvée, qui, réparée par Francisque, battait de nouveau joyeusement. Charles avait dans la poche celle du jeune Louis Breffort. Elle était ce qui le rapprochait le plus du souvenir de son père.

Sa mère, ravie d'être de l'aventure, surveillait la petite Pascaline qui courait sur le pont après quelques mouettes audacieuses. L'horloger, le nez au vent, penché vers les flots, essayait de comprendre le fonctionnement des puissants moteurs qui mettaient en branle l'immense navire dans un bouillonnement d'écume. Partout autour d'eux retentissaient des langues et des dialectes inconnus. Ils étaient environnés d'une foule grouillante et disparate qui rêvait comme eux d'un avenir meilleur.

Alors qu'ils regardaient s'éloigner les côtes françaises, au sortir du port du Havre, Lisette tira Charles par la manche.

– Il faut que je te dise quelque chose. Je crois que je suis enceinte.

Charles passa son bras gauche par-dessus l'épaule de sa femme et la pressa tendrement contre lui, la poitrine soudain toute gonflée de joie.

– Nous allons en prendre soin, de ce petit, lui glissa-t-il à l'oreille. Là-bas, en Amérique, il aura bien besoin de ses deux bras et de ses deux jambes.

NOTE DE L'AUTEUR

Cette histoire est inspirée des événements tragiques qui se déroulèrent le 14 avril 1834 au 12, rue Transnonain à Paris, dans l'actuel quartier Beaubourg. Quelque temps après, Daumier en tira une lithographie[1] qui résume en une image bouleversante toute la violence des faits et qui est aujourd'hui considérée comme le fondement du réalisme en art.

Parmi les victimes figurait un enfant de six ans, Léon Étienne Charles Hû, né le 28 août 1828. Son père, Louis Marin Hû, âgé de quarante-six ans, fut tué lors de l'assaut. L'enfant reçut un coup de baïonnette et une balle dans le bras droit. Quinze jours plus tard, les médecins décidèrent de son amputation. Les registres d'état civil nous apprennent que le jeune homme mourut à vingt-cinq ans, le 10 avril 1853, dans l'ancien 10e arrondissement de Paris – ce qui nous laisse supposer qu'il finit ses jours à l'hôpital des Invalides.

1. *Rue Transnonain, le 15 avril 1834*. Lithographie parue dans *L'Association mensuelle*, en juillet 1834.

Le véritable Charles vécut certainement une vie difficile, probablement au ban de la société en raison de son handicap. Notre Charles est devenu son double fictif plus heureux. La plupart des protagonistes (Francisque Brunaux, Norbert et Fritz Estibal, Hector et Camille Bichat, le préfet de police Gisquet, Mahieu, maire de Saint-Maur) sont fondés sur des personnages ayant réellement existé.

Les sources utilisées sont la presse du XIXe siècle (les petites annonces citées sont pour la plupart parues dans *Le Charivari* des années 1850) ainsi que la publication officielle de la Cour des pairs, compte rendu du procès où l'on peut lire les dépositions des centaines de témoins des événements de 1834 – notamment celle de la mère du jeune Charles, Charlotte Augustine Alliot[1], veuve Hû, âgée de trente-cinq ans, celle de la veuve Daubigny, et celle de Francisque Brunaux[2], alors âgé de treize ans. On y apprend ainsi que les montres du jeune Louis Breffort et de l'artisan peintre Daubigny, deux des victimes du massacre, furent dérobées, la première sur sa table de chevet, la seconde dans la poche du défunt.

Fritz Estibal occupa dans les années 1830 le poste de greffier de la prison de Sainte-Pélagie où il côtoya des

1. Cour des pairs, *Affaire du mois d'avril 1834. Procédure. Dépositions de témoins. Tome troisième comprenant les faits de Paris*, Paris, Imprimerie Royale, 1835 (en ligne sur senat.fr). Son témoignage figure sous le n° 2138, p. 703, et son nom est orthographié à tort « Alliaud » (son acte de mariage avec Louis Marin Hû, en date du 21 août 1819, donne bien pour orthographe « Alliot »). Le témoignage de la veuve Daubigny figure sous le n° 2136 et celui de Francisque Brunaux sous le n° 2153.
2. Ses prénoms complets sont Louis Joseph Francisque mais il se fait appeler Francisque. Son patronyme est orthographié de diverses façons : Brunaux, Brunot, Bruno. Nous avons opté pour la première orthographe, la plus fréquente dans le rapport, qui est aussi celle attribuée au nom de son père Jean Baptiste, dit Baptiste. L'état civil fait mention du décès d'un Jean Baptiste François Brunaux (sans doute notre Baptiste) à la date du 2 mars 1856.

républicains, pour certains célèbres. L'idée qu'il ait pu faire chanter le préfet de police Gisquet, ou à tout le moins détenir un moyen de pression sur lui, est une hypothèse émise par Marie-Claire Boscq[1]. On apprend qu'il obtint en effet le 11 août 1834 – de façon inattendue, au vu de ses fréquentations, et en dépit des réticences exprimées par Gisquet à son égard – le brevet qui avait été retiré à l'imprimeur Auguste Mie le 13 avril 1834. On lit dans le procès de l'affaire Fieschi (1835), rapporté par la Cour des pairs[2], que Fritz Estibal vint en aide à son beau-frère Hector Bichat en lui fournissant des papiers pour fuir en Belgique.

La littérature sur le préfet de police Gisquet est abondante. Il publia lui-même ses mémoires en quatre tomes en 1840. Hugo le mentionne dans *Les Misérables*. Banquier, industriel (propriétaire d'une huilerie à Saint-Denis), il fut préfet de police du 15 octobre 1831 au 10 septembre 1836. Les pamphlets de l'époque donnent une vision de sa personnalité : selon l'un d'eux, il n'hésita pas à faire enfermer sa belle-fille aux Madelonnettes pour s'être trop rapprochée d'un jeune homme au sein de sa famille[3]. Dans ses *Mémoires d'outre-tombe*, Chateaubriand relate son séjour en 1832 chez le préfet de police Gisquet, après que ce dernier

1. Marie-Claire Boscq, *Imprimeurs et libraires parisiens sous surveillance (1814-1848)*, Paris, Classiques Garnier, 2018, p. 337-338.
2. Cour des pairs, *Attentat du 28 juillet 1835. Rapport fait à la Cour par M. le Comte Portalis*, Paris, Imprimerie Royale, 1835 (en ligne sur senat.fr). Le nom d'Estibal y est mentionné à quatorze reprises.
3. « … Madame Gisquet apportait en dot une petite fille de huit ans qui, douze ou quinze ans plus tard, gémissait aux Madelonnettes, par ordre de son beau-père. Quelque tems [sic] avant la jeune personne avait, dit-on, été enlevée par un neveu de M. Gisquet. » (*Les Euménides. Recueil de pamphlets et de libelles sur les hommes et les choses en Belgique, depuis 1830, jusqu'à ce jour*, Bruxelles, impr. de Cl. Michaels, 1838, tome V, p. 360).

l'a fait libérer de la cellule du dépôt où il était incarcéré (4e partie, livre 36, chapitre 5). Il tombe sous le charme de la fille de son hôte, prénommée Noémie[1], « très jolie et fort bonne musicienne ». Au chapitre 7, un petit jeu de séduction se met en place entre eux. Puis il doit se résoudre à l'abandonner à son rival, « le beau et jeune M. Nay ». On trouve trace dans les archives de l'état civil du mariage, le 28 février 1833, de la fille du préfet Gisquet, en réalité prénommée Caroline Henriette, avec Jules Ernest Nay, le secrétaire de son père.

Y eut-il jamais une Noémie Gisquet ? Chateaubriand confond-il la *fille* du préfet, Caroline Henriette, future madame Nay, avec sa *belle-fille*, prénommée Noémie et fille perdue de réputation ? Nous ne pouvons qu'en émettre l'hypothèse. C'est en tout cas une Noémie qui est, pour les besoins de notre fiction, transformée en austère gouvernante dans ce roman, vingt ans après avoir subi l'enfermement auquel la condamna, dans sa jeunesse, son beau-père le préfet de police.

Quant à Norbert Estibal, la presse nous enseigne qu'il fut à plusieurs reprises impliqué dans des affaires douteuses de ventes de médailles et de décorations, de loteries (dont celle de Lyon où il gagna le gros lot en mars 1850), de ventes et d'achats de terrains, notamment dans le quartier de La Pie à La Varenne Saint-Maur, de trafics liés aux obligations d'État… C'est dans un article du *Monde illustré* (n° 58 du

1. « Mademoiselle Noémi [sic] (je suppose que c'est le prénom de Mademoiselle Gisquet) se promenait souvent seule dans le petit jardin un livre à la main. Elle jetait à la dérobée un regard vers ma fenêtre. » (Chateaubriand, *Mémoires d'outre-tombe*, Gallimard, la Pléiade, 1969, tome II, 4e partie, livre 36, chap. 7, p. 566).

9 octobre 1858) que l'on trouve une recension détaillée des escroqueries aux décorations étrangères où figure le nom du faux baron de Cassaigne (et de quelques autres compères).

L'article suivant annonçant le décès de Norbert Estibal suffit à résumer la rouerie et les agissements qui furent ceux de ce personnage sa vie durant :

M. Norbert-Estibal, agent d'affaires, a été enterré lundi à deux heures. Il était âgé de soixante-seize ans.

Intelligent et inventif, Norbert-Estibal se trouva mêlé directement ou indirectement à des opérations parfois bizarres et dont une lui a valu, tout récemment encore, d'être l'objet d'une enquête judiciaire.

Il servait volontiers d'intermédiaire pour l'obtention de décorations étrangères, et c'est cette circonstance qui avait motivé l'intervention du parquet. Mais l'affaire n'étant pas d'une gravité exceptionnelle, le juge d'instruction avait cru devoir, vu le grand âge de l'inculpé, le laisser en liberté provisoire, à la charge de se présenter à toute réquisition. Sa culpabilité, du reste, n'était rien moins que douteuse.

Néanmoins, comme l'affaire suivait son cours et que Norbert-Estibal n'avait pas répondu à la dernière convocation du magistrat, celui-ci envoyait, lundi matin, un agent de la sûreté pour l'inviter à se rendre au parquet dans l'après-midi. L'agent n'a trouvé qu'un cercueil.

Journal des débats politiques et littéraires, 18 janvier 1888

Achevé d'imprimer sur les presses de CPI en avril 2021
Dépôt légal : août 2021 • ISBN 978-2-84742-467-6 • Imprimé en France